长篇小说

李知展

著

图书在版编目(CIP)数据

芥之微/李知展著. --郑州:河南文艺出版社,2024.7
ISBN 978-7-5559-1708-3

Ⅰ.①芥… Ⅱ.①李… Ⅲ.①长篇小说-中国-当代 Ⅳ.①I247.5

中国国家版本馆 CIP 数据核字(2024)第 104323 号

策划编辑	张　娟
责任编辑	张　娟
实习编辑	王　萌
责任校对	梁　晓
书籍设计	吴　月

出版发行	河南文艺出版社	印　张	8.625
社　　址	郑州市郑东新区祥盛街 27 号 C 座 5 楼	字　数	170 000
承印单位	郑州市毛庄印刷有限公司	版　次	2024 年 7 月第 1 版
经销单位	新华书店	印　次	2024 年 7 月第 1 次印刷
开　　本	889 毫米 × 1194 毫米　1/32	定　价	39.00 元

版权所有　盗版必究
图书如有印装错误,请寄回印厂调换。
印厂地址　郑州市惠济区清华园路
邮政编码　450044　　电话　0371-63784396

目　录

第一章　待婚关系　　　1
第二章　纸婚祭　　　61
第三章　流水绑　　　115
第四章　劳燕　　　169
第五章　虎变　　　210
后记　　　268

第一章
待婚关系

1

当那个女人甫一出现在她视线里的时候，林碧微就后悔了。隔着落地窗户，她啜了一口咖啡，有点苦，落杯的手指微微痉挛，不由自主。她知道自己可能要失败了。

林碧微原本以为，到了这个年纪的女人，该被岁月碾轧得七零八落，一脸对生活力不从心的倦怠和平庸，浑身散发着中年妇女更年期前端的焦躁怨戾之气。若是如此，林碧微也不用说什么，往她身边一站，一开口，那青春女子绿油油花开正盛的生命力就可以把她比下去，让对方灰溜溜地落败而逃。然而，不是的，朝她走来的这个女人，是那种真正的酷，不是长成什么样拎什么包穿什么衣服，而是对生活充满掌控能力之后内心的笃定反映到脸上的平静。她走过来，带出一股凛冽的风，问："你就是林碧微?"然后舒然落座，举止干净利落。而林碧微，"嗯嗯"之后，心里一阵扑腾，握着虎口平定之后，才敢抬起眼睛，迎上去，和她狭路相逢……

2

　　事情的起源应该推溯到半年前，或者更为遥远的时候。彼时，林碧微有一个同居了两年半的男友，按说也没有多长时间，可林碧微却感觉像过了一辈子那么久，好像提前进入了七年之痒。当然，平心说，郑一介对她不错，甚至称得上宠着她。他的工资卡，她拿着；平日里，两人之间的事，也基本上她说了算。但林碧微怎么就觉得心里若有若无压着一缕恨呢。有什么好恨的呢？她也说不清楚。一切都在按部就班地往平淡和踏实里走，如果心无旁骛，在外人看来足可以称得上安稳和幸福。

　　每天，早上七点起床，做早餐，顺带把两人中午的盒饭也备好，八点叫醒昨晚上加班晚睡的郑一介，一起吃饭，之后，九点之前，两人各自赶往所在的公司上班。说是朝九晚五，但每天晚上差不多到六点才能下班，回到住处，要到七点，然后，买菜做饭，忙活完了，躺在床上抱个 iPad 看一会儿美剧或者搞笑的视频，往往看着看着就勾头睡去。直到铁门响起，一般都到十点多了，郑一介才回到家来，吃完她留下的饭，抽着烟在电脑上打一会儿游戏，把白天一天上班的憋闷发泄出去，然后洗漱睡觉，这时候差不多已经十二点了。第二天，复制格式。第三天，依然如是……直到周末。周六，不加班的话，他们会一直睡到大中午，似乎要把这一周亏欠的睡眠都找补回来，如果郑一介感觉睡得腰板硬朗，就会翻到她身上，聊胜于无地做一次爱。浮皮潦草的前戏，莽撞激烈的开局，然后是戛然而止的收尾。往往林碧微刚要有了浮沉的水意，郑一介就大功告成地冲锋到山顶。很扫兴。林碧微拍拍他汗洇洇的后背，微微别过头，避开他嘴里呼呼喘出的隔夜口气。

他才二十九岁，身体已经松松垮垮地发福，在性上，没了力度也没有硬度，当然更谈不上深度。也不怪他，他是服务于南方电网的众多软件公司里的一名软件开发师，名头听上去挺好，做的事就是天天坐在那里对着电脑写代码、做测试，一年年坐下来，屁股扁了，肚子大了，头发稀了。但他是知足的，毕竟工资和辛苦是对等的，月底看着手机里的工资提醒短信，想象着那一沓殷红的纸币，松松垮垮的身体里随即有一种东西在耸立，耸立的是他们梦想着的房子，越来越接近那个数目了。他笑了。

她二十七岁，不老，也不嫩了，每天睁开眼醒来，对着租来的天花板，天花板经过数任房客的洗礼，灰蒙蒙的，像她的心情，也像她现在的人生，闭上眼睛，油腻而平庸的生活便在她面前铺展开来，这个时候，她有一种说不出的恐惧，似乎可以将之后的人生一眼看到底……再睁开眼睛，又是毫无新意的一天，这种雷同，让她疲倦，疲倦得就像某天早晨睁开眼看见身边郑一介打着呼噜千篇一律的睡脸……林碧微觉得有一种不甘，积压得久了，不甘的下面，便有一股子恨在流动。她知道，其实是不应该的，他在努力，为她构筑一个温暖的巢穴。郑一介温暾的个性里有着一种天长地久的东西，当初她就是被他这种细水长流所打动的。可是现在，一想到他们即使费死劲买了房，有了自己的家，她也仍然不过是买菜、做饭、上班、睡觉、做爱……这狭窄而庸常的生活随着想象，似乎有无限的重量，一天一天都压在她心上。有时，赶地铁的时候，做爱的时候，刷着碗的时候，她甚至想大声喊叫……她知道是她自己的事，不全怪郑一介。生活安稳了，工作也熟稔了，男人也驯顺，她问自己：林碧微你到底还想要什么？她掐了自己一把，安生些吧，比上不足比下有余，好好过你的日子，油腻怎么了，平庸怎么了，大家不都求之不得地往这条路上奔吗？

周末的晚上，林碧微一直没有笑容，到附近超市采购下一周的生活用品和食物时，心情就更不爽了。她看起来很疲惫，当她心情不好时，总是这个样子。但郑一介显然没有领会林碧微的情绪变化，跟在后面推着购物车，四处洒望着迫不及待开启夏天模式穿着节约的女孩子——这是他陪她逛超市的唯一乐趣,好像是天下惯例,男人一逛街都立马精神委顿,还能干什么呢?只能四处看看靓女解解闷——那么多晃动的大腿、屁股和胸部,郑一介觉出一种目不暇接的丰收,骨碌碌转着眼珠,生怕错过了更好的尤物。他想反正他跟在林碧微后面,她又不会发现。

这时候,一个穿吊带裙的少女迎面走来,丰满的胸部,美好的弧度,动摇军心的裸露,郑一介暗自咽了咽唾沫,他的眼珠子似乎黏着女子亦步亦趋地走了。嘿,他想,真好啊。女子走过时裙摆扫过,掠起一股微微的风,郑一介感到腰部以下有一束神经向末梢冲锋,和那扑面而来的陌生香气暗暗呼应。郑一介看得起劲,特别是那硕大的胸脯由远而近在衣服里轰隆隆地寂静抖颤,让郑一介简直目不转睛,嘿,这饱满,放上去,那手感……林碧微也称得上漂亮,但胸部有点遗憾。郑一介还沉浸在瞬间的想象里,眼神都兴奋得亮了几瓦……

"哎!"林碧微叫道,"你咋回事?"她扔下手里挑选的物品,揉着被推车撞疼的脚踝和小腿,"十分钟不到你撞了我三回,真有你的!拜托,大哥,咱出门能不能不这副德行,见个女的两眼直愣愣的。你是有多欠!"

说完,林碧微就大步往前走了,把郑一介晾在那里。这一通下来,旁边购物的人们都往他这儿看,他脸上有点挂不住,臊眉耷眼的,低着头推购物车去撵林碧微,走到拐角前,还不争气回头去看那个吊带裙女孩。裙子已经走远，他这才想起已经很久没有游览林碧微的裙子了。实际上，之前恋爱的时候给她买的那些裙子，她也好久没穿过了。

这个晚上顺理成章过得不愉快。郑一介觉得她太小题大做了，就是看着玩儿，至于在众人跟前那样训我吗！林碧微也气不打一处来，一个爷们儿，才不到三十，怎么就越来越猥琐塌相了呢，恋爱时那股精气神哪儿去了呢？两个人嘴上不说，心里都憋着一腔郁闷，但是回到住处，饭还得做。谁做呢？郑一介肚子咕咕叫了，开了罐啤酒，坐在电脑那儿，等着林碧微来做。林碧微也不甘示弱，寻了根黄瓜洗洗自个儿在那儿嘎巴嘎巴嚼得声势浩大，看都不看他。郑一介等了半刻钟，对方仍然没有动静，啤酒喝得猛了，都堵在那儿，泛起乱糟糟的沫子。"不准备吃了啊？"他说，带着责备的语气。真是的，好不容易这周末不加班，陪你去转转，就因为看人家女的两眼，你就摆个脸子给我看，多大个事。

"你没长手，不会做？"

"不会！"郑一介说得理直气壮，"你又不是不知道，我煮个面条都能煳掉。再说，一直不都是你做嘛。"

不说这句话还好，林碧微一听就火大。"是，我就是这么贱，就该一直给你做饭！姓郑的，你算算没，我给你做了多长时间的饭——两年半，三十个月，九百多天！"

"这么说有意思没，林碧微？不就是做个饭嘛，跟你多不情愿似的。"

"就不情愿！——'不就是做个饭嘛'——说得多轻巧，以后谁他妈爱做谁做去！"

郑一介一时气噎，将啤酒罐墩在桌面："为啥做饭？还不是为了多省点钱，赶快把房子买了，好和你结婚！"

"爱和谁结结去。"林碧微甩过头看着窗外。

"林碧微！"郑一介使劲喊了一声，心中涌起一些悲愤，他这么辛苦加班，不就是为了早日和她步入婚姻，可她竟然用这样无所谓的语气来回应，郑一介着实伤了一点心的。他气得一甩手，啤酒罐和地板于是合作出一记声响，像是现实主义的耳光，打在谁的理想上。

林碧微被这一声巨响吓了一跳，等到易拉罐声势渐小，一路呼呼隆隆滚到她的旁边，她也飞起一脚，将无辜的啤酒罐踢得满屋子呼啸着喊疼。"多有本事，还摔东西，下一步是不是就要打我了啊？"

郑一介又喊一声："林碧微！"带着绝望，带着抗议，他又气又急，瞪大了眼珠。

"是不是结了婚也是这样，和我吵，对我吼，我还得天天上班挣钱下班做饭伺候你？你说这婚结了又有什么意思！"

郑一介第三次喊"林碧微"，声音已经弱下来，带着迷茫的哭腔："怎么会呢，小微……"一点小事，成了过不去的南墙，他想不通，怎么会这样？

林碧微没洗浴，和衣躺到床上。郑一介长长叹了一口气，好久不抽烟了，此刻却又从电脑机箱后面找出以前抽剩的烟，点了一支，对着屏幕发呆。愣了片刻，忽然对一切都恼怒起来，急切地打开电脑，进入"穿越火线"，抱着机枪一通扫射，哒哒哒哒，拟声的子弹纷纷溅落，对方防线攻破；哒哒哒哒，所向披靡，所有不如意不痛快都发射出去；哒哒哒哒，敌人接连倒毙，迎接他的是鲜艳的胜利……直到这时，握着敲击得生疼的手指，他心底似乎才隐隐有了一丝快意。

　　他坐在那里，有片刻迷惑，抽离出游戏，现实的沉重依然一点没少，像无形的五指山一样，压在他肩上。猛灌了两罐啤酒，感觉好些了，似乎房子、结婚、花费这些乱七八糟的事也轻飘起来，酒气在上升，他觉得自己也变得很轻，并且平生出一股虚妄的豪气，仿佛抬抬手，一切都可以举起。郑一介站起来，趁着这点缥缈豪气，走到床边，想去拥抱林碧微。

　　他的林碧微。

　　可她不予理会，背着他，反身而睡。郑一介伸出手，林碧微打开，伸手，再打开。如是三回，郑一介就恼了，顺势扑过去压住她。林碧微仍然扑扑腾腾抗争，郑一介摁住她的手，却按不住她的腿，林碧微的头也随着身子左右摇动上下浮沉着，很激烈，就是不让他钳制住。郑一介红了眼，开始撕扯她的衣服，他用力很大，肯定弄疼了她，但他顾不得了，一种破坏的力量在他身上冲撞。生活中这么多不称心的事，他似乎对谁都要奉迎着、小心着，就连自己全心付出的女人，因一点小事就对他炸蹶子，他受够了，决心反抗一次。他别住林碧微汹涌澎湃的身子，腾出手撕开她的内衣，所有的烦躁和委屈都变成飞扬跋扈的征服。郑一介脑门上青筋凸起，林碧微梗着脖子晃动，郑一介手脚都腾不开，只有用劲将她吻住，两张嘴咬合在一起拉扯，像两匹兽，在搏斗。郑一介的嘴唇破了，流出一丝殷红……四目相对，两人眼里都是仇恨，图穷匕见，短兵相接。郑一介想，×他妈的生活啊，一点一点将我们逼得赤手相搏……在他进入时林碧微忽然尖厉地叫了一声，如同一种绝望而耀眼的虹，挂满了整个夜空。郑一介眼中一热，咧开嘴，无声地哭了，眼泪滴在林碧微的耳蜗。

等郑一介醒来，林碧微已经走了。

其实她起来时，他并没睡着，只是闭着眼躺在那儿，不知如何面对，也不知该说些什么。他清楚地听见她去卫生间冲了澡，换了衣服，然后开门，走掉。像一尾鱼，甩脱了钩，游回广阔的河。

窗户开着，下半夜的风掠过房间，发出空旷的声响。郑一介一夜无眠。这一夜，林碧微没有回。郑一介记得，她好像是换了一身短裙。而她，已经好久没为他穿过裙子了。

…………

一路上，林碧微都在想，去哪儿呢？他嘱咐过她的，过了晚上八点就不要再给他任何联系。他反复交代过的。他有家。

他叫许天源，他们是半年前偶然认识的。当时，林碧微作为公司行政部文员，替管理档案的郝姐去对方公司送一份合同意向书。同事几年，工作一向积极乐观的郝姐几乎没请过假，而这一次却报复性地请了半个月。

后来，说起郝姐请假的原因也很奇葩，细想却又悲凉：郝姐对工作和生活的积极乐观源于持续笃定的婚姻给她的踏实感，可最近丈夫经常心不在焉，抠着手机一见她过来就快捷键还原到主界面，诸如此类的，郝姐以为都是幻觉，她的婚姻不会出问题的。就像一艘破船，航行了十几年，闭着眼，也觉得可以惯性地往前开，怎么会触礁呢？可丈夫借口出差，然后邀宠似的，故意向她汇报行踪的一张入住宾馆自拍照片，却不经意间露了马脚。丈夫躺在床沿上对着电视的方向拍了一张照，微信给她，还配图说明"好累啊，开了一天会，我先睡会儿"。是的，截止到目前都很完美，但恰恰对面的电视屏幕的反光，毁了他自我包装的形象。黑黑的屏幕上影影绰绰地反射出来一张阔大的双人床？——他之前说和同事同住一间的，难不成两个男的开了个双人床——郝姐可是做档案管理的，公司所有的合同、发文、材料中任何一点不规范的纰漏都逃不出她的眼睛。郝姐看着照片，一阵透骨的悲凉，支撑她的那个安全的东西，一下子坍塌了，船还是撞到暗礁了。回头稍加审问，果然如她所想，那天，丈夫是和一个女的开房。郝姐请了半个月的假。

档案、合同之类的，就暂时移交林碧微来代管了。那天她是一早就从家顺路去对方公司的，正好在二号线地铁站点附近，去得可能有点早了，对方接洽的人电话里说要等一会儿才能到。林碧微挂了电话心说，你妹的，早干吗去了？现在才说，浪费老娘时间！却也无法，得拿到对方回执才能完事，只好少安毋躁，在他们休息区坐下来等待。林碧微最烦等人，坐了一会儿，便焦灼难耐，站起来蹦跶了一圈。休息区有一面巨大的仪容镜，林碧微想起自己上大学的时候有一段还是"青春舞敌"舞蹈社的呢，那时候多欢乐啊，爵士舞、肚皮舞、嘻哈舞，天天对着镜子排练着玩儿。林碧微抬抬腿，老胳膊老腿了，哎哟，真是，时间都去哪儿了，现在过得暮气沉沉的，还没结婚呢，就带着婚姻的隔夜馊饭气息。林碧微骂了一句，也不知道骂谁，看看四顾无人，背包扔了，对着镜子劈了个腿，不行，又扭了个胯，却哪儿都不对劲，胳膊腿儿都沉沉的，仿佛锈住了，再没那股子青春洋溢的劲儿。但来回扭了几下，到底还是找回来了一点感觉，这种感觉很好，像往日重现，她仿佛还在那帮围观男孩的呼哨声中诠释着自己的腰肢。正自个儿欢腾着呢，身后忽然起了几下掌声，掌声很轻，怕惊扰了她似的。是一个男的，穿着休闲服，背着个公事包，脸上笑眯眯的，闲闲地走过来，并且也在休息区不请自来地坐下。

反正休息区挺大，林碧微距他有两颗陌生的心那么远呢，虽然刚才蹦跶的样子被他看到了，略有尴尬，但好歹谁也不认识谁。蹦跶得太投入了，林碧微脸上红扑扑的，坐下来看看时间，还得一会儿呢，真烦人！

对面那男人却一直盯着她，眼里荡着笑意，看得若即若离。林碧微心说，看什么看。起身去饮水机接水路过他身边，还不客气地瞪了他一眼。男人没丝毫愠恼，反倒微微而笑："怎么不跳了？"

"你当我是给你免费表演？"林碧微迷瞪了一下，反应过来，回他。

"我是说，跳得挺好的，没别的意思。"男人笑道。

"是吗？"林碧微不置可否，喝水，在旁边的零食罐里扒拉了一会儿，捏了几块饼干吃着玩，"你也是来找人的？"闲着也是闲着，对方眉眼至少还不难看，搭个讪。林碧微抱怨："这公司太不靠谱了，约好的九点，现在都过十多分钟了还没一个活的露面。"

"哈哈，"男的说，"不过做软件技术类的公司上班灵活点，晚一点也正常。"

"正常屁咧。"林碧微当仁不让，"我又不是没和其他公司打过交道，至少办公室总得有人按点上行政班吧。等他快一小时了这合同还没交出去，依着我，公司领导选择这样的合作单位就是瞎了眼，瞎耽误工夫。"

"就是，"男人说，"瞎耽误工夫。"附和得很迅速，但是笑得怪怪的，含着一个恶作剧似的。

林碧微疑惑地看看他，正要再毒舌什么，却见男人从沙发上起来，飘然走进了楼道尽头的一间办公室。

噢！林碧微心中一阵奔腾，这货是这家公司的啊。容不得她回转，手机响，还是那个该死的交接员："堵着呢，微姐，你先别骂。——你大爷的叫你别骂你还骂！你又不是突然移民过来的，装什么外星人，这会儿要不堵车能叫海城吗？好了，先把合同交给许总，许！不知道哪个办公室？你瞎啊，不行问问前台成不？挂了，绿灯了！回头请你吃饭……"

——吃你妹啊！也就是仗着打过几次交道，脸儿熟，换个人林碧微分分钟隔着电话拽过来一顿胖揍。饶是这样，林碧微还是被弄得一肚子火，敢情迟到了你还有脸秀优越感啊，你开车堵不活该吗？想想自己每天挤来挤去坐地铁，堵是不堵，但林碧微也想开个好车堵一回啊，驾照考了放那儿两年都快发霉了。林碧微气冲冲地一路走过去，没瞎，第一眼就看到了行政总监的办公室，推开门，就看到他狡黠的眼睛滴溜溜转着呢。

"你看，我们公司还是有活的嘛。"

"嘿嘿。"林碧微一阵冷笑，笑得一愣一愣的，脸都绿了。交了合同，拿了签字回执，逃也似的，拜拜了您呐！走过休息区，恨恨的，报复什么似的，抱着零食罐，偷拿了一大把小包装的零食，去他妈的，爱咋咋，丢人就丢到底算了，下次不定哪辈子才再见着呢，茫茫人海，都是个擦肩而过，谁认识谁啊，管他。

她甚至都忘了走廊那头许天源的办公室门还开着呢,对她,一眼洞见。

装了零食,拂开前台小姑娘惊讶的眼神,雄赳赳气昂昂地绝尘而去。她是要跑得快点,还得赶回公司打万恶的上班卡啊。

3

如果那天她不是那么敬业提早到了对方公司,如果那天她不临时起意在那儿跳什么舞,如果郝姐没有请假她不需要代班,如果郝姐的男人没闲得蛋疼发什么自以为得计的宾馆"出差"照片,如果她不是跑得急了点丢下了个钥匙串……所有的遇见后来她只好解释成世俗意义上的孽缘。

缘分在接下来的那个周末就又续上了。是许天源找的她。在这之间,他们有过几句短信往来。找到他的手机太容易了,第二天林碧微就臊着脸编了条短信:"钥匙串还我吧。"

"请我吃顿饭就还。"

"不请,请不起。"

"小气鬼。"隔了一会儿,他又回,"那,跳支舞也可以。"

"不会。"

"嘿，小姑娘，给我耍嘴。"

她想，二十七了，还"小"吗？有点惘然了。隔了半天，她不甘心，又发："还给我吧。"因为那串卡通钥匙串对她，准确地说，对郑一介，确实挺重要的，是她为数不多的温暖记忆凭证，她得要回来。

"周六，上园路海鲜城，点好菜，等着。"

看来，他是"吃"定她了。林碧微不知道自己哪一点牵引了他，正如她不知道这是一件好事还是一场灾难。她只是在想，周六，要不要去呢？

当然，她去了。因为那个男的举止不讨厌。她对自己说，只是去拿钥匙串，顺便吃个饭，算不了什么大事。

后来，当林碧微在咖啡馆里等那个女人的时候，她又想起和许天源的第一次见面，两个场景交织在一起，林碧微觉得有如时光重现。场景何其相似，都是她先在座位上等着，然后隔窗看着对方远景聚焦一般逐步走到自己跟前。

"一百七十八步。"他甫一落座，她说。他怔了一下。"从看见你到你走过来。"

他饶有兴趣地笑了："哦，你真可爱。"

才不可爱，是无聊。

"你当过兵？"

"嘿，这你也能看出来？"他眼里闪过一抹光。

"明摆着嘛，走路一板一眼的，像个气定神闲的大公鸡。"

她用手交替着学了一下，哈哈笑了，调皮，但得体。

他脸上是那种愿意纵宠着她的温和笑意，替她倒一杯茶："那你练过舞蹈怎么不承认呢？"他回击道，"走路小腰一扭一扭的，提着气，像个漂亮的小母鸡——我也能看出来嘛。"

她用筷子灵活地敲了一下他手背，和他对视着，她眼神湿润，眼睛里的两颗光点，亮亮的，像两粒火种，浮动着，带点挑衅的意味。这很好玩儿。许天源虚吹了一下她的眼睛："你眼里有风。"

"你眼里有什么，有火？"她笑着回应。

这一刻，他再次确定眼前这个女孩是动人的，称不上特别漂亮，但怎么说呢，有一种类似于风情的东西，这种东西混合着青春、活力、坦荡等，带着一点儿自以为的聪明，平常压着，遇强则强，他觉得他一勾动，她会与他呼应。还有一点，从他第一次见她在镜子前兀自张牙舞爪，他就知道这个女孩，在安静和矜持下面，是野的。他一眼看出她的本性，这是他的功力。她呢，其实也知道他能看透她。所以，这就有了一种发现和被发现的乐趣。这确实好玩儿。

一顿饭下来，许天源基本摸清她的底细。她这样的姑娘，在他跟前，如同一泓小溪，很容易就了然所有的弯弯曲曲。无非是按部就班上学、毕业、工作、恋爱，一切都镶嵌在稳定的秩序里，几年下来，应该在公司里胜任某个小小的主管职位，工作积极，为人灵活，身世清白。他瞄一眼林碧微的手指，果不其然，连戒指都是标配版，泛着循规蹈矩的金属光泽。

"要不要来点酒呢？"虽是询问，却已吩咐服务生去取。许天源微微笑着看她，他觉得今儿的氛围他可以掌握。

但是他错了。

"许总，好，喝一杯。喝完了我有要求呢。"

"哦，有要求才好嘛，来，喝了，说。"

"怕不怕我把你吃穷，许总？我很能吃呢。"

"哈哈，"许天源笑了，彻底放松，"那不妨试试啊。"

"我觉得海鲜这东西吧，尝尝鲜挺好，但不当饱。据我所知这附近有家湘菜馆，'喜相逢'，辣得很正，怎么样，敢不敢试试？"林碧微抿抿被红酒润湿的唇，望着他。这样青春的唇，带着天真和挑衅，许天源真想吻一吻。

"好啊，转战阵地，走起。倒要看你是怎么吃穷我的呢。"

接下来的相处很愉快，甚至称得上热烈了。在林碧微这边，是想着反正自己张牙舞爪的样子已经被他看过，再拿着装着就没必要，不如开开心心放肆大吃一顿，反正又不熟识。就像许多时候，几个交情不深的人在一起，因为不过心，言谈反而更显生机盎然。

林碧微一口气点了五个菜，剁椒鱼头、酸豆角炒田螺、辣椒炒肉、腊味合蒸、干锅肥肠，待端上来，一片飘红，看着就喜庆，胃液翻腾。"来两杯扎啤。"林碧微吩咐道，"怎么样，许总？该你点了。"

林碧微摩拳擦掌，开吃之前，先脱了外衣，挂在椅背上，站起来的瞬间把头发从衣领里翻出来，似听见"哗"的一声，划过一片黑瀑布，甩到身后，裸露出脖颈处的锁骨。这个动作很无意识，但是美极了。许天源当下心想："嘀，好年轻！"

许天源只笑着，摸出一支烟淡淡地抽，偶尔呷一口冰凉的啤酒，看着她吃。林碧微不由分说，给他挟了一筷子鱼头："吃嘛，我一个人吃有什么意思。"许天源无奈而又受用地笑笑，慢慢吃了。其实，他是吃不惯辣的，但是这生猛的辣和啤酒透心的凉，给人以最直接的刺激。这个阵势，如同时光倒流，让他回想起自己年轻明烈的时光。

林碧微提议："干杯。"他冲林碧微举杯："好，**饕餮女孩**，这才像吃饭。"

林碧微张大嘴啃噬一副鱼头，忙里偷闲给他一个鬼脸。许天源看到咫尺之外她年轻的脸，饱满得没有一点皱纹，没有岁月的斑点，笑起来，那么灿烂，迎着光线，连颊上的绒毛都纤毫毕现。许天源把自己掩在烟雾后面，像隔着一层帘幕打量着她，亦真亦幻。他陷入双重的时光，一边借着她的年轻感慨那逝去的岁月，一边举起杯向她的触手可及的青春发出邀请。许天源知道自己终将把她的青春占为己用，但是现在他并不急于求成。

吃了饭，已是黄昏，许天源没有一上来就表现得很贪心，比如再接着邀约喝咖啡看电影之类的。他把卡通钥匙串递到林碧微的手上，顺势轻轻拍了拍她的手心："能告诉我它有什么用吗？"一串卡通塑料钥匙，能有什么用呢，开不了锁，大概也打不开谁的心门。

林碧微握在手里，手指扣着桌子，眨眨眼："你猜。"

"你确定那天不是故意掉在我办公室的？"他笑得迷离。许天源眼睛好看，还有一份清澈热忱的少年感，自然是生活优渥，不用眼珠子如拨算盘粒，转一转，都是心机。

林碧微眉毛抖动，抛出一句："你再猜。"

他们相视而笑。

出了门，他知道今天到此结束正恰如其分，可嘴上犹不甘心："要不要带你去兜个风，散散心？"

林碧微眼珠子骨碌碌转一下，把玩着钥匙串，抬起脸对着他："好啊，好啊，去海边吗？"

许天源说："你在门口等着，我去取车。"

林碧微还是说："好呀。"

然而等他从附近停车场取了车，门口已经没有她的人影了。许天源叩击着方向盘，轻轻笑了。停在旁边抽烟，看烟气盘旋，一支烟抽完，然后驱车回家。

第二天，他发了个微信给她：我去了海边，夜里，海很美。

久久，她回了他一个调皮的笑脸。

4

参加完好哥们儿袁勃的饯别宴后,郑一介的想法也一度变了样。是这样的,袁勃也和郑一介差不多,要三十岁了,毕业了一起来这里打拼,但是突然放弃在这儿的努力,回老家小县城的电力局承袭了一个清闲的职位,虽然这个职位是他之前深恶痛绝的,但现在却甘之如饴。袁勃是这么说的:"累了,在这儿再奋斗几年,也就是按揭个远郊的房,月月苦巴巴地供着,连做个爱都不敢放松,老感觉有什么在身上压着似的,是不是?"

郑一介还疑惑地问他:"当初毕业的时候你不是最痛恨家里为你安排那个职位吗?现在怎么想通了,不怕小城里那黏腻纠缠的人际关系了?"

袁勃的眼神有点躲闪,但很快一笑带过:"年轻嘛,傻,要出来闯闯,以为自己多牛掰呢。现在闯出什么来没?一晃几年过去了,不还是在公司打工吗?你不也一样?"袁勃拍拍他肩膀,"现在你还不觉得。等再过几年,你供着房,有了孩子,上面父母要养,老人身体再出个啥状况,你觉得再打工下去在这里能撑住?"

郑一介半晌默然，心虚地说："我没想你那么远。"心说，我也没有父母可以兜底，其实进退失据。

喝了点酒，袁勃话也多，不停地拍着肩膀向他倾谈："哥们儿，留在这苦逼哈哈地打拼还是回老家县城里滋滋润润，就看你是愿意活给别人看还是愿意自己觉得舒坦。是的，在这个城市里，我们外表光鲜，但是背后呢，多少憋闷、寂寞和辛酸，自己知道。"袁勃的话一时那么多，推销着他"想通了"之后的价值观，像是在为自己退回后方辩解似的。打车的时候，他指着旁边商场"季末清仓，尾货甩卖"的招牌，说："兄弟我也被这城市给甩货了，哈，这阵地你们坚守着吧，我要做逃兵了。"

郑一介不无凄楚地叹了一口气，看看醉醺醺的袁勃，很想问问他，回到北方灰霾的老家县城里，会不会想念这里蓝得发硬的天空和舒卷辽阔的云朵？——当初他们来这里实习，几乎是一下车，就打心底爱上了这个城市：湛蓝如洗的天空，层次清楚的大块云朵，让人明朗敞亮的热烈阳光……可是，他的选择是对的，郑一介想，回到老家，什么都不用操心，上班应个卯，下班喝喝小酒，打打麻将，结了婚，顺便制造个一儿半女给赋闲的父母以遣怀抱，活得很好、很舒服。

回到出租屋，郑一介把这个想法给林碧微说了："小城市其实可以过得很有意思嘛。养养花、喝喝茶、做点儿小东西、撸个串、喝个酒，我喜欢这个。我老幻想着有天能过上这种日子，不像现在，急吼吼的，为挣那点钱……"猛地被林碧微一瞪，郑一介收住，不吭了。

林碧微刚洗了澡，在吹头发，没听清他说什么，后来算是听明白了，摁灭吹风机瞪眼看着他，像看外星人似的，然后一声没吭又嗡嗡地吹头发了。郑一介知道，她看不起他的格局之小，对他这番话很不屑了。

郑一介叹口气，垂下眼，抽着烟，去打游戏，枪声啪啪响起，像是在对谁抗议。

平常林碧微可能不觉得什么，就像她习惯晚上听会儿音乐，他喜欢玩会儿游戏，但今天却觉得格外刺耳。"能不能小点声儿！"林碧微在卧室拍着枕头说，"成天就知道打那破游戏，真有出息！"

这就有点过了。郑一介愣了一下，然后使劲顿了一下鼠标，把声音扭到最大，继续对着屏幕开战。林碧微捂住耳朵，尖叫了一声，把门重重关上："你就和你的电脑睡去吧。"郑一介打得激烈，想也不想，昂头回道："Fuck！（他妈的！）"

然而打了一会儿，很快就觉得没意思了，亢奋过后浮起巨大的空虚，回头看了一眼，卧室门紧闭。郑一介丢了鼠标，冲个凉，摊开沙发，在潲热中气急败坏地睡去。睡得深深浅浅的，朦胧间梦到和林碧微刚恋爱的时候。那时候，林碧微多乖，乖也不是说凡事都听他的，而是也吵也闹，心和他是贴在一起的。他不善言语，刚开始和林碧微却能说到一起，两个人说得着，生活便有很多乐趣，一起吃个饭啊，游个公园啦，都觉得甜蜜。可现在怎么说不到一起了呢？郑一介想，是好时光预先透支掉了，还是林碧微随着阅历和职位的增长，眼界也开阔了，对他已然看不上？想来想去，郑一介的头都要大了，也没个什么结果，然后又在那里心算房子首付比例和月供份额。他的计算能力强，一笔一笔都有心头账：首付起码要百分之六十，要不月供压力就太大了，难免影响生活质量。其实他也没啥质量要求，主要为林碧微着想，转念又算，要是百分之六十的话，在房价不涨的情况下还差一百万左右，可是他妈的，房价又涨了啊，并且还在张牙舞爪地涨……郑一介想到头昏脑涨。

最近他迷上了成功学。先是在同城网上追着一个热帖不放，是一个做电子产品销售挣下几亿身家并开了公司的大咖，开帖吹嘘自己一路的光辉成绩，顺带炫耀了下这些年检阅的妹子，真真假假的，很热闹。一个人只要挣到了钱，说出的话都自带光环，不由你不信。郑一介嫉羡地看完，还交了不菲的报名费参加了线下的特别聚会。在一个酒店里，吃完自助餐，就聚在一起听那个大咖在台上海吹。那人肯定研究过陈安之之类的演讲台风，一张嘴就是一副真理在握牛掰哄哄的派头，宣扬着下水道一样毫无底线的功利主义，讲的人汹涌澎湃，听的人血脉偾张，气氛高涨。在提问环节，郑一介抓到一个机会，坦陈了自己目前的疑惑：工作几年，上升艰难，辛苦攒了一点钱。想买房吧，离首付还差点；不买房吧，眼看放在银行里日益贬值，该怎么办？大咖摸着光溜溜的下巴，笑眯眯地听他讲完，然后气宇轩昂地抛出了答案："趁年轻，不要安于现状，去折腾！"并且例举了自己当初辞职创业时的场景，也和郑一介类似，面临着是买房还是投资，"结果你们也知道了，买房的话哪有现在的我，肯定朝九晚五地在那儿做房奴苦巴巴供着呢，而我现在——"他笑了，伸出成功的手指比画了一个一，又比画了一个四，那是一套独体别墅和四套公寓楼的意思。郑一介"砰"地一个震动。讲座完了很久，郑一介心里都有一个硬邦邦的回声："去折腾！去折腾……"

可成功的人那么多，唯独没有批量复制的可能，所以郑一介想破了头，也不知道二道贩子成功学演讲者所谓的"折腾"是去折腾什么，后来又在网上留言去问，没有了报名费做支撑，大咖的回复也不复那么热情。一度郑一介都想转行去做销售得了，也体验一下大把挣钱还不时有个艳遇的状态。他把这话给公司里销售部关系好的哥们儿说了，哥们儿像看傻子似的，问他在哪儿听的梦话，做合同、谈价、跟单、维护关系、拼死喝酒、廉价底薪，没有业绩连西北风也喝不起："你是看别人吃豆腐牙快，是有那一月挣几十万的，你得有那个本事呀，哥们儿我还羡慕你每天坐那儿写写代码月薪稳定不用操心呢。"得，隔行隔山，郑一介知道自己口拙，平常和林碧微吵个架都吵不利索，更别说口吐莲花去开发维系客户了。

可怎么才能挣到大钱呢？郑一介一直在执念这个。指着工资，去除开销，还要再过好几年才能攒够首付，到那时候，林碧微是否还在他身边都不好说。想起林碧微，郑一介也是憋着一肚子火，不知道她最近怎么了，总是没事找事，摆个脸子，好像欠她多少钱似的。也倒是，确实欠呢！可是，郑一介疲惫的时候，不免恨恨地想，当初那个知冷知热的林碧微，哪儿去了？

他当然知道，当时林碧微跟他，确实有点下嫁的意思。那时她刚从一场身心俱伤的感情中抽身，很渴望一副踏实稳重的肩膀，而他正好撞上，如此而已。郑一介和林碧微不在一个当量上，他说的话林碧微都懂，林碧微的思路，他未必能跟上。而且性格上，郑一介具有理工男的典型特点，沉闷、务实、口拙，这些，在林碧微刚从前任语言编织的花环里虎口脱险之时，都暂时算优点，可日子咋就经不起一个过呢，越过就发现两人不是一类。

郑一介觉得林碧微有点务虚，脑袋里常装着一些不切实际的小浪漫，过日子不就是柴米油盐的消耗，哪里能像电视剧里那样呢，一会儿是风一会儿是雨，爱呀恨呀，哪那么多事呢，那是演员在演，人家是拿钱的，你看着还真当真呢。郑一介常常这样想，两个人做个伴，就行了，别整那些虚无缥缈的，没用。所以，林碧微和他根本就沟通不到一点精神层面的东西，她需要的理解他都不懂，也说不到一起，产生不了共鸣，甚至她觉得他没有什么人生追求，没有一点想法，和他能做的只是交欢、一日三餐、买衣服，更深层一点的东西，没办法去抵达。对他动物般的低级属性，林碧微的冷淡里，又多了一份愤然。所以即便肉体在一起很热闹，然而心是荒凉的。

林碧微害怕每天相对无言的日子。当然，他关心她。可是她每天都在思索怀疑这是否算合适的选择。她知道彼此能深刻沟通的灵魂伴侣是非常难得的，可是，林碧微清楚地听从内心的不甘与冲突，却又不知道怎么办。因为爱过，了解爱，才知道她的爱并没有被释放出来。

5

这个时代的很多东西被权力和金钱控制，疲倦之水里的鱼儿们只能沿着设计好的航道游弋，上学、毕业、工作、买房、结婚、供房、生养……凋亡。你不服气，你的叛逆，也无非偶尔跳个波，翻动点无伤大雅的水花，这点水花也无非是放纵一下，坏一下，还能干什么呢？所以感官这么流行，因为也就这点儿身体，可以肤浅地宣泄一下。那就在低洼的欲望里痛快打个滚儿吧。

有了这样仿佛看透一切的玩世哲学支撑，林碧微心里很活动。怕什么，大家不都在堕落吗，我守着为谁呢？林碧微想，为郑一介吗？自己先笑了。马上就要步入围城，就像跌入牢笼，在暂且自由的这一段，为何不撒个欢、使个坏，自由地玩儿一圈呢？

林碧微逐渐迷上了和许天源的指尖互动。

这互动，是虚拟的，又是有实际主题的。男方围攻女方的身体，也不是直奔目的，缭绕着，迂回着，眼看虚飘了，就再拉回来，放风筝似的。林碧微多么聪明，绷着，拿着，守着，适当地又放开一个缝隙，让风进来，对其撩拨。到了这个年纪，男人对女人像是机械师拆解零件一样谙熟于心，怎么布局、诱引、欲擒故纵、挖坑，都步步为营，章法严谨。两个人避实就虚地拉锯，在一个级别上，带着一寸一寸的刺激，像在玩火，明知有危险，却欲罢不能。林碧微和郑一介都是直来直去，就事论事的，老许不同，两人的对话不时地碰撞出一个小火花，像是和高手对弈，每一步都充满着机锋和乐趣。眼看着马上就要说到性或者脐下三寸，老许宕开一笔，秋千似的，滑翔了一圈，然后再围攻那个话题……周而复始，时间久了，就不单是男女间那点事了，说到底是两人说得到一起，话说久了，就形成了某种默契、依恋。时空本来只是一个漠然的名词，当然也无所谓软硬，但两人彼此发射接收一腔信息，慢慢地，近处有了远，远里有了近，盛放了那么多情绪，堆积着，发酵着，时空就变得软了、糯了，让人忍不住想靠上去。说起来，中年男人的恋爱就靠一个密不透风的不疾不徐，反正也不付出心意，就有了若即若离的耐心。一块好肉，他炖得不急不躁，让你慢慢散发出香味，他还在一旁准备汤匙盘碟，码放调料，钓鱼一样，眼看你芳心似烧……林碧微到底还是输在了年纪和耐心上。可这会儿她还不觉得，一来一回，像两军对垒，聊到这个份儿上，它吊起林碧微的胃口，话是无穷无尽的，看和谁说去，越聊越有话题，大话题衍生小话题，很快就枝繁叶茂了。林碧微就是为了那点虚，慢慢把自己沦陷进去了。可生活太实在了，那点虚不由得也就迷人了起来。聊完了，就有了些相见恨晚的意思，有了些惺惺相惜，有了些丝丝缕缕的伤感。

事情一到伤感这个份儿上，女人就算是彻底搭进去了。底下无非是一个身体确认的手续。老许笑了。耐着心，又钓了一尾好鱼。到这时候双方都没想到鱼被煮急了，也要跳起来甩厨师一个大耳刮子的。

再一次见面是在一处度假村，吃完饭，许天源建议去新开的酒店高空露台看看。露台人不多，他靠在栏杆上，抽着烟，样子很松弛，忽然问她："可以抱抱你吗？"却不等她回答，不由分说就拉进怀里，抱住了，力道很野也很温柔。他说："怎么办，我可能喜欢上你了。"

这套路陈旧，可林碧微仍然心跳得厉害："只是可能？"

"那就肯定。"

"喜欢我什么?"

"呃……"

"没那心就不要乱讲。"她说,然后看天上,过了很久,才悠悠地说,"我也喜欢上你了。"

老许把头靠近她,林碧微后退,退到不能退的地步,被他钩住。林碧微不敢看他的眼睛,感觉他好像轻轻笑了一下。然后他微微低头,靠近她,覆上了林碧微的唇。这是一个不带有情欲的吻,林碧微感受到他微凉的体温,还有好闻的气息。他的舌尖温柔地探进来,林碧微用牙齿抵住,留了一点缝隙,轻柔地回应。望着远处都市里的车水马龙,林碧微努力想把这一刻印在脑中。

他们吻了很久,他的舌头很灵活,热诚而又有所保留。倒是林碧微,有点饥不择食,她确实很久没有得到过这么优质的吻了。郑一介舌头短,腾挪笨拙。许天源有点招架不住,明白了她表象之下的荒芜,反而没那么急迫,退后一步,喘口气。许天源看看她,有点恍惚,亲了亲她的脸,没再询问,拥着揽着,上了楼上的房间。看来他早就安排好了流程。

许天源很快洗漱已毕,裹着浴巾,来抱她。林碧微侧身躲开,走进卫生间里,反锁,坐在那儿,犹豫了一会儿,又叹息了一会儿,最后还是一件件脱了衣服,冲洗。一时间水意丰沛,浴室镜子映出她的身体,曲线依旧旖旎。她想,我并不难看。她说,不怪我,郑一介,你出差不也和同事去胡闹过,还以为我不知道呢。这么一想，那些曲线于是春蛇一样舞动起来，美丽而危险。她决定原谅自己今晚的放浪。

…………

一个小时后。许天源收起感官，穿戴齐整："我们回去吧。"

"回哪儿？"

"你说呢？"

"我要是不让你回去呢？"她说，"你敢吗？"

他亲她："别闹。"然后一边亲她，一边帮她穿衣服。是块好肉，他想，就是可能有点烫手，不能惯着了。他盯着她的脸，说："我本来以为像你这么年轻的女孩子会介意我结过婚呢？"

林碧微停住，呵呵一笑："我也没说我不介意啊。"

林碧微扭过头，任他忙活，最后到底还是穿戴好了，让他送回。

许天源一只手开车，另一只手紧紧握着她。离小区很远的广场附近，林碧微命令他停车，他会意，下车为她拉开车门。林碧微忽然紧紧抱住他，亲吻的间隙，把刚才嚼着的口香糖送到他嘴里。许天源笑着骂声变态："下次饶不了你！"

听到"下次"这两字，林碧微心里说不清是难过还是期待，隐隐的。夜风吹过，头顶上吊着一方白月，冷眼看着俗世悲喜。

6

有段时间，早饭、晚饭，都要她来打理。有一次，无意识地，林碧微闻了闻自己的手，是一种混合着青菜、肉和洗洁剂的味道，黏腻腻的。她圈起手又仔细闻了闻，身上带着一股子味道。

主妇的味道。

她在心里反复念叨，心便灰了，连带着暮气沉沉的两人关系，都弥漫着一种黏滞不洁的气味，这是日子积郁的气味。她在过日子中慢慢把自己曾经的美好和骄傲都慢慢消耗掉，一眼望下去，就可以看到：操劳辛苦，吵吵闹闹，平庸到老……她忽而想起上一场恋爱中那些没心没肺灿烂的笑，那喜欢的男生在球场奔跑，溅起一地阳光……时间隔得并不久，一下子，却恍如隔世。

林碧微扭开水龙头，让水流漫过泛白的手指，打上肥皂，洗，使劲洗，连指缝也不放过，到最后，却仍然怎么也洗不掉……她举起湿漉漉的双手看着，其实也不是多难过，就是觉得心里惘惘的，有一种随着岁月顺流而下的迟暮感觉，可是，她才二十七啊……身边的水龙头仍在哗啦啦地流着，像是谁藏在角落里，固执地、细水长流地哭。

她要逃开。

却没有方向。

只好误把许天源浮浪的胸怀作为归航。

而这归航在晚上7点之后就果断关闭，不接电话，不回信息，不再念及。因为7点之后他要下班回到家里，她是局外人，为了维护家庭美满，必须将她自动屏蔽。已婚男人残忍的理性，林碧微对此并没有足够的预判。这种局面要等到第二天上班时间，他又恢复坚定的热情，和她在网上调情，讲段子，说荤话，春意盎然。

林碧微不是男人，无法想象他下午刚从她身体里抽身而去，回到家里，关闭手机，微笑出和谐的弧度，就可以道貌岸然地在女儿面前演绎慈父，在妻子跟前扮演忠诚的丈夫……他是怎么做到的？他在和妻子亲热的时候，脑袋里在想什么？他的家庭关系到底是什么样的状态？第二天他那一副热情的嘴脸，到底有多少可信度？林碧微都想不出，可是她又特别热爱想这些。有时候她想着想着感到一阵恐惧，很想失声尖叫出来。

临睡前，和郑一介刚吵了新鲜的一架。吵架的原因是林碧微抱怨他去年应该想法把首付交了，而不是随大流去炒股。"现在倒好，涨成这样，我看跟着你这辈子也别想买上房了。"林碧微说，"就你那熊样，也不撒泡尿照照自己，也是炒股的料？我算瞎了眼！"林碧微生了气，说得就刺耳了点，其实他炒股也没敢投进去多少，不过亏了万把块钱，林碧微无非是找个攻击的托词。"房价涨了，怨我？再说去年为啥没凑够首付，你还不知道吗？你爸住院我出了两万，那不是钱？""郑一介，我一分彩礼没问你要，我爸手术你出点钱不应该？天天挂嘴上了，你还是不是东西！"战线越拉越长，越吵越乱，不知何时，已变成彼此的差评师，互相攻击。郑一介眼看不敌，开门就走，把战斗力旺盛的林碧微晾在原地，林碧微审视地问他干吗去，他气急败坏地说："死去！"

林碧微因为没有吵到痛快，一腔情绪被生生截断，也就甩了门，冲着郑一介的背影喊道："有本事别回来！"

想了半天，气得睡不着，决定突破防线，夜里给他打电话。打了一次他没接，林碧微就锲而不舍地接着打，一直打，直到手机的电全部耗完，那边仍然关机。在晚上 7 点之后到翌日 9 点之前的这段时间，是他留给她的黑洞。他要她拎得清，分得出阶段，掌握好分寸，玩得进退安全。

"你爱我吗？"最近她曾反复问他。

"我爱你我爱你……"他又不需要养着她，只不过约会时享用她身体时顺嘴调个情让她开心而已，毕竟她开心了，身体才更如意，用起来也惬意。

这些道理林碧微不是不懂，而是玩火的人，早晚会把自己烧着。她想象面前有一瓶水，越想越渴，水在那里，快要渴死了。

临末，她给他发了一个短信：

"你安心太久了，我配合得累了。"

7

接连几天林碧微没再搭理许天源。刚一开始老许还涎个脸在网上撩拨她，试了几次，看她不回应，许天源也疏懒下来，该忙啥忙啥去了。林碧微的意思是要他一直死乞白赖恳求，然后她给他个台阶。可没想到得手之后，中年男人的耐心就大不如前，求了没几句，就不再管，把她生生晾在那儿。林碧微那个气啊，几天的工作都心不在焉。不行，得当面将话说出来。午休的时候，她打个车奔过去，在他公司附近的酒店开了个房间，然后斩钉截铁地定位给他：324房！

许天源赶来得匆忙，见面没等林碧微控诉，先劈头呵斥一声："你疯了！"酒店离公司这么近，万一被熟人看见……"这不好玩。"

林碧微开始恶狠狠地脱衣裳。

"以后还是我去找你，好吗？"

林碧微继续脱。

"别这样，我们约定好的，不干涉对方家庭……"

林碧微脱完了。

许天源本能地浮沉了一下喉结，很渴。还能说什么，林碧微也不留余地了，扑上来，骑住他，很激烈，报复似的，一种飞扬跋扈的愤怒，却都变换成妖娆的彩虹，缠绕着，扯拽着，撕咬着，低吼着，不停地喃喃着："说爱我爱我……说啊……"许天源幸福得有点招架不住，双股颤抖着，拼搏着，拆解着，安抚着……一场下来，许天源几乎虚脱。运动过后，抱着她年轻的身体，就像大晴天里抱着满怀的太阳，饱满、滚烫。许天源抽着烟，想，年轻多好，真是块好肉啊，可就是有点棘手。过了很久他才说："以后不许这么胡闹，知道吗?"

"说不准下次我要去你家看看呢。"

"叫你胡说。"许天源挠她。

林碧微躲开，很冷淡，一件一件穿衣裳。"怎么了，怕你老婆知道? 呵……"

"别这么说。"他有点乞求的神色，"我们讲好的……"

"可我现在不想遵守了，怎么办?"

"你什么意思?"

"我也想晚上光明正大地抱着你。"

"……"

"吓住了?"

"你知道不可能，林碧微，我们都不是小孩子了，不要任性，我有家庭，有孩子……"

"睡我的时候可没见你这么有责任心，有家庭，哼，我没有吗？"

"所以我们才不能由着性子胡闹呀！"

"我胡闹？我婚期都延迟了，你觉得我还是胡闹，许天源？"

许天源颓败地披上睡衣，抽烟，也扔给她一支，这么说这个傻妞是来真的了。真他妈傻，不就是玩玩嘛，都心知肚明的，怎么能动感情呢？逢场作戏一旦变成真刀实枪，就非但不好玩，反而可能有血光之灾。许天源哆嗦了一下，咕哝了一句："空调温度太低了。"去找遥控器，一边思忖，这丫头啊，黏住了，可如何是好？到了他这个年纪和地位，哪敢再轻易说什么爱呀情呀，那是年轻时候的把戏，现在只能玩点语言上的花活，隔三岔五地肉体碰撞一下，在婚姻的死水里宕开一笔，带点道德愧疚深入别的裙子旁逸斜出一个小插曲，偶尔惹点风流，人生的这条河还是要沿着既定轨道顺流而下的，并没想着要波涛翻覆改弦易辙。

这事弄得！爱啊什么的嘴上说说不就行了吗，非要落到实处，这谁受得了。心下对林碧微就有些恨，恨她不懂规矩，不识大体。转念又想，这姑娘是有点穷凶极恶了，没经见过几个像样点的男人，和一个傻不棱登的穷小子窝在出租屋里憋屈着，一日三餐地精打细算着，灰头土脸地被生活碾轧着，很不幸的是她确实还有一把年轻的姿色，一不小心遇到了他这个看起来成功的中年男士，成熟稳重，儒雅幽默，带她出入的都是这个城市的高档场所。这就给她一种错觉，以为自己配得上这样的男人，配得上这样高档的生活，再转眼看看身边穷兮兮的男友和灰暗的日常，决定拿爱的名义放手一搏。可她就不想想，我愿意去搏吗？许天源想，当初勾搭她的时候怎么没想到这一层呢？恨意越发茁壮，这个女人，这么迫不及待的非分之想，不自知啊，这还怎么玩下去，像一只急剧下跌的股票，再不抛马上要把自己套牢。不能和她纠缠呢，她什么都没有，就一副青春的身体，自己呢，事业、人生、地位，一点也不容有个闪失。烟蒂烫着了手指，许天源蓦然惊醒，猛地下了决心，得止损，止损啊，老许！

很痛心了。

"你男友不是挺好的，不听你说房子都快买了，婚期延迟了干什么呢？现在遇到一个有责任心的年轻男生多不容易呀。"

"是吗？"林碧微鼻息间哼了一声，很鄙夷，"那遇见一个没有良心的中年男人，容不容易呢？"

许天源干笑几下，摩挲她的头发，像安抚一只流浪猫："我觉得你太急躁了，小微，别耍性子。"他要给她亮出底牌，"我们之间做知心朋友就好。"让林碧微知道，别的不可能，断了你那小脑瓜里的小心思吧，不要试图借助一个中年男性鲤鱼跃龙门，迈进更辽阔高远的生活。小姑娘，收住这份心吧，没有捷径，别想僭越。

"你都这样和你知己上床的吗？"

"……"

"那我们这算什么？——情人？炮友？"

"……"

比较难缠了。

许天源吐着烟气，嘴里咝咝的，牙疼的样子。这女人真是的，随便甩点心思付点精力，就黏缠出感情了。原想着这样的新女性拿得起放得下收放都潇洒呢，谁知上了几个月的床，到后来都一个德行，唉。在许天源眼里，不管你林碧微也好，王碧微也罢，不就是一个来历清白内涵丰富些的高级应召女吗？只是这话能说吗？不能说！许天源看着她，穿衣，梳头，化妆，很干练，很流畅，一副冷淡的模样。

许天源觉出一种莫名的可怕。这女人，一旦动感情和你玩真的了，那就仿佛某种出笼的野兽，杀伤力巨大。

林碧微穿好，开始拎包往外走："……你也别吓着了，我就是想看看你家她长什么样子。"

许天源的火气"噌"一下蹿上来，把枕头摔了，这么大会儿苦口婆心的说教白他妈费劲了。

8

一个人对另一个人厌倦之后,是真够无情的。林碧微现在对郑一介就是如此。他有那么不堪吗?也未必是。只是林碧微心魔正炽,视郑一介为自己一切不如意的根源、急于摆脱的累赘,怎么看他都不顺眼,他说什么做什么林碧微都烦。

那天,她看郝姐在朋友圈转了一条感慨:"女人45岁以后,人生唯一的悬念无非是老公暴毙和绝经哪个先来到而已,到这个年纪,谁不是顶着年久失修的婚姻名义做着同妻?老公秃顶,腰围三尺一,每天看新闻,周末去茶馆打牌,输赢五十,赢了回家就炫耀,输了不说话。上床就睡,打呼噜吧唧嘴……人生累赘啊!……"

林碧微看的时候笑死了,以为郝姐还在口头怨怒出轨的丈夫,笑完了,某个深夜,忽然心惊肉跳地发现,怎么能保证将来自己不是另一个郝姐?至少郝姐她男人还是一个什么副总,自己呢,或许连郝姐还不如。林碧微一眼看到人生的底部,结婚生子,油盐酱醋,大腹便便,打嗝放屁,争吵抱怨,活成一个斤两不差的怨妇。你别无选择。

听着旁边郑一介此起彼伏的呼噜,林碧微一颗心渐渐悲凉下坠。和这个无趣的男人要耗尽一生啊,在这世上,风吹过来,又吹过去,没有一个人遮挡,都是躁动而孤独的声响。林碧微不甘心。迷蒙间睡了,梦见自己还是单身,笑醒了,睁眼看见旁边酣睡的郑一介,牙根痒痒,不由得踹上一脚,像是踹一堆垃圾。郑一介揉揉眼:"大半夜的,干什么?"

"刚梦见你升任科室组长了。"

"真的!"郑一介很感兴趣地聚拢过来,喜不自胜,感动得小眼湿答答的。林碧微躲开他嘴里隔夜的馊味,冷笑一声,掉转过头,留给他一个寂寥的后背。郑一介很快明白林碧微是在作弄他,可能是嫌他打呼噜太聒噪了,那有什么办法呢,天天要赶早上班呢。"你先睡。"郑一介转过身,磨磨牙,"你睡着了我再睡。"

"就知道睡,睡死得了。"这就不讲道理了。

"这个季度我的绩效是 A 呢,比上季度多了一千多块。"她没回应。他轻轻地咕哝了句,像在辩白,"我在努力挣钱,小微。"

林碧微要过很久,等到那些不安分的小翅膀都在红尘里禅定,才能理解郑一介当时的辛酸和担当。但在此时,林碧微只觉得可笑,揶揄道:"你在努力挣钱,房价也在努力涨呢,你的绩效够买二十分之一平方米啦,感觉很不错吗?"

郑一介愣愣地看着她,这么句句打在七寸的冷嘲热讽,他很陌生,心里冰凉一片。郑一介因为极度委屈而忽然膨胀成无力的愤怒，一下子炸开，瞅了一圈，却只能往枕头上发泄，一拳一拳揍得枕头变形："你找挣钱多的去，老子就这本事！"

"你的本事不小，"林碧微还火上浇油，"也想打我两拳吧？"

"哪能！"郑一介想讨好地抱过她，被林碧微拨开。郑一介嘿嘿讪笑两声，带点祈求的神色了，"睡吧，明儿还要上班呢。"

林碧微无动于衷。

"你到底想干啥，林碧微？"郑一介按捺住的那一点耐心，又被她不屑的表情忽地激怒，"我看你最近就是发神经，没事找事！"

林碧微抱着被子，去客厅沙发上睡。

正是这种懒得搭理的轻慢，让郑一介愈加狂躁，恨不能一下子把这个世界砸碎，围着卧室呼啸了几圈，还是把自己撂倒在床上，呼哧呼哧大喘气。林碧微出去得急，手机还在梳妆台前充电，蓝色的按钮一闪一闪，郑一介镇定下来，悄悄把门反锁上，带着一脑门子疑惑，去开林碧微的手机。郑一介左右手腾挪着，做贼心虚，冰冷的手机似乎烫手，试图解开开机密码，却心慌意乱，几次也没成功。但他毕竟是做软件的，解开个电子产品还不算太难，捣鼓了一会儿，还真开了屏，刚要一探究竟，却听到转动门锁的窸窣声。郑一介赶紧把手机抛下，跳到床上，装睡过去。

第二天夜里，等确定林碧微睡熟了，郑一介又拿过她的手机再想检查一下，他想弄明白为什么她最近总是兴风作浪的。诡异的是，已经不是昨天的开机密码了。他再想试验其他的，不经意中瞥了一下床上的林碧微，郑一介忽然尴尬地愣在那里，如同被当众揭了皮。

——不知何时，林碧微已坐起来直直地看着他。

手机掉在地上。郑一介感觉咣当一声巨响，醒转过来，慌忙去接。临时拼凑出一个仓促的笑，手忙脚乱地说："不是这样的，小微……我只是睡不着，看看……看看……"声音却越来越低。郑一介彻底红了脸。就像小时候考试作弊，被老师抓了个现行一般。

林碧微依旧盯着他，忽而霍地起来，夺过来手机，把屏幕划开，扔进他怀里，说："给你，看吧，接着看！"

一时无法收场。

郑一介垂着头，觉得自己很卑鄙，却也身不由己。郑一介在床边跪下来，捉住林碧微的手，林碧微甩开，他再攥住，拿着她的手往自己脸上搧。林碧微潮湿的手在他脸上发出沉闷的声响。郑一介说："小微，你别生气，是我的错……我就是太害怕失去你了……"

他这样林碧微反而更强硬了，抽回手抱在胸前，很冷的样子："你怀疑我什么呢？你敢监视我了，你再好好看看啊，我跟很多男人约炮呢，你不看看吗?!"林碧微拿手机拍着桌子，

"砰砰砰"。郑一介看得心惊肉跳,匍匐着,仰着脸,一脸谄媚,笑得脸都疼了。"我错了,小微,你别当真……"

"我不当真?你对我都是怀疑,我还跟你过什么劲,就你这样的,你有本事再找一个好的去啊……"林碧微几乎咆哮出来,"我当初就是瞎了眼,就不该那么心软,跟了你,我图个啥?"

郑一介不吭,瘫倒在地下,抱着林碧微的腿,一脸惶恐和无辜。

末了,她说:"郑一介,我们分手吧。"

9

早上,一上饭桌,他就知道周立憋着什么话要对他说,准确来说是警告。许天源有这种直觉。每次周立要告诫什么,他都像狗一样能嗅出危险信号。所以,吃饭还是吃饭,许天源心里暗自绷着一根弦,等到周立吃完了,女儿也被打点好,挥手说再见,被保姆送往附近的幼儿园。许天源放下冲女儿挥动的手,就知道周立终于要亮出牌面了。他着意对一碗瘦肉粥埋头苦干,一双耳朵却如雷达一样接收着周立的举动。

周立不动,在看着他。

空气里只有他空洞的喝粥声。

就这样持续了几十秒。许天源把心一横，抬起头，终要面对。

周立和他对上视线，眼睛里窝藏着一点跳出来看戏般置身事外的阴冷笑色。许天源一凛，她每次要下达什么厉害命令时，就是这副轻飘飘的冷静表情。

"今年各行都很萧条啊。"她说，许天源点头附和，这不废话吗，谁看不出今年很萧条？他在等她底下说什么。

过了片刻，周立才续上，他明白，她就是要让他在生死不明之际，多煎熬一会儿。"接下来我准备收紧投资，先缓一缓，看看情况，再往下铺开，"她说，"你们那儿现在有几个总监？"

"四个，财务、人力资源、销售，还有行政。"他说，"你想说什么？"许天源垂下肩膀，把粥碗推开，等着她宣判。

"你觉得开除一个总监，是不是会节省不少开支？"她胳膊放在桌面上，双手搭着，撑住下巴，看他。

许天源攥着拳头，咬着牙根，很粗地喘气。

周立还要雪上加霜，盈盈浅笑的脸庞，问他："你觉得开除谁对公司日常最没影响？"

当然是他。

她掌控三个公司，家政服务、文化传媒，还有一家酒店，许天源只是她文化公司里的行政总监。话逼到这个份儿上，许天源再不发怒就有点说不过去了，刚想说什么，周立已经起身，她的意思已经表达得很严厉了。

拎起包，临走之前，她又晃晃手机："有个女孩反复要约我谈谈，你说，我会去吗?"自己先回答道，"真可笑，有的人怎么这么没有自知之明呢。"

许天源的冷汗都下来了。他张大着嘴巴，傻在那儿，明白了周立今天这番话的前后因果。他妈的，那小娘们儿就是沉不住气，到底是把他给卖了，这不是找死吗？周立甫一关门，他就一把将粥碗呼啸挥掉，杯盏撞击，粉身碎骨，泣血于地。犹不解恨，掏出手机，呼叫林碧微，恨不能立马从无线电波里拉过她，狠狠揍上一顿。

可是林碧微关机。

许天源颓败地倒在沙发里。人很恼火，头脑却很冷静，他在想，接下来该怎么办，甩掉林碧微是一定的，怎么向周立解释。事实上，到这一步，解释也多余，就是个怎么向周立争取宽大处理的问题。这下，有了把柄在她手里，她更容易操控他了，像个提线木偶，在别人眼里，他在舞台上动作夸张地演戏，公司副总，好房好车，有钱，还有闲，儒雅干练，幽默健谈，只是没人看见幕后他被周立提着的那根线。他的成功，具有依附性，可林碧微不知道他的这种假性繁荣，被表面误导了，还真以为他是个顶天立地的中年成功男性呢。

他的渊博，他的幽默，都是没有实权可抓、实事可做，被架空后的消磨，在周立那里，他是个摆设。他那好高骛远又游手好闲的个性，什么也做不成，周立知道。之前放手让他做过投资，好几次都是血本无归。周立嫁给他的时候正好三十岁，这个比她小两岁的男人天生带着一种风情，会哄女人，周立选择他，很大程度上是为了他能解闷。可是，结了婚，他那妙语连珠的口舌之能像被扎了笼头，之前旷日持久的性也懈怠了，各种小心思小情趣逐渐收了起来，周立到这时才知道，哦，他之所以和她结婚，无非是为了走个捷径。之前的那些殷勤和奉承，都是假的。周立自此多了个戒心。在生意上，源头上有她父亲打下的根基，下游有她家族开拓的局面，本来就如一条自成系统的河流。开始许天源还想半路插手，争执了几回，他发现根本没力量与她抗衡。周立在本地根深叶茂，哪个节点都是她的心腹。他是局外人，索性撒手，做一个被豢养的兽。因为被久久压抑着，长期不能表达自我，他的出轨和偷情，也不过是对周立的叛逆。

这是代价。他知道的，当初选择国字脸皮肤粗糙行事专断的周立，他就清楚，自己在这里打拼到死，也根基难固，不如忍忍，将这个别人都消化不了的女人拿下，也算是抄了一条近道……想到要和林碧微结束，许天源又有些不舍得，他们很能聊到一起，常常一聊半天，天文、地理、宇宙秘密、八卦、两性，都聊得分外投机，那种互相发掘、激发、独享的时光，好得如暗夜里灵魂打着远灯，彼此印证和交融。以前，他听一哥们儿炫耀过，和情人多么甜蜜。哥们儿说，他们晚上最后不能在一起睡，为什么，因为三观什么的都契合，聊嗨了，灵魂火花四溅，香气弥漫，肉体忍不住也要深入交谈一番。如此几番下来，哥们儿腰疼，受不住，所以，只能聊到半夜，分开屋子睡。当时许天源还以为哥们儿瞎吹呢，无非是聊天，不过聊得来聊不来而已，至于这么投机？和林碧微在一起，他才知道，至于，确实至于。他说的每一个话题，林碧微都能接得住，然后还能反弹过来，他再往上叠加，她再鼓励，积木似的，越垒越高，越垒越刺激，真是得一寸有得一寸的欢喜。和一个人能这么聊下去，这是许天源以前没想到的，到后来，两人贪恋对方，就不单单是肉体的游戏了，还有这一层精神上的契合，带给人的安慰，让人流连、回味。

许天源一声长叹，人啊，总是这！"这"是什么，他没说。

10

当周立甫一出现在她视线里的时候，她就后悔了。隔着落地窗户，她啜了一口咖啡，有点苦，落杯的手指微微痉挛，不由自主，她预感到自己可能要失败了……可林碧微当时却没想到会溃败得那样惨淡。她只是本能感到，这个女人杀伐果断蕴藏的能量，那种在商场上身经百炼的目光，似乎将林碧微的那点心肠一眼洞穿。中年女人走过来，个子没她高，却给她一种凛然的俯视感，再加上对方站在道德有利的一方，裹挟来一股气场，眼神笃定，不怒自威。林碧微有点怯，小腿绷得时间久了，微微抽筋。清清嗓子，林碧微还是大方走到桌前，伸出手，微笑道："你好，你就是周立吧？"

对方没伸手。林碧微的笑容眼看要煳在脸上，被尴尬风干，就死皮一样难看了。可林碧微雀跃一步，做了个请的手势，然后率先落座，似乎掌握了这点儿主动对方就是赴宴的宾客了。她掠起鬓角，道："老许常对我说您长得有点那啥……我觉得他有点过分了，这一见，还是能看的嘛，回头我要说说他。"

她扳回一局。

按说周立应该把桌上任何一杯液体泼过去，才足以消气，可她没有，淡然坐下，盯着林碧微。"你是挺好看的，"她说，"和我想象的没差太多。"说得也很平和，不像林碧微似的，一上来就憋着给对方一个下马威。

这么一来，林碧微就不好接住，总不能谢谢夸奖之类的。在她停顿的这片刻，周立说了："结婚六年多了，也该痒一下了。"她喝了一杯茶，"没事，我很理解。"又问，"你们打算怎么办呀？"

林碧微一愣，这是怎么了，完全不是预想的画风。对面这个女人笑眯眯的，好像急着撮合他们，倒是自己表现得冲锋陷阵似的，透着一股子临时调集的紧张和凶狠。林碧微收敛了些敌意，一时又不能表现得亲密，就抱着胳膊，看回去："你舍得放他？"

"你错了，是他舍不舍得走。"她说，"你可能被爱情冲昏了脑子，没去问问他到底有多大的本事。"女人最后喝一口茶，看看腕上精致的女表，"还有，下次你再勾搭别的男人，约人家正室，可别点热饮，不是每个人都有我这好脾气，弄不好就给你过个泼水节。"她仍笑盈盈的。起身，要走了，又说："也不是我脾气好，你就这么确定我是周立吗？"

林碧微疑惑地望着她。"那你是谁？"她也起身，四处瞭望，不得要领。再看眼前这个女人，国字脸，皮肤保养下仍褪不去本地女孩的那种黑糙，和许天源形容的没差多少。但从刚才置身事外的态度，她又迷惑了，到底是不是呢？也有可能是周立的闺蜜，或者随便雇来的人呢。

林碧微带着被耍弄的气急，问道："周立在哪里？"

那女人临走，道："不急，你会见到她的。"

林碧微下意识地捂住突而悸动的腹部，她还没亮出最具杀伤力的底牌，可不知真假的对手就已离开。

11

郑一介是被要好的同事刘丰拖拽回来的。他喝醉了。至少灌了一打冷啤酒。不喝酒的时候郑一介是个闷葫芦，喝了酒嘴就泥沙俱下，喋喋不休。借着洪荒的酒劲，往回倒，在那儿执拗地和刘丰理论："你说我不过就挪用那万把块钱，又不是不愿意补上，至于给我在全公司OA界面上挂个通告吗？"他抱着路边棕榈，必须掰扯清楚的架势。"我们公司，那谁，财务的那些人，哪个没拿钱去炒股，为啥单单搞我？"他还控诉上了，"为什么？你说！"

这不扯淡吗？上班时间炒股的多了，挪用的也不少，可人家哪个不是领导，你算个毛，一枚小程序员，不开除你就算厚道了。再说，这个节骨眼儿上，可不得找个杀鸡儆猴的傻子，谁让你撞上了呢？活该呀你！刘丰哄着往前拖他："快走吧，兄弟，这个点了，别让嫂子在家等得着急……"

"屁！"郑一介燃起新一轮的怒意，"现在她才不会管我，我死了，或许正合她意……"他弯腰狂吐了一气，吐完了，坐在地上，迷离着眼，倾诉衷肠，还不时发问："兄弟，你说女人怎么都这样，我们这么辛苦挣钱，一点情绪没照顾到，她就要吵闹，就要找事……"想起林碧微种种，说着说着伤了心，呜呜嗬嗬哭了起来。弄得刘丰很厌恶，又不能撒手不管，拽也拽不起来，郑一介还在那儿倔强地发问："兄弟，你说人这一辈子有什么意思……"

刘丰实在不耐烦，要拿他手机给林碧微联系，郑一介跳起来，夺过手机："别跟她说，我没醉。等会儿我自己回去，你走吧……"

终于耗到下半夜，郑一介吐得差不多了，清醒了些，还是被刘丰架着到了他们租住的楼下。郑一介愣了愣，定睛看看熟悉的环境，才知道是到家了。忽然换了个人似的，一激灵，撇开刘丰，扶着台阶喘匀了气，让刘丰倒着随手拿的矿泉水，细致地洗了脸，捋捋头发，理理衣裳，照自己脸上拍打几下，然后问刘丰："哥们儿现在看着是不是好点儿？"

刘丰点头，虽然说话还有点大舌头，但精神状态好多了，和刚才的萎靡颓败判若两人。郑一介还不放心，拍拍脑门，照脸上胡噜几把，咧开嘴，笑，觉得笑到一个合适的弧度，转过脸给刘丰瞧："不醉酒了吧？"

刘丰不知道他葫芦里卖的哪门子药，唯有点头。"成，那谢谢你了兄弟，改天再聚。"郑一介说着就自己往楼上爬。刘丰本来还想再问他能行吗，看郑一介那突然士气聚集的样子，吹着呼哨，很开心地上楼了。刘丰在回去的路上才琢磨出郑一介的用心，他是不想让家里的女人知道他的挫败、失意，在极力展示他男人的一面呢。刘丰忽然叹了一口气。

有人在万众瞩目中凯旋，有人独自蹚着黑暗而仍努力向前，并恪守一些底线和做人的尊严。前者收获名利掌声，被视为时代英雄；后者满身疲惫，被视为失败者。郑一介就是后者。可谁知道他更用劲呢，竭尽全力去生活，只是有时候却又力气无处使。

郑一介上了楼，开了门，开了灯，绽开刚才练习好的笑容："老婆，我回来了，今儿我正式升任小组主管了，高兴，和同事聚了下，喝了几杯。"他说得每个字都颗粒饱满，像在某种欢快药水里蘸过似的，洋溢着一股子拔高的喜气。

升职，加薪，部门小组长，如果说这个消息在三个月以前，还能带给林碧微一些惊喜感，而现在，经过了许天源带她出入过的那些繁华场所，她只觉得他的高兴有点可怜，为他，也为自己。何况这个升职的消息还是假的。刘丰早在几个小时前，在他喝得拖拽不动的时候，就发了短信给林碧微，并且在林碧微的追问下，告知了真相：他挪用让他保管的本部门下午茶和短途旅游的那点儿机动资金，投到了股市，从 60 多涨到 140 他还不撒手，非要等到 150 的心理价位，结果跌到了 30，好了，全搭进去了……

郑一介还在那儿如撑满的气球，哼着歌脱衣裳、洗漱、飞快地冲凉，然后奔过来，兴奋非常。"把你的抱枕放一边，"他说，"亲爱的，我说把你的抱枕放一边。"郑一介笑着，语气很温柔，以为能融化林碧微。

可是他错了。

他的兴奋在林碧微那儿没有回应，林碧微还是在那儿抱着枕头，抠着手机，脸上表情冰冷。如是平常，郑一介也就算了，最多负气吵吵几声，重重地睡下。可今天不同，他已经满心废墟，急于想证明点什么。

本以为林碧微听见他升职加薪会给点笑脸，他顺势做些啥，在喜庆的气氛里复习一下夫妻间的旧功课，也还能在失败的职场和人生里，找补回来那么一点点实在的暖意。性在这时候不单是性，还是认同，是鼓励，是最后的慰藉。

可林碧微心思全不在这儿，满脑子都是白天那个女人阴阳怪气的笑色，并且又在推演许天源现在在做什么。这一切都想得她脑子要涨破了，哪里有兴致去配合郑一介的虚假表演呢。

郑一介眉眼湿淋淋地，注视着她，很低三下四了。林碧微看见了，要搁在平常，林碧微分开腿，熄了灯，闭上眼，忍忍也就算了。毕竟还没分手。可今天不行，她双手护在腹部，她算来算去，是他的，不是他的……这是她最后的王牌，也是她最疼的那根绳索。她在想，不知道最后这根绳是会给她拴住一个好的结果还是会吊死她的人生？

郑一介喊了一声"林碧微"，又喊了一声，喊到第三声的时候，眼泪已经纷飞，然后灭了灯，扑上去，喝下的酒都焕发成力，所有的不如意和委屈在这一瞬变成了飞扬的凶狠。郑一介一把撕开林碧微的睡衣,摁住她的头,在林碧微烟花般炸开的喊叫中,"啪啪"扇了她两巴掌,强行掰开林碧微的双腿,然后打桩一样,拼命把自己夯下去。

12

那天天气很好。是南国那种晴明的傍晚,天蓝得发硬,云朵如铁线勾勒般边线分明,耍了一天威风的太阳到了黄昏时分,忽然显出温情的一面,楼宇尽染,地面猩红。许天源眯着眼,眼皮跳动得杂乱无章,正出神呢,周立电话他,让他下楼,晚上去那家名人港星之类常过关聚会的私家酒店:"结婚六年了,提前庆祝下。"

许天源骂了一句口头禅,还是拿了西装下楼。周立看着他一边阔步流星地走,一边流畅地将西装穿上。这个男人,三十六了,还这么气宇轩昂,不丢份儿呢。周立想,可是他却嫌弃她丢份儿了。她苦笑一声,真是的。真是什么呢,却一时没了后续,无数的情绪涌上来,周立摇开窗,抽了一支烟。细长的女士香烟带着薄荷的清凉愿望,将心事翻译得苍茫一片。

许天源过来,替她丢了烟蒂,要她换下位子,他来开。周立做个手势:"不急着吃饭,先兜一圈,顺便看看景。你就坐那儿,坐好,我开。"

过了十来分钟,经过几个路口,他才能明白她的用意。

林碧微排队打了卡,和同事一起说笑着,下班。她已经从郑一介那里搬了出来,这些天,她又恢复了单身的那种简单随性状态,一个人,竟然过得比两个人更快乐。许天源来过她租的小公寓几次,两人俨然一对夫妻,终于可以暂时随心所欲,丁香撞破了紫罗兰,弥漫的都是肉的沉湎气息……但分歧仍然横亘两人之间,孩子要不要打下来,他许诺的离婚能否兑现,林碧微都没有把握。

她换了钥匙,给他发了最后通牒,坚决不会打掉孩子,要他对离婚期限给个准确答复。

她在赌。

过了马路,穿过一片绿化广场,对面就是地铁入口,林碧微嘻嘻哈哈,附和朋友说着公司人事社会八卦,维持着正常的社会角色,一起去乘地铁。就在刚要走近小广场时,突然冲出几个人,一把将林碧微兜头拽住,然后拉往较为开阔的广场中心。

林碧微被揪扯着头发,摁住头,看不清有多少人,但从气势汹汹的橐橐脚步声来判断,不下五人,有男有女,薅住她头发往地下拖的是一名力大手沉的中年妇女,头发爹开,声音豪迈,语言粗鄙:"我叫你不学好,年纪轻轻勾搭男人,你这个小贱货……"在队友的协助下,她还掐着林碧微的脖子展示给大家，像集市肉禽摊上的卖主掂着待宰的鸡鸭，"大家看看，破坏人家庭的贱×就是长这样的，都来看啊，不要脸的小三……"她高叫连连，刚才和林碧微一起下班的同事吓得退到一边，其他更多的同事和路人却聚集过来，在广场上围成一个热闹的圆圈，看着圆心中讨伐小三的好戏。

中年妇女粗糙的嗓子大喝一声："打死这个不要脸的贱货!"就打了。其他在外人看来，肯定是她的直系亲属的几个人，得了将令，各有分工：有人站在旁边截住过来劝说的群众，有人扯起自制横幅，上书："小三不得好死!"有人协同"正室"扒林碧微的衣服……到底人多势众，有人摁颈，有人扯腿，有人剥衣，登时林碧微就仅剩摇摇欲坠的文胸和内裤，头被压着，腿被踩着，两只胳膊一会儿护上面，一会儿护下面，却哪里都护不住，眼看就要被对方在叫骂声中扯掉……

周立恰巧将车停在边上，很好奇地问："那边在搞什么，这么热闹，要不要去看看?"

许天源在她拐入这熟悉的路口时，就预感要出什么事了，却没想到周立会使出这么下三烂的手段。刚过红绿灯他就看见了，旁边散落在草坪上的包就是他给她买的，林碧微被撕开的皮肤炸开刺目的光线，如同箭镞，纷纷刺中他眼目……许天源脑门上憋出了汗，握着双拳，很想一拳砸到周立宽阔的脸上。周立还在那儿做好奇状："我们往前点，从这个方向能看清。"

许天源抖索着，避开眼，看别处，夕阳还在那儿流连着，不忍落山，他多想一把将残阳摁到水里，然后扯过一把黑夜，盖在林碧微身上……可是，他看见周立家政公司旗下的员工，还在英勇地对林碧微最后一件内衣发起冲锋。在拉锯的间隙，林碧微往这边停驻的蓝色小车望了几眼，也许她看见了他，也许没看见。许天源浑身哆嗦，看着林碧微挣扎着，在众人嘶喊的推搡中，像风雨里一枚痛苦旋转的叶子，脸上是破碎的眼泪，身上裸露着，一片紫一片红，她挣着站起，又被几只脚踹倒在地。世界全乱了，一切都在疯狂旋转，林碧微脸色煞白，捂着肚子艰难地站起来。公司就在一百米之外，众多认识的不认识的同事就在周围，林碧微裸着身子，眼睛里涌动着绝望的光芒，她站在那儿，忽而疯狂地大笑，暗红而浓重的血迹从她战栗的两腿之间慢慢往下流，沿着小腿，一直流到脚踝……

许天源看着她瘦小的身子一下一下地抽搐着，那身体里的笑声和痛苦一起膨胀开来，狰狞着，使她整个身子都在这疯癫的笑声里剧烈地颤抖……那几个骁勇，眼睛里渐渐露出恐惧的神色，然后骂骂咧咧地一哄而散。终于，在看客群拥而上要去制止的杂沓声中，林碧微忽然一头栽倒于地，嘴里吐出夕阳一片……如此狰狞，如此凄清。

倒地之前，林碧微终于看见他们，车子里，许天源脸色扭曲、愤怒、惶恐、无力，都是可怜的人。驾驶座上，是周立那张冷静的方脸，被岁月柔和了棱角，配上短发，干练、冷淡。

周立将车子发动："还要看吗？"她问他，却没等他回答，

"晚上的铜锅蒸鸡据说不错，走吧。"

13

"有那么一个故事你知道吗？"

"什么故事？"

"有人养了一株玫瑰花，天天给它浇水、除草，照顾得它好好的，在这样的照顾下，花开了，很漂亮。她希望他会和她说说话、夸夸她，但他没有，他很累，要养家，要工作，有时候浇水、除草也疏忽了。花很怨恨他。忽然有一天，有个人路过，惋惜地抚摸着她，开口就说，你好美啊，我很爱你。她觉得好快乐，终于等来了一个人对她说这些话，终于有人来懂她、夸她，她便更卖力地开给他看……"

"你别说了！"

"怎么了？"

"你不是就想说我是那浮浪的花吗？是，你是那要养家要工作的园丁。你伟大，好了吧，你站在道德制高点，完美无瑕，我见异思迁，不知恩报，水性杨花……"林碧微落下泪。

"不是这个意思。不是笑话你，也不是趁机和你复合，等你好了再说。"郑一介说，"你还记得那串塑料钥匙串吗？上次你搬家后，我后来清理屋子，在床底下找到了。喏，你还要吗？"

林碧微没接。

这个钥匙串，是他们当初一起逛地摊买着玩的。买的时候郑一介还很郑重地说："小微，先给你这个哈，等咱们买了房子，拿这个给你换成真的属于我们房子的钥匙。"

…………

林碧微已在医院住了半个多月，身体损伤，流产，还有心里的伤口，她恢复得很慢。这是后来了，讲这个故事的时候，郑一介辞了职，换了一家公司，比原来待遇要好，精神气也就上来了。郑一介似乎什么都知道，又似乎什么都不知，他仍然来，陪护她。

林碧微还在哭。

郑一介动了动，想去安慰她，却最终还是又坐下，然后，问她："吃什么？我去买。"林碧微没吭。郑一介起身，出了病房，来到走廊，回头隔着窗户看到林碧微还在那儿拭泪，主动权暂时在他这儿了，他有一丝隐秘的快慰。但随即巨大的悲哀又席卷了他。郑一介抖抖刚才坐麻的腿，去外面给林碧微买吃的。出了医院，抬头看天上，一轮残月当空，照看着尘世的冷热悲欢。郑一介忽然悲意袭来，泪下两行。郑一介想，我们都将被这喧嚷的时代埋葬，连同我们可怜的可悲的种种欲望，而宇宙洪荒，江河滔滔，时光仍哗哗流淌。

在郑一介去买饭之后，林碧微睡着了，睡得很浅，梦见有夜鸟飞过，呼啦啦地，翅膀扫过她的脸。她激灵了一下，猛地坐起来，睁开眼，白炽灯明晃晃的，什么也没有。揉搓了很久，明知是一场幻觉，脸颊那块却一直坚韧地疼，像窗台上不知谁摆放的那一枝塑料花，执拗地红。

第二章 纸婚祭

1

婚纱照拍到下午的时候男人们早都累了,女人们却都还兴致很高,各自在镜头跟前顾盼生辉。趁她们拍个人写真,几个同时在摄影基地做道具的男人暂时被晾在一边,然后不知谁热情了点,借助一支烟,这些"油头粉面"的新郎便攀谈起来。一边聊天一边还要赞叹摆拍的新娘。从妻子们压制的嗔怒里,郑一介似乎能看出他们未来家庭风暴的端倪,然而当时,他们只是疲倦地微笑着,一脸幸福的模样。

郑一介拢拢额前的发丝,又点上一支,在烟雾里,看向那个即将成为自己法定妻子的女人,这个女人高挑美丽,化了盛妆,更显光彩明亮。郑一介抚摩一下自己即将提前撤军的发际，再低头看看因为办公室久坐而率先凸起的肚腹，他胜出了。这么美好的女人，到最后碾落成尘，委身于他的户口本。想想自己的家庭，想想仍在老家打光棍儿的兄弟，他告诉自己：郑一介，你要满足，要感恩。

摄影师招手让他过来，完成最后一个拍摄主题。郑一介赶快摁灭烟蒂，小跑过来，那郑重的神态，仿佛赶赴战场。按照要求，他环抱着新娘，嘴唇贴在对方额头，他明显感觉到林碧微蹙紧眉头，却也只能忍受他呼出的烟臭。而他右手揽着她的腰，左手和她交扣，碰到她腹部的时候，郑一介下意识地颤抖了一下，似被烫住了。那洁白如堆雪的婚纱下，是她流产后刚恢复的肚子。

肚子里流掉的是别人的孩子。

都过去了，他知道。所以郑一介又在心里狠狠地默念一遍，他妈的，都过去了。他相信，这会是一个美好的开始，他咧开嘴唇，挽着林碧微，配合摄影师的调度，笑得弧度恰到好处。

2

整场婚礼还算顺利，或者说林碧微心如死灰，任人摆布。

她整个人像是大火灼烧后的花圃，眸子是迟滞的，人是木的，笑容也是机械的，但她配合着，礼貌而周到，供给大量的假笑。整场下来，郑一介攒了一肚子气，又含着一种委屈，他甚至替林碧微觉得累，当然，他也累。

拜天地时，大都是鞠一躬了事，一拜天地，二拜高堂，母亲当堂而坐，头巾包住三尺白雪，抿一下鬓发，气度威严慈祥。她搀着临时从病床上架出来的中风的父亲，替他打理好胸前佩戴的礼花。父亲因为极度开心，歪斜的嘴扭曲地笑着，不住地流口水……鞠了躬，母亲起身，将红布包着的改口费和一只玉镯子递过来，郑重言道："闺女，我们家底薄，委屈你了……"

林碧微忽而跪下，挪步向前，双手接住，捧在胸前，喊一声："妈。"郑一介旋身而跪，自始至终憋着的一泡眼泪轰然落下，抬眼处见母亲笑着揩眼角，她在欣慰。夫妻对拜，郑一介执着林碧微的手，紧紧攥着，他说："谢谢你。"那一刻，所有的怨怒都烟消云散，他对自己下誓：这个女人，他要对她好，一辈子。

回到海城，郑一介对婚礼的坚持近乎偏执，从酒店规格到司仪到朋友邀请，他都要最好的，颇有点把钱不当回事的样子。他这个心态，看似如贫户人家整日里节衣缩食就为了节庆上露回脸，而其实，林碧微知道，他带着赌气。他也要给她好的，他也能给她好的。他以为他能。林碧微看着他订酒店发请帖谈费用，有一种辛酸的感动，更多的却是无动于衷的冰冷。

当他终于敲定海边的格兰云天大酒店，与对方讨论订金时，林碧微抢过他的手机，截断说："不好意思，我们不用了。"然后挂断了给他，坐回沙发里，望着他，"别这么折腾了，好吗？"

"一辈子就这一回，得隆重点，不想那么寒酸。"

他们都在用恳求的眼神望着对方，而这恳求，也带着一份较量。

"家里已经办过了，在这里，很多人根本没熟到那个份儿上，这么大张旗鼓，有必要吗？"

"我觉得有必要的。"郑一介翻开手机查询其他酒店，避开她的眼睛。

"你看，妈妈已经把最贵重的给我了，我很知足，不用再办了。"她摇摇腕上的手镯。

手镯光泽黯淡，和她白皙的皮肤其实不相称的。她能不嫌弃，郑一介觉得欣慰。他喉结浮沉了一下，还是说："小微，这一次，依着我，行吗？"

话说到这个份儿上，林碧微知道他的性格，他要认死理了。

他只想扳回一局。

可是她怎么却落了泪。"你心底还是不能释怀，对吗？"她说，"是，我是跟他睡了，怀了他的孩子……我以为在医院那半月你已经原谅了。"她苦涩地笑,"看来你要一辈子记恨于心了。"

"不说这个。"郑一介蓦地坐下,又站起,攥紧拳头,又舒开,"我既然娶你,说明那都过去了,我就想风风光光地让别人看到我娶了你,不行吗?"

"你这是要让我风风光光吗?"林碧微噙住一股泪,"你这是大事张扬,让别人都明白我林碧微瞎了眼,不识好歹。你对我好,我他妈不知道珍惜,被别的男人玩腻了,玩大肚子了,不要了,你不计前嫌,收垃圾似的,又收留了我。"她终是哭出,"你不就是这么个意思吗?"

"那是你这么想的,林碧微,不是每个人都像你那么心思多。"

"呵——"她甚至想吼出:"你别就抓住我那点错处不放,我不觉得那是错,再说你以为我不嫁给你,就找不到更好的吗?"到底没说。她瘫在沙发靠背上,"我没猜错的话,你身上还有不到二十万块钱,加上我这三十万,我们去选房,付个首付。"她说,"我累了,一介,我们好好过日子,行吗?"

3

婚礼还是办了。林碧微看清他性格里让她恐惧的执拗。这是冰面下的一道裂隙，她想，有一天，它还会发作的。林碧微困倦已极。只是在婚礼当天，她收到一个快递，没有署名，也没地址，打开，空荡荡的，只一张卡。她知道是他。插到附近银行 ATM 机上，她猜了两次密码就输对了，密码是他们第一次见面的日子。里面有十万。她知道他尽力了，被一个女人管着，还给了这些钱。她想，算他还有良心，没白陪他一年。她分批转到自己账上，到最后的一万，她转掉 9479 元，把卡抽出，再插进去，最后输入一次密码，让那数字在屏幕上亮着，然后走了。

很俗套，也很坚定。她以此表明，她和他，那是爱情，而非蓄意破坏他的家庭。从此，相忘于江湖，再不联系。

一年前，郑一介正攒钱试图为她买套房子，那时候，她厌恶了这平庸的日子急于找个出口，那时候她还不知道流产也会那么痛……不过一年的时间，却恍如隔世。林碧微像个老人躺在昏沉里回顾已逝去的岁月，没有什么难过，也没有什么对错，就是经历了，过去了，就这么一个钝钝的感觉。如果每个人都是苦海里泅渡的鱼,她不过是探出头,恰好被许天源垂钓上钩,跟着上岸透了口气,环游了一圈,撒了个欢,现在又扎回了水下。可是她还记得那岸上的空气,她想:我这回要不靠别人,自己也要得到那种气息。那种气息就是经济宽裕的人,在这城市里,近乎自由地畅快游弋。

林碧微辞了职,虽然这个做了三年多的大公司行政文职小组领导职位,她做得顺风顺水,月薪过万,还有季度奖和年终绩效,完全够养她以往那份文艺范儿的生活:美食、民宿、插花、灵修、讲座、旅游……诸如此类都市中级白领在朋友圈堆砌逼格的事务,她都驾轻就熟。事实上,也就是这些东西,让她在许天源那里卖上了价钱,她冷笑——不多。睡了一年,还要精神上能共振,前后加起来,也不到二十万。自己就值这么点钱?

她后来也从不曾恨过许天源的欺骗,没有向她坦白他只不过是一高端小白脸,背靠着妻子的成功而求得一份光鲜。林碧微也不曾恨过他妻子为了拆散他们而使的卑鄙手段。甚至,她终究要感谢他,至少把她领上岸,让她撇开以前那种看似精致实则四处漏风的文艺范儿,看到这个世界的残酷和繁华。这世界,还有另外一种辽阔的生活,还有更为阔大的人生,等着她去抵达,她想。

辞职当晚,林碧微下厨做了一桌晚餐,还醒了红酒。郑一介下班回来,盯着餐桌看了片刻,他笑了,那是发自内心的喜悦，然后他眼角有点潮，走过来，给她一个拥抱。她想，他肯定又会错意了，她已很久没这样给他做饭了，他以为她回归贤妻良母的正道上了。他抱得这样用力，恍惚中，似乎陪他烟火长情地过下去也没什么不好。郑一介想趁热打铁加深这种好，可林碧微轻轻推开了他。"别闹，快吃饭。"她的声音带有出奇的安抚效力，郑一介乖乖地被她牵引，坐在布置好的餐桌前，看她将红酒杯注满，"吃饭前，给你说个事，不管怎样，你都不要生气哦。"

郑一介从梦幻里醒来，看看她淡敷脂粉的脸，摸不透吉凶，他只好老实地说："算了，还是吃完再说吧。"无论吉凶，至少他还可以怀着好心情吃完这顿饭。

这才是让林碧微会心疼的地方，他知道掌控不了她，那份时而在她跟前流露出的卑微，促成了和她登记到一个户口本上。虽然那卑微也可能是伪装的。

一餐无话。

"说吧。"他擦擦嘴，含了口红酒，顺势漱漱嘴，然后下咽。

微微恶心。

诸如吃饭挑菜、吧唧嘴、磨牙……对于他身上这些不时沉渣泛起的农村烙印，林碧微总是隐隐生恨。

"一、我辞职了，休养一段，然后换个工作；二、休养这段我去看房，近期要把房定了。"她说。

"你向来什么决定对我都是通知一声，大国对小国照会似的。"他是自嘲着嘟囔着说的，后面半句："你和我商量过吗？是不是从没把我当回事？"他咽下了。

"这么好的工作你说辞就辞了，再上哪儿找去？"他的责问里带着一点愠意。是的，在这城市里组建了家庭，就要类似于强强联合，你这边忽而撂了挑子，存款少了一份，开支却多了一个。太不负责了。

"又不用你帮我找。"他没有能力帮她找，她也不需要谁帮，她有能力。林碧微也是笑着说的，郑一介嗫嚅了两下，却生生噎住了。

"好吧，你看着办。"

"你的钱，股票里的，存折里的，都要提出，这几天给我，我要合计下，看什么档次和户型的房子。"

"租着不也挺好的。"他说，"这么租着，住得不爽了，随时都可以换房子不是？"

"那你租着。"她说，"哪怕只够买个单间的，我也要买，写我自己的名字。"

"不能缓缓？"

"不能。去年要是听我的，本来可以买一百多平（方米）的，现在七十平（方米）都够呛，你还想怎么缓？"林碧微将手机划开，给他看，"我的，这些，三十一万。我妈妈会支援一些，她给的，要打欠条，那是她养老的钱。你的，都提出来，有多少？"

"十来万。"

"十一还是十九？"林碧微对他吞吞吐吐的神色不满，"没打算让你出大头，连坦诚也做不到吗？"

郑一介做不到。他说他要一半给智障的哥哥作结婚钱，给瘫痪的父亲作看病钱？他说不出口。他仅有十七万，那是十七串希望，十七个用处，串在他肋骨上、心坎上、命脉上。他人穷志短，骨瘦体寒，哑口无言。

"我妈妈退休金一月才三千，刨去衣食住行吃药打针，昨天她说愿意赞助咱们六万，你算算，她一个人要攒多少年？"林碧微别过头去，声音低下来，"你以为她有钱吗？她是心疼闺女，心疼的不单是我，还有她自己。她一个数学老师，含辛茹苦拉扯我长大，这么多年，我们孤儿寡母在小县城里受了多少委屈……她只是不愿我再像她那么苦。"

"别说了，小微。"他应该说出"我的都给你"，可他想想三十五了还打光棍儿的哥哥、卧床的父亲和头发花白的母亲，到底还只是说："不够的我去借，你放心好了。"

她放心个屁。

林碧微叹口气，收拾碗筷，在厨房弄出一片响动。到底意难平。她用力攥着抹布，她是在恨她自己，为什么在现阶段只配这个男的？还有没有能力掌控自己的命运，做一个有底气优雅的女人？

在这一连串的逼问中，伴随着水龙头哗哗的水声，她首先想到的参照却是周立，是的，那个在弹指之间就将她灰头土脸斩杀于地的女人。前情人的夫人。她生生恨着却又渴望成为的那种女人。

4

台风天气来临，电网线路故障频发，作为技术人员，领导要他赶往邻近省份的客户单位去现场调试软件。部门里已婚男人没谁愿意去，吃苦受累不说，那一点补助也构不成诱惑。郑一介却主动请缨，毫无疑问地作为技术组长率军出征。说起来他的两个兵也够寒碜，一个是打算办完事顺便回趟老家的，一个是实习生。郑一介看到名单，心里骂了句。在楼道抽烟和部门领导交接事宜，适逢张工路过，问他有无意见，他连连点头，说没没，明儿一早就出发。张工是总经理，技术出身，有着老牌理工男不屑人际透迤的清简脾气，在公司强调只要是做技术的，不称职务只喊某工。张工拍拍他肩膀："好好干。"走了一步，又回头，说，"多带带小何……"能被张工拍下肩膀，郑一介不至于受宠若惊，但确实挺高兴，张工走后，肩膀还觉得热灼灼的，很受用，对这次出差也没了抵触之情。旁边的部门领导从没有过地主动拔出一支烟敬他，嘿嘿一笑，很莫测的样子。后来他才知道，张工旁逸斜出的热情，是为了那个实习生。

到了邻省服务客户那里，是一个县新设的工业园，园区空旷偏远，处于初建阶段。甫一到站，就被客户劈头盖脸吵了一顿，抱怨公司软件质量各种不行，净耽误事，还想不想合作了。郑一介挺着一张疲惫的脸接收训斥和唾沫星子，心里窝着火把对方直系亲属问候个遍，脸上却保持着笑意："好的，好的，我们这就着手解决。"终于谄笑着把大爷哄下来，人家临走撂砖头似的甩下一句话："明儿上班前还不行，你们就看着办吧！"

几个人面面相觑。"还愣着干吗？走吧，干活吧。"没等他说完，何东就嘟囔起来："操，牛逼什么呀，不就是一打杂的嘛。"不知是说刚才那位爷还是另有所指，郑一介被噎在那儿。其实一路上对这位小主早就腻歪了，他全程戴着耳机玩手游，买票安检行李设备这些全不关心，但有张工事先交代，也不好说什么，可现在三个人，还有王工呢，总不能让你一个去休息吧。"这样吧，小何、王哥你俩先回预订的酒店，我先去打前站，你俩后边来替我。"王斌还假意道："要不我也先去机房看看？""真要去？那更好。"王斌反而去替他拎起行李，龇牙笑笑："我还是先把东西放酒店里，再去找你。"

郑一介骂一句，妈的，公司这帮孙子，真是，搞团建喝酒时当着领导都拍着胸脯信誓旦旦众志成城的样子，真用到了，谁也不想出力。也怪自己，级别太低，使不动这些狗日的。他想，现在他要是小组组长，看他王斌还敢放个闲屁？

怀着一腔闷气，饭也顾不上吃，郑一介直奔机房，调试园区变电站综合自动化系统软件，一个人从下午干到晚上，找出了软件中的漏洞。重新修复安装，要有人在机房操作，另有人去现场看下调试后情况，却左右不见那两位露面。电话打过去，旁敲侧击了解到，一个在和赶来的老婆孩子吃团圆饭，真当成旅游了；另一位小爷呢，据说是溜达去了。"去哪儿？""那谁知道。""你问一句能死啊？"郑一介快要气炸了。"问了，人家没搭理啊。小年轻嘛，说不定在这地儿还有约好的女孩呢。嘿，郑工你是这次的头儿，你去问呗。""先别啰唆，我就问你，今天调试不完怎么办？""那就明天调呗。我们张工既然能拿下园区这单，肯定大领导之间有关系的，不要听下午那个装×的小马仔吓你，放心，合作得好着呢。我们大老远坐一路的车，还不让休息会儿啊？再说，我又不急于向公司表现什么。"最后这就说得阴损了，你和家人团团圆圆不说，合着老子喝凉水啃面包在这儿挠头调试是急于邀功啊。嘴这么损，怪不得四十冒头的人了在公司还只是个写代码的，不亏。郑一介真想把键盘甩他脸上。"得得，你和嫂子好好聚吧，晚上您老保重身体。"

挂了电话，郑一介也想撂挑子回酒店：大爷的，不干了，显得他多想表现似的。可话说回来，他认领这次谁也不愿来的出差，不就是想在领导跟前露个脸吗？年底考评好了，别说部门组长，能升个副的也好啊，每月加一千多块钱呢，买啥吃不香。盘算一圈，说到底，自个儿贱，面包也没的啃了，却还得干。一边跑现场一边调试，忽视肚子的抗议，弄到十一点多，才算基本排查完事。拖着步子，走出园区，等车的工夫，刚要给林碧微打个电话扯点咸淡，忽而进来一个本地的陌生号码，接通了，就是："你是何东的朋友？""朋友？嗯，算是吧，同事。怎么了？""来一趟吧。"派出所的。

这都是些什么事，他想。在平息肚子不停咕噜噜的叛乱和去不明所以的派出所之间纠结了两分钟，最后还是决定去找何东。到了地方，一问，才知道这货约炮给约进来了。他在酒店不好好待着，约"附近的人"，聊骚了一位，大学生，包宿，讲好了价钱，挺贵。另开了房间，来了人，打量下，确实还真诚信经营，身条长相都挺对得起这价位，收了钱，急忙剥开。在落实阶段，女的却鲤鱼打挺起来，一翻包说套忘带了，要"下去买去"。他指指酒店里的，女孩说她"那方面敏感"，有固定的牌子，别的"用不惯"。被他一把薅住头发，兜头扇了一脸：耍谁呢，这一下去肯定有去无回，跟我玩儿仙人跳呢？就要奋力蛮干。然后就有人叩门："查房查房！"三个人，一个小团伙，他被坑了。这漂亮风情的女孩是诱饵，能看不能吃的，拿了钱找借口溜掉，还要奔赴下一场呢，溜不掉就手机悄悄发个信号，立即有人上来解围。本来认栽也就算了，可他还不忿，就打作一团，到底年轻，经常健身，骁勇善战，从酒店一直打到街面，终至被吃瓜群众报了警，才天下太平。人家一哄而散，只剩下他形单影只，被带进局里。头破血流还没认清局面，不服软，还在质问为什么不抓他们，类似"你们包庇""是一伙的吧"这样的话都能说出来，再挨一顿，真不亏。

这形势，郑一介不敢多说，看一眼灰头土脸的何东，转身走了。他真不想搭理，就按嫖娼拘留他个十天半月的最好不过，如能以寻衅滋事严厉处置，那更大快人心。不过，出了门，他还是打电话给园区负责人，低声下气，一层一层求情。园区负责人问这小子到底是什么来头，郑一介想过给张工汇报下的，转念想，不能汇报，一是不知何东和他到底什么关系；一是刚落地就出这么丢人的事，也显得他没能力。郑一介只好含混地说："我们张总特意交代的，要照顾好他。"好在派出所就在园区附近，平常来往比较紧密，也是没抓到实施诱骗的女方，何东刚才要是态度好些，也不至于搞成这样。最后多方努力，仅做行政处罚，对何东教育后，做罚款处理。郑一介去附近银行取款机取钱，要交派出所，也要感谢园区负责人的帮忙，取了三千，想想，咬咬牙，又加了三千，装在兜里，沉甸甸的，走回去的每一步都扯得肋下生疼。这是他的钱，一张一张挣来的，郑一介真想骂一句，却点头哈腰地交了罚款，好话说尽，给园区负责人塞了红包，才保出了何东。

和他一起出来，何东走在前面，没一点领情的意思，还说："弄这么磨叽，刚我还以为你转头走了呢，操。"

这个狗日的，和张工什么关系他不知道，也懒得猜度，只依稀感觉家境优渥。他妈的，你约炮打架不拿钱当回事，爱死不死，老子挣点钱养家糊口惹不起你，可你牵涉上老子干什么？郑一介撇开他，走到路对面，一肚子饥饿和愤怒，加上心疼钱，冷热交替，腹胀如鼓，头晕目眩。扶住电线杆，给林碧微发微信："睡了吗，小微？一天了，你也没问问我在做什么……"两相交织，心内一酸，几乎落泪。

还好还好，回去俩月后，郑一介升任软件开发二组组长。

加一千五百元工资。

当晚的事他未对人吐露一字，但偷拍一张签字领何东的照片。

何东，这个吊儿郎当的实习生，是总经理张工唯一的姐姐的独子。

5

再次坐在街角那家隐蔽的咖啡屋里，林碧微真切地感受到什么是物是人非。准确地说，是她"非"，周立还是那么惯常的沉着和美。看着她进来，林碧微有一阵恍惚，她是在作死吗？她问自己：你，一个前小白领，瞎猫撞上了死老鼠，打着爱的名义，撬了人家名义上的丈夫，还被这女的不动声色地找人在大庭广众下当面羞辱撕扯，现在，却又约她出来，和她对坐，不是作死是什么？

林碧微在赌。

她觉得她能赢。

她知道此刻周立看着她，就像看一个痰盂，带着骨子里的嫌弃和隐藏成优雅的敌意，甚而还带一点好奇——这小骚货竟还敢约她出来，并且脸不红心不跳——她来赴约，是要看看，现在的女孩，到底能不要脸到何种程度。

"一年了。"她说，"离上次见您。"林碧微摸摸左眉，幽幽一笑。眉骨那里是上次在广场被周立的"雇佣军"打破的，伤好了之后，有一道细小的痕迹。她率先坦诚给周立看她留下的成绩，是周立未料到的。"我就想当面给您说声，对不起。"

周立的眼神里全然不屑，眼睛都没抬。"年轻人，最容易好了伤疤忘了疼。"她说。

"对，我确实忘了，过去的，早都忘了。怪自己不自量力。"

"想明白就好。"周立说，"还有事吗？"

"我结婚了。"

"那要祝福你。"

林碧微迎着她的眼睛，笑了。"对女人来说，婚姻是不是就好像一道强加的人生程序？戴了这个紧箍，自己甘心也罢，忍着疼也罢，都只能护着它，不让别人碰。是吧，姐？"

"到我这个年纪，可能就没你这么多想法，安生过日子就行。"周立强调一遍，"没别的事吗？"

林碧微拢起鬓发，清清喉咙："您在海城市区和下面镇街的人流集散处共有三十二家连锁风味小吃店，每个店面一天的流水大概在三四千元，您采取的是客人选好单品后来收银台付钱打小票，然后拿着小票去每个档口领取吃食。"她停顿下来。

周立瞥她一眼，意思是这有什么好说的，有屁快放，别夹着掩着。

"周总，您想过没有？万一收银小妹和店里随意一个档口的小厨师串通起来，把用过的小票再次拿到前台，顾客点的金额正好和已用过的小票面额等值，若是客人多时，完全可以打下马虎眼，直接把钱收下，不经电脑打单，再次把小票循环使用。毕竟小票上都是差不多的时间段，即便您晚上财务盘点，也找不出差错。"

周立是略微沉思一下的："我的店员不会做出这样的事来。"

"您肯定在心想，真不愧是做过小三的狐狸精，心里这么阴暗，对吗？"林碧微笑，"收银都是小女孩，档口的也都是年龄相当的男孩，您能保证他们不起恋爱？我上学的时候在快餐店里打过工，知道里面的猫腻。不管怎么说，您这样是有漏洞的，我也是说万一，是吧？"

"即便串通，又能有几个钱呢？"周立放心地啜口茶。

"那确实，和您那么多产业相比，整个连锁店也占不了多大比重，可那毕竟是您的钱。"她说，"我注意到，过了顾客高峰期，店长不在的时候，店里人员服务热情可就没那么高涨了，我倒是有个小小的想法，不知您想不想听呢？"

"说吧。"

"每个店面一天的流水大概也就三四千。不如这样，您固定个额度，比如四千元，然后多出来的部分，每个档口可以根据营业额获得相应分成，比如多营业了一千，您收回八百，那二百作为奖励，相信店员会很热情的。当然，至于具体分成比例，您有专门的财务，可再斟酌。您觉得怎么样呢？"

周立慢慢喝了两口茶，带着怀疑和警惕的神色，道："你为什么要跟我说这些呢？"

"我辞职了，在找工作。"林碧微说，"希望刚才能是面试，如果能通过，我愿意成为您的员工。"

这回轮到周立恍神了，她甚至要笑出来。这笑里既有对她身份的鄙夷，可的确也有对她灵犀敏锐的赏识。

"您大约不敢要我吧？"

顺着说下去，敢与不敢，都是她已预设的伏击。周立看着她："小林，我低估了你。"

"如果不是这种关系,您是不是会直接让我接管连锁店这块业务的助理?"林碧微自鸣得意,这得意透明而欣喜,她愿意刺激另外一个也聪明的女人。"那我就斗胆再说一句,您可以瞧不起我,没关系。但是我能来找您,说明我现在和您一样,骨子里,都已不怎么相信男人了。以后,我只信自己凭本事挣来的。"

"你总是要有点什么目的?"

"也可以说有吧,"林碧微把玩着杯子,一字一字地说,"我想成为你。成为您这样的女人。"

"那我可能装不下你这野心。"周立挪揄道,"天地很大,你可以去别的地方。"

林碧微索性撕破,不成就拉倒吧,她想。"别总是用这种审视的眼神看我,许天源对你来说是婚姻完整的装饰,对我说,也早已成路过的电线杆子。姐,现在,我明说了吧,您的敌人已经不是我,您应该有所察觉。您看这里,是他的手机号码给发来的信息,'睡了吗?'还有一句,'最近在做什么',都很简短,我觉得或许不是他发的,可能是他身边的某个女人,比如他在洗澡时、打盹时,偷着用他的手机循着号码发的,试探她此时是否是他的专宠,试探他是否还有别的女性。"

林碧微说完,有一丝愧意,他都成了她背叛投诚的砝码,想想真是好笑。"您刚开了一家婚纱摄影山庄,想必很缺得力的人打理。不急,周总,您再考虑考虑。"

6

拿到加薪第一个月工资的周末,郑一介买了新款的白金项链,请人修好了租房卧室自带的嗡嗡响的老空调,花瓶里插上一束盛开的栀子,外卖叫了四个菜:一碗香、酸菜鱼、白灼虾、藕饼,都是林碧微喜欢的。他发信息给她:"亲爱的,回来吧,今晚吃鱼……"他少有地在末尾用了省略号,有无限想象空间似的。吃鱼是他们夫妻晚上活动的私密信号。也确实,两人这一段好久没有吃了。

掰着指头,郑一介算着再过两个月就是林碧微的生日了,二十八了,是得让她过得像样点。从认识到恋爱再到结婚,中间相守、背叛、复合,才两年多却觉得半生都陷入了里面,想想郑一介就忍不住深深一声感慨:真不容易。

靠在沙发上等林碧微回来,郑一介睡着了。在依稀的睡梦中,他又梦见初见她时,她栀子花一样初绽的笑脸,在明丽的阳光下,她笑得那样好看,那样清晰,连她脖颈处细细的绒毛都看得清,似乎伸出手就能触摸到她的快乐……郑一介笑了。在梦里对自己说,要赶快挣钱啊,在属于自己的房子里要个孩子,最好是个女儿,和林碧微一样漂亮,当然,脾气呢,就不要随妈妈啦。

他迷糊醒来，是外卖送饭来，林碧微还没回，并且电话也不通。郑一介又等了半刻钟，不由得语气加重："不是说去剪下头发吗，这么久？"如果说刚才兴兴头头里外布置，像是一个气球储满期待，这会儿，气球慢慢瘪了下来。他现在，对她的耐心散得很快。

林碧微终于赏他一条信息：遇上个朋友，喝茶呢，一会儿就回。

"什么朋友？"

林碧微没理会。

"我发现最近你朋友挺多啊，经常出门就能碰上一个。这概率要是换算成捡钱，咱不得捡它个万紫千红的。"

林碧微没理会。

"这大半天了，男的女的啊？叙旧呢吧？"

…………

好似一朝被蛇咬十年怕井绳，她出过一次轨，就带着原罪似的，一旦有约会，他就忍不住暗自忖度，想象丰满，嘴贱手贱，如同此刻，怀着嫉恨和猜疑，逮着对话框一个劲地激怒对方。果然，林碧微大喝一声："操你大爷，你有完没完？"

一时世界太平。

他的猜疑有了她的愤怒作为回应，达到一种平衡。他不发了，她也不回了。等吧。郑一介抽一支烟，倒上酒，先把菜的边沿吃掉。等等不来，逐渐扩大吞食边缘，直至消去一盘。再一会儿，索性放开饕餮，一阵挑挑拣拣，杯盘狼藉，肚腹塞进一堆拥堵。

此时云雷来自天边，低沉肃然，像是一个愤怒的巨人被掐住了脖子，由近及远，急雨便哗然铺下，雨的阵势有江湖快意，下完即停，凉意满身，好歹将刚才烦闷的情绪冲去不少。这时林碧微回来，郑一介情绪重新水涨船高，让她吃了饭，殷勤地用湿毛巾蘸着花露水把凉席擦了一遍，睡在床上，竟也竹簟生凉。

冲完凉的妻子一身新浴后水意淋淋的清香，发丝缭乱，郑一介感到一种痒，讨好地帮她打理头发，嘿嘿一笑，挨过去。林碧微打开他轻车熟路的手指："去，累了，睡觉！"大约还余怒未消。

但郑一介认死理，一定要越过二人之间的裂隙，也是为了证明自己。近乎巴结地拉扯了两回，甚至说："小微，我错了，以后再也不胡闹。"林碧微觉得再不放他过来就有些残忍了，可还借机立威："你不闻闻我身上有没有其他男人的气味？我刚才可是在约会。"

"错了，别说啦。"郑一介适时奉上项链，并分享了升职加薪的美事，再拉扯一回，该扯掉的也都扯下了。

"先说好了，我很累，是约了做银行贷款的朋友，谈房贷利率的事。"林碧微褪下内衣，"来吧，不过今儿要再像以前虚晃几枪就缴械投降，以后老娘就彻底闭关锁国了。"两件事说在一起，就很有压力了。郑一介站起来，做了一下深呼吸扩扩胸肌，夸张而郑重的样子让林碧微笑了出来，他也笑了。

正渐入佳境，手机一阵响动，把两人从思绪里拉回。郑一介腰弓在林碧微之上仍是耕耘状，手机在响，他抬起脸迷惑地看看，是他的手机。他不知道是继续下去还是去看看手机。

说实在的，他怕是那个万恶的部门经理打来的，心说不鸟他，但毕竟在人家手下管着，马虎不得。林碧微看出他的心思："接吧，愣着干什么。哟，升职了，业务还真忙起来了。"话里的揶揄让他有些不爽。

郑一介下来去拿手机，一个陌生号码，会是谁？带着疑惑的神情接通，"喂"了一声，却久久不见对方回应，就在他疑惑是否打错了要挂掉的时候，对方忽然迟疑地传来一声含混悠长的叹息。

只这一声，郑一介便听出了是谁。

他有些不可置信，当着林碧微的面，他又不能问出："是你吗，沈虹？"——当然是她，不会错的。过了这么多年，他还是能一下子就听出她。他想不出时隔多年，沈虹怎么会给他打电话。"怎么了，有什么事吗？"对方不说话了。郑一介看看床上袒露的林碧微，又循着手机"看看"久违的声音，很想更明确地问一句什么的，但只是说出："怎么不说话，那，我挂了啊。"对方"嘟"的一声，还真挂了。很诡谲。

"谁啊?"林碧微问他。他回到刚才的岗位上,林碧微裸露的肚子已被吹凉,"以前的一个同事,神神道道的。"郑一介贴上来,"管他呢。"又接着动作。

可是还没几分钟,刚把断掉的节奏找回来,电话又丁零零地响了,他原不想理会,可铃声响得密集,连续三声,应该是几条几乎同时收到的信息。郑一介讪讪地笑笑,太不合时宜了,但又忍不住想下去看看,快五年没和她联系了,她到底会有什么事呢?

林碧微对着他已经旁逸斜出的神情说道:"去去去,净你的事!"好不容易聚拢来的一点好心情,全让他给败坏掉。

郑一介翻着手机,是三条连发的一样的短信:"睡了没,想和你说说话。"

他不知道怎样回,走出卧室,打过去,没人应,大半夜的,她怎么会突然想起给我打电话,不会出了什么事吧?郑一介起急,额头上都起了细密的汗粒。又打了一通,还是不接,紧接着却来了一条短信:"方便的话周末来滨湖花园,可以吗?"

可以吗?可以吗?好像记忆里小巧瘦削的沈虹就柔弱地站在他面前,求助似的望着他。隔了这么好几年,郑一介的心依然清晰地为之怅惘地跳动了一下。

周末,去不去呢?

他不敢停留太久,回一个字:"嗯。"把手机关了。

上得床来，林碧微被彻底吹凉，像一片月光。郑一介挨近想再暖回来，窸窸窣窣地爬到林碧微身上。林碧微不耐烦地说："睡吧睡吧。"郑一介瘦长的身子弓在那儿，像一只虾米，林碧微一脚将他从身上蹬开："别烦我。"

郑一介败下阵来，叹口气，贴着林碧微冰凉的脊背把自己放平，翻腾了许久，迷糊地睡去。睡得很浅，中间被热醒了一次，起来喝水，看见林碧微背过来的右手指端，在无规律地轻微痉挛般抖动。郑一介的心，疼，疼得很柔韧。他拿起妻子的手放在自己心口，感受着那轻微的颤抖，一下，一下，轻轻揪扯着他的心……他想，她肯定是做求职简历查询房源之类的，在电脑前键盘打字太多了。

7

这段感情，郑一介未曾向任何人说过。即便和林碧微拍拖，问到他之前有过恋爱吗，也被他以"我这样优秀的就等着和你匹配呢，哪会被那些歪瓜裂枣骗走啊"之类的油滑腔调赖掉。林碧微也能想到，男子如他，能力一般，出身贫寒，性格闷骚，挣钱有限，没女孩看上也属正常。她自己不也是把他当成备胎拉锯了一两年，因为自己冒险翻车，做不成小三流了产，带着破罐子破摔的心情，才愿委身于他的吗？

所以，和沈虹的情史，如丢进深井里的石子，郑一介以黑暗和沉默将之封缄。每每夜深人静偶尔起一点波澜，也会觉得难堪，那段迅疾的情感，让他觉得不体面，拿不出手，也就不再去想。

不体面的原因，一是沈虹学历低，二是她长得不怎么好看，微黑，瘦，髋骨壁立，那时年轻，贪床上那点事，每次做爱下来，她两边骨头总顶得他耻骨疼。沈虹还有点芭蕾演员那样的外八字，是她小时候家里孩子多，照看不过来，丢在地上任由她乱爬，硬生生崴跩着落下的。这么说她似乎带着嫌弃，却也发自内心地疼惜。后来他才想明白，沈虹和他，是一样的，同样的出身，同样的境遇，同一个气息，他的嫌弃，既是对她，也是深深地对自己。所以他对林碧微的迷恋，带着潜意识里和沈虹的对立，林碧微成长于县城，虽则家庭在城市里也很贫苦，但怎么着，都是天然的城市气质。另外，肤白、貌美、身材玉立、名校毕业、知性、优雅、得体，都是和沈虹反着的，也都是对他有着致命诱惑的。

可那时就是这样一个丑小鸭一样的女孩，先把他甩开，弃暗投明，跟了一个采购员。郑一介觉得这事这一生都羞于提及。虽然不用过很久，命运已向他摊开所有的剧情，再回头去看，从底子里，沈虹也许才是和他最相配的。

现在，他猜不出来，隔了五六年，那个给他最初爱和痛的女孩，找他何干？午休的时候，趴在办公桌上，郑一介想了很久，沈虹的眉眼已模糊，记得她下巴处有颗痣，这颗痣像是雾气里的信号灯，围绕着它，才能大致拼凑她的脸。可气味是顽固的，想起她，记忆里会浮起杜鹃花的香气，在逼仄的办公区，隔了几年，仍暗香一缕。

…………

"喂，你可小心点啊，别再往下去了，下面可是山崖。"

"嗯。谢谢你啊。"

"嗨，你在看什么呢？"

"噢。看它啊，走过的时候，刚好开了。"

"我看看。"

"好看吗？"

"嗯。真好看呢，红红火火的。"

"可惜他们都不看，花白开啦。"他们就知道呼啦啦地上山。顾不上看。

"你在看啊，我也看。没白开。"他说。

那时郑一介大专毕业，初来厂区不久，在行政部负责组织员工文娱活动。他们工厂里举行的优秀员工春游，去的是观音山，厂子里男生少，郑一介在后面拎着大家的零食和水，负重走着走着就落后了。看见她在路边攀着一根枝条往护栏下看，他就本能地喊一声："嘿，要小心点啊……"

郑一介其实是最不会说话的，笨嘴一个，特别是当着女孩子。但那天却那么开口自然，就像这杜鹃到了春天就要开，他见了她就要久别重逢似的打一声招呼："嗨。"那时候他们都还青春得很，平日里拴在流水线上是疲惫的螺丝钉，一下子在这春光明媚的大自然中释放了出来，眼睛都是蓝汪汪的。

他问她是哪个部门的，她说了，他也说，她再说。杜鹃花在春天的额头上打响了殷红的第一枪，山花们正在欢天喜地地起义，驮着春风，很快就是花的海洋……暖暖的山风拂过沈虹的眼睛，郑一介似乎看见她眼睛里清澈的纹路。他问："还要看吗？"工友们可都走远了。她的眼睛还停在一簇簇的红花上面，"要不要我下去摘一些来？"郑一介自告奋勇地说。

她摇摇头，抓紧被风诱拐出去的发丝。"我们走吧，下山的时候还看得见的。"她喊他，喊了两声他才反应过来，"还说我，你咋也不走了呢？"

他舍不得走。挠了挠头，不好意思地笑笑，是得走了，但是他却张开手指组成一个框形，对着她和花"咔嚓"了一下："太好看啦，要是有个相机就好了。"

那时候他们连手机都没有，但那有什么关系呢？这个画面郑一介刻在脑海里了。他一想起她，顺带着也想起了杜鹃花，分不清是花香还是她香……

然后，顺理成章，他们就开始交往了。可园区那么大，他们不在一个区间，两人也只有在下班的路上偶尔惊鸿一瞥地见上一面。下了班，一起到工厂园区里狭小的操场上散散步，最多的时候，还是坐在那一排粗大的棕榈树下，在叉车装卸货物的聒噪声中，在单脚的路灯白光投射下，在下了班挤挤挨挨的统一 polo 工衫发泄的叫喊中，他们，坐在相对僻静的地方，只是看着彼此的脸，眼睛里映着彼此，即便什么话不说，也很开心了。一天上工的辛苦都不见了，浑身都轻盈起来、透明起来，不惹一点尘埃。

他们都是小地方来的勤苦孩子，知道在这城市里无枝可依，打工终究不是长久之计。那时候在工厂的内刊上，经常有打工仔自学成才的报道，他们所在的工厂还算正规，园区领导也鼓励员工多看书阅读少打架惹事。他们在一起除了交流着彼此的眼神和心跳，更多的是互相为对方打气，空闲的时候，利用园区的小图书馆看书、学习，他们都鼓励自己，一辈子不能只耗死在枯燥的流水线上，得自学点有用的东西，至少考个文凭啥的，将来好有更多选择。他们隐隐觉得，有好学历了，找到好工作，才能更坚实地在一块儿。沈虹自学商业管理，他学的是计算机编程，他其实是想学摄影的，可惜买一台相机不是他能想的事。

有时候，沈虹下班早，洗漱完了，如果郑一介还没下班，她就跑到工厂门口的夜市小摊上，为郑一介买一份三块钱的炒米粉。在那时，三元一份的炒米粉里面有零星的鸡蛋和碎肉，其他工友大都买那种两块钱一份的素米粉，除了米粉，只有几根青菜。沈虹守在篮球场边的草坪上，等到郑一介下班了，把米粉塞给郑一介，然后看着他吃。郑一介吃一口，抬眼看看沈虹，样子傻傻的，给沈虹也搛了一筷子。沈虹说："我不饿，你吃。"郑一介憨憨地说："我听见你肚子响呢。"沈虹就笑了，拿拳头在郑一介身上擂几下，一边仰起脑袋，张开嘴巴，去迎接郑一介夹到她眼前的一大筷子米粉……郑一介觉得幸福来得太快了，有点不真实，掐掐自己的胳膊，疼，疼得是那么明媚和快乐。

过了一段时间，沈虹由品管报表员成功转岗到了销售部做文员，着实让许多人都刮目相看了一番。当然，沈虹是优秀的，但在这等级森严的厂子里，还是让人觉得有点惊异。郑一介想得简单，他的沈虹，肯定是最优秀的啦，要不然怎么会在那么多竞争者中脱颖而出呢？

郑一介确实想得简单了点。

直到那个眉梢焦红的女孩找到他，他才意识到有一段时间没见到沈虹了。他成了部门的得力干将，在园区内外昏天暗地地忙。沈虹刚转了岗，肯定也很忙，他想。他还沉浸在两人都正朝着自己的梦想而努力的兴奋里，他相信他们会越来越好的，他们朦胧的爱情也会开花结果的。可那天一切都粉碎了。眉梢焦红的女孩问他："你就是沈虹的朋友吗？"他点头："嗯，是啊，什么事？"女孩说："走，我带你看一个好玩的事。"郑一介不明所以，就跟着她来了。

女孩带他到了园区南门的休闲餐厅，选了靠窗的座位坐下。"喝点什么?"她说。她望着窗外,好像在等着什么好戏上演一样。从这儿可以一览无余地看到路上过来的行人。

郑一介不知道她要做什么,问她是谁,她只是笑笑,笑得掩不住落寞,只没头没脑地说一句:"咱俩的境遇差不多,等会儿你看着吧。"

过不一会儿,她在对面喝着汽水,说:"你猜这个点他们一起出去,会去干什么?"她用吸管隔着玻璃指了指这时候楼下路过的一对男女。男的很帅气,女的打扮一新。

郑一介探起身,也去看……过了好多年,回想起那一幕,那种巨大的震惊,心脏"怦"地一下,掉下来能在地上砸出个坑,一切好像静止了,脑子里一片空白。隔得不远,路上走过来的女孩是沈虹。她被身旁的男的虚虚地揽着,亲热地交谈,甚至都能看到沈虹说话时眼睛里明亮的神采。

对面眉梢焦红的女孩还在那里配解着画外音:那个男的是他们销售部最有业绩的采购员,那个女的是销售部最伶俐婉转的文员。"猜呀,这个点他们出去,会干什么,能干什么?"她的语气怂恿又一切洞明,带着无奈的疼。

后来郑一介想着自己当时肯定张大着嘴巴,只会咽着气,半句话也说不出来。对面的女孩忽然神经质地哈哈大笑了起来: "你说他们会干什么,开房!——我告诉你,开房去了!——这不是第一次了,你不会现在才知道吧?"

郑一介转身道:"你胡说!"撇下她,噔噔噔跑下楼来,去追沈虹，出了门口，沈虹和那男的已经打上一辆出租车绝尘而去……郑一介不知道他是怎么回到办公位上的，也不知道自己接下来的几天是怎样过的，只知道他被部门主任骂了好几次，因为他心不在焉。他的脑子里只回想着眉毛难看的女孩的两句话：那个男的是他们销售部最有业绩的采购员，那个女的是销售部最伶俐婉转的文员……他有前途，她有笑脸，而自己呢，还只是在部门里无望地打转。

那一句爱，他埋藏在心里还没来得及说出来，就已经不用再说了。他又偷偷见了几次沈虹和那个业务主管的亲切场景，不用再问她了，她已经有更好的人选了。最近一段她都没来找他，是再好不过的说明了，没有必要自取其辱地追着问她，他那么年轻，那么自负和倔强，还要脸呢。对比着业务主管的光鲜和成功，他陷入自我哀怜的情绪里，满腔的自卑和敏感，又因为自怜而衍生出无边的愤怒。他喝了很多酒，火在心里烧，一拳打在曾一起亲密倚靠过的棕榈树上，哭了，并且在心中决绝地断了所有的退路……你们好吧，沈虹，算我自作多情！

然后，他躲着沈虹，然后，他拿到了自考本科文凭，离开了厂区去了另外的软件公司。再到后来，他们就各行其道了。

这些年，他并没刻意打听，但心底藏着一个人，所有关于她的消息总是不请自来。沈虹和那个采购员开了个小公司，他们依托着原来的客户资源做得风生水起，沈虹买了大房子，沈虹变漂亮了……他们在同一个城市，却早已悬殊了等级，没有了交集。

只是那一年他二十五岁生日的时候,她辗转了多人将一个包裹送到他手里。他打开,是一台相机,相机盖子下面有一张纸片,短短地写了一段:

> 你不是梦想着有一台相机,要拍出世上最好看的图片吗?那么,现在,请拍下去吧。把你经过的最好的风景都拍下来,将来,我要看呢……

旧事如云,划过青春的天空,了然无痕。坐在公车上,想起沈虹总是那种温柔羞怯的样子,和他并肩走路时缭绕过来的香气,依然新鲜如初,那月光一样微笑的味道,那干净长发里植物一样的气息,那青春的味道……都让郑一介忘不掉。郑一介的嘴角兀自跑出来一抹细小的微笑,他忍不住叹了一口气。打开手机,又看了看前几天沈虹发给他的短信,隔了多年的时光,想象中,他的脚步再一次朝她开放。却不知道一声"嗨"之后,那转过来的脸庞,还是不是当年野杜鹃花一般的模样……

8

隔了一个月，林碧微如愿以偿，去了周立在滨海小镇上新建的"玲珑城堡"山庄做经营助理。这是一处婚纱主题摄影基地，投入不菲，国内外的标志性建筑微缩布阵，各种景观簇拥，都为了做新婚佳偶的背景。

她根据景点设置了几个价位不同的摄影主题，制定了不同的套餐，复古的，有黄金马车接道，龙冠凤冕的花轿；洋气的，有加长林肯进门接入，宝马雕车香满路。所有的套餐都是华丽的、尊贵的、烧钱的、请君入瓮的。

林碧微显出她的才干。她是真的热爱这份工作，带着偏执的激情，有时候连续住在山庄一周，看各种片子，翻阅中外的婚纱杂志，和设计师一起设定新的景观图纸，连美术监督的活儿也兼任了，天天去现场看施工效果，还自写文案为山庄做宣传……好像她所有积聚的能量都在为了找一个平台释放，这个平台原来是男人，现在是工作。

白天在山庄忙活，晚上，几乎献祭在各种酒场。为了宣传要和电视台的领导喝，做专题片要和导演策划喝，应付检查要和地方部门喝，和大公司联谊也要喝……周立见识了她的酒量后，曾拍着她肩头，说："没看出来，不错。"以后逢酒场就带着她。林碧微知道，她把她当一肉体酒器用，用起来，心狠手辣，毫无心疼，她这边喝得要死了，周立也未曾替她分挡一下。有时林碧微天旋地转之际，余光扫过，还见周立冷冷看她，那种眼神在她解读出来，是一条狗在拼命摇尾巴表忠心，而主人定定看着，未置可否。但林碧微不恨，相反，觉得快意，她也有狠劲，喝得更凶猛。

酒桌上，那些有了点物质和身份积攒的中年男人，大腹便便，谢顶，面目可憎，缠手串，穿唐装，喝了点酒，点支烟，开始大谈性和女人，性能力全转移到舌头上似的，忆及年轻时的各种勇猛，附带着他年轻的时候什么都是好的，针对社会现象不时来一句"现在的年轻人啊，啧啧"之类的口头禅……饭局上只需和他们对坐十分钟，林碧微就压不住心头对那油腻喧嚷的厌烦。

见惯了这些男人，她更觉得有这样一份工作真好。比起之前夹在写字间做个小白领，自以为担负起多大的事，拿着半死不活的工资，实不过一颗可有可无的企业螺丝钉。而现在，她可以施展自己的能力，付出辛劳，祭出心血，月经不调，脸色暗黄，但是，却足金足两地换回红崭崭的钞票。到了月底，在想象中那一张张红色的硬纸，如机枪发射似的，集中抵至工资卡上，有种天雨粟的丰收感，颗粒归仓，仓廪丰满。钱让人脚底平展，腰板硬朗，气足神完……望着酒桌巡视一圈，满上酒杯，逞能似的，等着邀赏似的，再次敬酒一番。老男人们摇摇欲坠，她却越战越酣，最后，将笑脸擎到周立跟前："谢谢姐，我不会辜负你的。"一口干了，最后表一把忠心，带点挑衅，也实在感恩。心说，你是主子，局是你攒的，你有人脉，我认，可我也没白吃你的，没我撒开这么喝，事能这么顺畅地完成吗？我是喝多了，可我年轻，醉了，大不了他妈的吐一回，明天照样生龙活虎，替你做事。醉醺醺中，林碧微觉得如置身金色田野，风调雨顺，绿草红花，放眼望去，恍惚中，她的锦绣山河就此铺展开来。

要到很久之后，才知道那不过是种错觉。

不到半年，林碧微就在山庄成了一号人物，回报是丰厚的，有了独立的办公室、专享的咖啡机、领导层才能享用的健身房……当半年业绩超过去年全年的额度，周立在山庄中层以上会议上，明确表示了对她谨慎的欣赏。"大家要多以林碧微为榜样，为山庄创造价值，也是为自己的人生创造价值。"林碧微和她对视一眼，感慨万千，这个女人，为了男人，曾在大庭广众下剥去她的衣服，又在利益面前，将她纳入同一阵线，虽然她是指挥，她是走卒。林碧微太快慰，以至于宣布给她放假一周的决定都没听清楚。

休假这周，她只好回到出租屋，像是在前线冲锋的指挥突然退到后方从事家务，林碧微感到一份失落和虚无，那众将听令冲锋陷阵的存在感一下子跌散。打开门，兜头是出租屋熟悉的凌乱，臭袜子、脏衣服、隔夜的泡面、积灰的地板，无不将她拉回这都市最庸常的底层空间。在洗衣机的轰鸣中她深切体会到古人说的"如匪浣衣"是什么意思，就是这样脏兮兮黏糊糊却撇不掉的污浊感。林碧微收拾好屋子，完成任务似的点一支烟，就着烟气，心说，就这么一周，忍一忍也就过去了。她还是那个干练的女高管，翻开给人看的还将是扑克牌风光体面的那一面，这庸常的一面，自己消化就好。

郑一介下班回来，自是很兴奋，兴奋里也夹杂着些许生疏。"回来啦？"他说，"以为你忘了还有这么一个家呢！这半年你总共回来三次。我倒像个寡妇似的，在家熬着，守株待兔，可你这只兔子不来。"

林碧微受不了他的啰唆，看着他翻飞的嘴唇，有些厌恶，顶回一句："我不是为了这个家？你觉着一个女人在外面是好混的？"

"可别跟我邀这个功。原来公司做得不是挺舒服？现在工作不是你梦寐以求要的？都是你自己拿的主意，哪容我多嘴？"

"我不也就是能靠自己拿主意？"

堵得郑一介嗫嚅连连，皱眉翻白眼。"直说我没本事不就得了。"他揭开啤酒，喝了一口，呛住了，"知道你还是看不上我，不过没事，反正老子也习惯了。"说着蹾蹾啤酒罐，很愤然了。

林碧微懒得和他计较，是那种自己前面有广阔平台的从容感，就好比一个主角，不过暂时下台歇个场，待会儿还要上繁华舞台呢，和一个跑龙套的小演员有什么可置气的呢？这样一想，她于是宽怀，在他面前抖落衣服，去洗澡，洗完，躺在床上，循例让他要。

在做爱的中途，没有小别胜新婚的期待，循规蹈矩地，他的旧套路里也翻不出什么新花样，但她还是抱住他的身体，随同演出，像是两人都在履行必不可少的义务。郑一介比平常更加卖力，在她看来，像什么呢，大约像溺水的人，逮住了一根稻草，因为没有把握，就只好拼命用力抓住。

她变得越来越优秀，她能感到他的恐慌。越用力，他越没底气。他眼看又将掌控不住她，只好一次次使出全力。如此翻滚了一番，郑一介下来去冲凉，林碧微勾着头，觉得好像哪里不对劲，欠身从床头垃圾篓里捞出褪下的避孕套，她笑了，这个傻子，以为这点小把戏就可以将她拴牢？笑的同时，又忍不住一阵恨意。真是可耻，他一心要将她拉回这深不见底的婚姻大毂里，卑鄙。

避孕套是被他预先扎破的。

对于生育，提起这个概念，林碧微便恐惧和排斥。一想到要为那团哭哭啼啼喜怒无常的小生命付出无尽的责任和耐心，她就觉得百爪挠心的焦虑，虽然，遇到同事可爱的孩子，她也会真心地逗弄亲吻，可那毕竟是旁观，若论及亲身参与，便敬谢不敏，提不起热情。就如在看台上观赏运动员比赛，兴致盎然，却不会傻到亲自下场去参赛。

以前在公司，她亲眼见过那些要独身要丁克的女性，在不小心怀孕后确实整个人都变了，就像被人下了蛊，怀孕过程中，身体会自行改变想法似的，激发出本能的母性。这更让她觉得恐惧，深深感到造物主的不怀好意。

她也仔细想过这事，毕竟到了这个年纪。生育在过去可能是生产和投资行为，但现在已纯粹沦为一种高级情感消费，除情感之外，没有任何其他回报，且要大量持续不断地投入金钱和精力，极大地挤占人生的其他空间。总之，孩子就是一种高档奢侈易碎需精保养的消费品。她可不想让一个无辜的生命在这社会去感受孤立无援的无助和无奈，而作为父母却无能为力。她想，这是我对孩子的尊重，也是我对自己的尊重。

说到底，她是自私的。至少目前是。

林碧微不动声色，下楼倒垃圾的时候，顺便拐弯去药店买了事后加急避孕药，出门就咽下了。

他也不想想，现在要孩子，可是时机？林碧微想和他谈谈这个问题，又觉得没有必要，再折回药店，买了一大瓶避孕药，就这么暗地里和他智斗到底。想想他此时冲着凉，想象中阴谋发出的种子已悄悄地生根发芽，也许还在自以为得意呢吧，却不知早已被围追堵截，片甲不留。

没有多久，郑一介便发现那棕色的药瓶，也许她是故意让他看见的。他高高举起，想质问，想摔碎，却只是窝囊地叹口气。林碧微再回家来，他连她身体也懒得再碰。

9

滨湖花园在湿地公园附近一处幽静的地方。然而，在郑一介看来，有点太幽静了，倒像是一处冷宫。

鸟语花香。按信息上的地址，他摸索到门前，欲将尘封于心的门铃按响。却发现，门是虚掩着的，一推就开了。进了屋子，客厅很大，孤独而空旷，像是一座枯萎的花房。在巨大的落地窗前，一个女人，在散乱的头发后面，吹了一个灰色的、飘摇的烟圈，她伸出指头戳了一下，烟圈便一缕缕散开了。在散开的烟雾后面，露出她的脸，她说："你来啦……"

沈虹站在那里，人变胖了，显出保养很好的富态，牙齿咬着嘴唇，眼睛里透着阴郁的神情，头发也没有了光泽。

他曾恨恨地设想过许多种和她重逢的场景，总归是他终于混得好了，前呼后拥，鲜衣怒马，而沈虹却落魄了，一脸家庭主妇的菜色，最好是被那个业务主管抛弃了，他在人群中和她相逢，狠狠瞪她一眼，然后飘然离去，留给她一个骄傲的背影，让她为当初的选择后悔去。但到了三十岁时，他知道这个想法多么幼稚可笑，他不可能如想象中那样成功，并且他也不舍得她真的落魄。

此刻，隔了多年，再见到她的脸，脸上写满疲倦，她没他想象的那样幸福和快乐。郑一介的心忽然很疼地动了一下，原来，在他心里，最温柔的那一部分，还是属于她……第一次牵手，第一次亲吻，都是和她。来自身体老实的反应，他没有办法。

他们坐了下来，桌子中间的绿色绒布如同一汪水，得很小心，才不会让内心的涟漪弄乱了水面。她啜饮着咖啡，他攥着一杯清水。初次见面，都被时光沉淀得疏远而内敛，没有热烈，不能深谈，斟酌了一番，还是一句俗套的问好："你过得好吗？"

"没你好。"郑一介自嘲地笑了笑，"打工呗，还不就那样，你也知道。"

郑一介觉出一种身份的悬殊，沈虹并没有表现优越感什么的，但郑一介觉得此情此景再不适合谈那些过去的事了，所以他带着防御性一般，率先快捷地说："你找我，什么事呢？"

她看着他，垂下眼睛，又抬起来，问他："还喜欢摄影吗？"

郑一介手指叩着沙发，忍住想要抽一支烟的欲望："现在我成了一个IT狗，天天写不完的代码，摄影那种烧钱的爱好，你说，还属于我吗？"这有点控诉的意味，好像隐藏着责怪她沈虹当初没有选择他一样。很不好。所以找补上一句："谈不上还喜欢什么，现在，你知道，我只可能最喜欢的是，钱。"他笑了，以为自嘲得很好笑。

沈虹也笑了笑。"噢。我以为你还喜欢呢，你应该喜欢下去的。我也不懂你们玩摄影的最喜欢用什么款型，胡乱买了一款，给你，就当见面礼物好了。"她从沙发跟前把一个礼品袋给他。郑一介只瞄了一眼，瞳孔放大，佳能最新推出的单反套机，错不了，买得很业余，但是货真价实的好机器。他的手指和眼睛见到好机器本能地悸动了一下。她也真舍得。噢，也许对她来说，不过是随便一件小礼物罢了。郑一介心绪复杂："这么贵重的东西，我不能收，真的。"他看着她，"我怕给你弄坏了，赔不起。"

其实他今天说的解嘲的话都不好笑，反而带着一股酸气。

沈虹错错嘴唇，是个应和着笑的意思。"没那么便宜你的，求你办的事和相机有关。事办好了，相机就当是报酬，可以收下了吗？"

"那要是办不好呢？"他泼一盆冷水，"你知道，我笨手笨脚的。"

沈虹不理他这茬："这么说，你是答应办了？"

他摊开手，未置可否的样子。

沈虹忽而长发掩住了脸，幽幽地说："办好办不好，我也就只有你可以指望一下。"沈虹叹了口气。他还没问出是什么事呢，沈虹好像刚才开了个头，接下来就说得很顺畅了，举手投足里隐隐露出商场打拼遗留的干练迹象，说起来让郑一介去做的事情，也好像在下达指标一样，她说："我要你拍到周海光和野女人亲密的画面，我要给他一个警告，不要过河拆桥，别忘了当初公司是我和他一起打拼下来的。"

"他背叛你了？"郑一介在沙发上把身体舒展开，点了一支烟，"不过，好像有钱人都这样，包个三儿四儿的，也不算个事。"

她露出破绽，他终于可以平视她一眼。沈虹的眉毛立起，大概很厌恶他这类似于幸灾乐祸的神气。她说："你还恨我呢！"沈虹嘴唇嗫嚅着，也只是叹了一声，"过了这么些年，你还恨我……"

"没有的事，过去的早过去了。"他吐出一串烟雾，但听起来却不免刻薄之嫌，"何况你选择的是对的，跟着我，你也知道，也许一辈子都在这城市低端辗转，跟着他，这才几年，就天上地下了。你是对的。"

有一搭没一搭地又说了一会儿，寂寥便浮现出来了，横亘在两人之间，不知道再怎么深入下去。这富丽堂皇的屋子里似乎每一件摆设都虎视眈眈的，压迫着他，郑一介有点烦躁，起身去卫生间。他俯在洗手池，反复用冷水拍打着脸，问自己，他来这里是为了什么，旧情复燃？报复林碧微？还是要来亲自检验一下自己在旧人心中的分量？底下的戏该往何处演？

都没有答案，心中烦乱不堪。

郑一介抽身的这片刻，空荡荡的屋子带着一种冰冷的质地，向沈虹压来，她大口地呼吸，如同被抛到沙漠里的鱼。郑一介刚才喝过的水杯还是温热的，她捧在手里，手指因为太过用力而哆嗦着，她凑上嘴唇喝了一口，几乎呛出了一股子眼泪。

嘈杂的小操场，喧闹的机械声，闪烁的霓虹灯，在这纷纷攘攘后面，渐渐浮现出他憨傻的脸。于是，那些吵嚷都潮水般退去，只剩下安静的沙滩，她盯着他，他也是，他们俩的眼睛里都是明媚的蓝，在这心灵相通的温暖和安静里，他灼灼的眼睛如同星辰，将她照耀……这样的梦，她做过许多次。自从确诊为抑郁症之后，她梦的次数就更多了。

这些年，她也不知自己过得幸福还是不幸，要说该有的她都有了，但心的某个地方，却一直很空。这几年，公司单子接得顺畅了点，有了点儿钱，但婚姻算是完了，整天和周海光得陇望蜀好色成性的生殖器斗智斗勇，太累了，太糟心了。她也有过放纵的念头，可她放不开，而且醉酒狂欢低级的享乐过后，更大的空虚席卷而来，反而让寂寞变本加厉。她有过离婚的想法，可一想到这些年为事业为家庭的付出随着离婚就都打了水漂，她不甘心。她只有央求郑一介偷拍周海光拈花惹草的照片，发给他，给他一个警告。至于有没有效果，那就另说了。

当初和周海光交往不到一个月，沈虹就知道他的好色、他处处逢源的女人缘，可是郑一介已经躲着她，在被周海光想方设法攻占了身体之后，她只有努力去爱上他。有一段时间，她甚至觉得周海光是非常值得爱的，看吧，他英俊潇洒，业务能力突出，有野心，有手段，在厂子的时候就利用客户资源私下里接单弄钱，发展到后来自己另起炉灶单干。确实是有能力的。而这，也是沈虹爱上他并对他的风流一再容忍的原因。

沈虹看着窗外，一只蝴蝶从花圃里飞出，大约是想飞到屋子里来，在玻璃上撞了一下，就落下去了……沈虹想，要是郑一介那时候也撞一下，并且把那层玻璃撞破了，会是怎么样呢？

可阴错阳差，到底还是误会了。

等到他辞职去了另外的厂子，她已经没法跟他解释。那个眉梢焦红的女孩是周海光的前女友，为了将沈虹从周海光身边除掉，才去找郑一介的。可惜郑一介并没有像那女孩想的那样，看到沈虹和周海光在一起关系暧昧就怒不可遏，将沈虹或者连同周海光也教训一顿，让他收了心，还回到眉梢焦红的女孩身边。而那时候，沈虹一心扑在工作上，跟随周海光学着跑单，去酒店喝酒陪客户联欢，想赶快挣钱，先给郑一介买一台相机，满足他的心愿，让他把他们俩最灿烂的笑容都记录下来。周海光孔雀开屏似的擎着一张笑脸，打窝子、迂回、包抄，一点一点收网，将她诱骗入怀。而她还在想着跑来单子，月底拿到提成，就可以给郑一介一个惊喜了……她要是这么解释，郑一介会信吗？

她不知道。

即便是和周海光确定了关系之后，她也是给过他机会的。在她终于攒够钱，第一次送他那台相机的时候，她在纸条的正面写了一句话，然而，反面也写了一句的。只不过是反面的一下子看不到罢了。她是用白矾蘸着水写的：傻瓜，你知道你是世界上最笨最自卑又自负的傻瓜吗？来找我吧……

她写得再明白不过了。

白矾是女孩子染指甲用的，她出来打工的时候从老家带来一块。种在宿舍阳台小花盆里的指甲花盛开，摘下来，掺上白矾，捣碎，敷在指甲上，第二天就是一片鲜艳的殷红，红得像是女孩子的梦。她知道白矾还可以写隐秘的字，写下来，看上去什么也没有，只有遇水才会显形。这多像相思，看不见摸不着，单一遇见他，心就跳乱了……写的时候她还想，他会为她哭吗？他这么绝情，因为不明就里看见她和周海光一起出行就不理她了，她会为他哭吗？……反正她是哭过的。

后来，他没来找过她。眼泪落在纸条上就能看到她隐藏的心跳的。看来，背面的字，他是没看到了。

他不哭，应该是真的对她没感情吧。沈虹想，那我还哭个什么？

…………

郑一介终于从洗手间出来，他还是没胆。他想得很明白，手里的这台相机，他会卖了，就当是借她的钱。他要为林碧微选好的房子多出点钱，而他，会为她去跟踪周海光的，随便用个手机就可以拍得到了，那样龌龊的事，用不着这么好的相机。见也见了，他觉得，应该回去了。"你嘱咐的事，我恐怕做不好。先不答应了啊。"

沈虹把相机依旧塞给他："不急，你再想想也好。"

郑一介按灭烟蒂，起身。沈虹仍旧坐得很稳，盯着他，徐徐地说："这么着急走吗？"

他就又坐下来，不由自主地挠挠头，样子依然很傻。沈虹笑了，很轻，她想起那些夏天的傍晚时，急匆匆扒掉一碗饭，然后回宿舍换上廉价而漂亮的连衣裙，去见他，和他一起走在厂区林荫道上，或是热闹的夜市里，贫穷，却开心。天上的月色，温柔的晚风，身边的人，年轻的心跳，都不要钱，再回首时，千金难换。

沈虹站起来，近似于在逼视他了，她说："不一起吃个饭？"

郑一介终于抬起眼，看着她的脸，沈虹脸上的妆容很精致，还画了眼线。他忽然很想流泪。那时候，她虽然没现在精装的漂亮，可清纯天然，最美的是那双眼睛，开心了，就笑，说起话来，两排长长的睫毛扑闪着，像是一圈小草花，围护着中央那汪清澈的湖泊。现在，湖泊浑浊了，都要画眼线了。

她也老了。

郑一介很想起身抱抱她，就像抱着一个失而复得的亲人。他那么长久地凝望着她，看着看着就恍惚了，在沈虹眼睛里，仿佛又重叠出林碧微的脸……他想起家里的林碧微，出租屋，炎热和局促，争吵着也捆绑着，那才是属于他的生活。他到底没有伸出臂膊，但在想象中，他已经把她轻轻抱住了。

她突然脱口说出："如果你事业上有什么企图，我可以给你帮助。"说出这句话，沈虹感到一阵悲怆。她婚姻破碎，六神无主，却比他混得体面，她有钱，这是她最后一块砝码，如果他服软，愿意给她安慰，她可以拉他一把。

郑一介笑了，清楚看见二者之间的身份悬殊，他很想说："你是在可怜我吗？"太残忍，他说不出，也没有底气说出。他拿起相机，和往事达成和解的样子，临走前，忽而没头没脑地说："你还那么喜欢吃鱼吗？"

10

周立气不忿时，也会对着假想敌破口詈骂。"老头儿还没死呢，他们就开始这样搞，他妈的。"但老头儿已快死了，人在美国垂死医治，大势已去，就如一棵大树，原先枝枝叶叶密不透风，遮一方阴凉，现在叶落枝枯，阳光猛烈依旧，树荫却漏洞百出，罩不住她了。最近有人举报周立名下的多家公司存在经营不规范、财务不健全，有偷漏税嫌疑。至于税务稽查是否会立案调查，全在周立的运筹。

所以周立将陈春民介绍给林碧微的时候，个中情景她便心知肚明。陈是税务稽查局下属科室主任。

周立又要勒索她了。

作为一枚外围棋子，林碧微清楚知道自己在周立心目中的位置，虽然帮她管理好山庄创造了利益，可她是利用的、防范的、榨取的，而非亲密的、信任的，她是周立遇事祭出的一面旗，用于挡乱箭，并且还是首当其冲，因为最亲近的嫡系她可能都舍不得牺牲。林碧微近乎幸灾乐祸地看着周立的恼怒，让她再次去陪酒的当天，她从没有过地推说："我肚子疼，身上来了，没办法。"说得很诚实、很无辜，就差脱了裤子给她看了。

周立知道她在伸张委屈，在这个节骨眼上，强调她的重要性。"听说你最近在选房？我介绍你个朋友，他有内部价，且可以用公司公积金还贷。另外，年底你的绩效是 A+。"周立问她，"好点了吗，还疼吗？"

林碧微笑了："疼。没事，我有止疼药。"她还真掏出"必理痛"胶囊，取过矿泉水送服了两颗。"走吧，立姐，我听你的。"她想此刻她一定是豁出去了的急于立功的神色，可周立不急，似还有话要说。酝酿了一会儿，她才说："除了喝酒之外，你能搞定陈春民吗?"

林碧微是愣了一下的，她不是不懂，可这也来得太屈辱了："周总你什么意思?"

周立眼神硬硬的，枪管一样，盯住她，那意思是你还在这儿跟我装什么呢，又不是没跟男人睡过。她对她知根知底，林碧微能感到那种嫌恶，好像她当过一回别人婚姻中的第三者，就烙下一辈子的印，永世不得翻身。她现在是有点后悔来周立公司了，周立有她的把柄在，她说什么都不合时宜。

"我没那本事。"

"可还必须是你。"

"为什么?"

因为你年轻风韵，因为你是棋子，因为丢掉你也不会扯动公司核心层，因为你有欲望，因为你要晋升……因为，你别无选择。所有的原因双方都心照不宣。

可周立到底语气柔和了下来："上次吃饭他好像对你印象不错。"

"印象不错我就得投怀送抱吗?"

"你再想想，别冲动。"像是料定她会顺从，周立懒得啰唆下去。这才是让林碧微绝望的，看似是在对话，身份的不对等，连肉带骨头都在对方手里，其实还是命令。

"周总未免把我看得太贱了。"

周立临走，看看她，像看死刑犯，临上场前总要给她一顿饱饭，再恩准她一次豁免权，留给她一句话："下个月起，王翰文调往家政公司，你接他的位子。"王是山庄副总。

这最后一根稻草，将林碧微彻底压倒。

她去了。

前两次也都是寻常的吃饭喝酒，外加与陈春民欲拒还迎，最多是紧要关头，拉一拉她的手，也在情理之中。这个被二胎憋了几个月的中年男，情有可原。如果不谈到税务稽查上的话，林碧微几乎要对他产生好感了，可一旦说到正事，他便打太极，绕来绕去，并不松口饶过她们公司，并且打着官腔说："今年是风暴年，到处都在严查，我们也不能例外吧。你们这么大家族企业，相信你们周总也是规矩人，走一下程序而已，怕什么？"要是不怕还和你一个油腻中层喝个什么酒啊。

林碧微可以想象这种人在单位的处境，到这四十多岁脱发年龄，背景不深，晋升大概无望，但也独担一个小部门，恰好有人从中作梗，出钱让他难为周立的公司，成事不足，败她一下还是可能的。难办就在这里，这样的主儿，铁定主意要寻衅，不能大意，也不能碰硬。

吃到第三次饭的时候，林碧微腻烦了，焦躁了，也决定拼这最后一把。一开始也不劝陈，自斟自饮，喝到六七分，坐在那儿，脸上很冷清，落英缤纷的样子，忽然流了泪，但哭得默不作声，蛾眉半敛，俯下身，露出纤细的脖颈。过了半支烟，等她抬起脸，陈春民才发现伊人哭得泪成行——蹙着眉默默落泪，眼圈儿泛红，鼻尖也红扑扑的，长睫毛被泪水打湿，水淋淋的，水草似的。她的忧伤，有种青春逼人的流动性，在薄薄的灯光下，分外动人。

这幅场景，让陈春民想起一个词——梨花带雨。梨花一枝带春雨。雨打梨花深闭门。胭脂泪洒梨花雨。陈春民揪心了，心乱了，手也乱了："怎么了，妹子？这不刚还好好聊天呢，有什么难处，跟陈哥说，嗯？"

林碧微就势靠在陈的肩膀："还不是你，最坏了，总是冷冰冰的。周总说了，再伺候不好您，下个月我就可以滚蛋了。"她还扑打了他几下，"我心里煎熬，忍不住伤心……"

又喝了一会儿酒，这次是陈提出来了，试探地，也是肯定地："要不，你上去歇会儿，我再送你走？"

林碧微是真想哭一场，在这城市里打拼，真他妈的难，能指望谁呢？谁也靠不住。那是一种交织着悲怆和自怜的情绪，一直到被他拉着上了电梯，她都难以摆脱那份恶心感，对自己，对周立，对这个世界，也对身边这个酒气扑鼻的中年男人。

进了房，没再啰唆，迫不及待地揉搓了她一番。林碧微推开他，让他去冲凉。她则褪去衣裳，仰面而躺，叉开腿，闭上眼睛，在社会的砧板上，满目荒凉，任人鱼肉。

然而陈春民刚扑到床上，外面走道里一阵喧嚷，大约是一群服务生试图阻拦一个冒失的闯入者；然后，门便被擂响了；然后，门终于开了；然后，他站在门旁，心中的仇恨撞击着胸膛，前胸后背一阵阵鼓胀、起伏，像是一颗小石头，在经受惊涛骇浪……而他身上的银行卡里，还揣着卖掉沈虹送予的相机加上原有的存款，给林碧微做首付买房的十九万元，那是他能给出的所有努力。

林碧微要后来自己做了公司钓到了金龟婿也经历了背叛，才能体会周立的毒辣。一个女人，纵然她有足够的包容，把和她男人上过床的狐狸精招到公司来，为她卖命，但总有一闪念，忍不住毒气发作，要毁了对方。林碧微一转念，便想到了是谁把这个私家会所的地址透露给了郑一介。这下好了，如设了个局，林碧微彻底毁了，周立出了气，陈也再不敢叫嚣查账。她心说，周立，算你狠，老子也不欠你的了。

在郑一介推开光溜溜的陈税务并一拳打在她脸上之前，林碧微凝视着他的脸，感到的不是抱歉，而是石头落地的松快感：也好也好，郑一介，我们原就不合适，因为歉疚和感动，错以为靠了岸，仓皇结合，过得也不快乐，现在好了，你终于有理由抛弃我。她忽而想起，再过十来天，两人结婚就一周年了，日子过得这么快，倒是让人措手不及。林碧微没觉得有什么对不起他的，相信他也不愿意听她的道歉之类，但还是真心想对他说一句："谢谢你，一介，在最困难的时候照顾我，在平凡的日子里咬牙努力，能认识你，很温暖，也很感动，只是我们可能不适合做夫妻，但是，在某些时刻，你的小微，真的也爱过你。"可她尚未来得及说出，便被命运击倒在地。

第三章 流水绑

1

到了滨湖花园门前，被那巴洛克风格的巨大门雕戳住眼帘，郑一介才从翻江倒海的愤怒里抽离出来，恍惚有另一个自己在几米开外跳出来，注视对面这个被愤怒灌满的可怜虫。他扯动嘴角，似在笑这世界的荒谬，又似在替这个世界对自己进行无情嘲讽。

冷静下来，他意识到刚才的愤怒带有极大的表演性。一个男人，上一刻亲眼撞见自己的妻子和异性在床上纠缠，愤怒是当然的，可在郑一介这里，却怎么还有一种终于落实了的松弛感。他驾驭不住她，像一辆狂野的车，推开驾驶室，见有别人占了座，他恼火，却也隐约有预料。

这时候他才明白透露给他信息的人的阴险，还不如不戳穿呢，至少还能维持一个和平的假象，不像现在，既已撕破脸，连装作糊涂过下去都不行了。路堵死了，他只好弃车而逃。他甚至都能想象得出林碧微破碎后的得意，终于被你撞见我的背叛，如果你是个男人，就请骂我一声婊子然后甩了我吧，甩了我吧甩了我吧……那自由正是她想要的，正合其意。

门口岗亭保安拦住他，"找谁？""沈虹。""哪一栋？"望着园区里同样造型的别墅群，忘了沈虹所住是哪栋，翻出电话，打过去，声音还带着溺在愤怒里的虚弱。他是可怜的，需要安慰的。所以进了小区，穿花园，过匝道，推开门，到客厅，他一路过关斩将，是急切地扑向沈虹的。可沈虹的样子，让他像遇到急闪的红灯，先是吃了一惊，然后庆幸及时刹住了脚步。

沙发上的沈虹穿着宽松的绸质睡衣，胖的速度和体积都不可思议，睡衣被她撑得命悬一线，完全没有穿出绸质的轻盈感，且暗色的质地加剧了她堆积的臃肿。上次见她还是正常的，怎么几个月不见，竟如此可观？她快被肉河淹没了，郑一介差点没敢认，细一看，才把她原来的样子扒拉出来。好像她的身体是此起彼伏的，瘦的时候皮包骨头，胖的时候像被恶劣情绪撑满的气球。

她能感觉到她此刻在他眼里，很丑，可她无所谓，因为她再怎么样，也比他混得好。住别墅的女人，在一个穷小子跟前，可以坦然地不用刻意考虑在他眼里的观感。

"拍到了吗？"她问，"可是有几个月了。"她带着一丝怨怒："你后来也一直没个回信。"

她之前让他偷拍她老公周海光和别的女人胡混的行踪，他没顾上拍，最近糟心事太多。可郑一介不好意思说出口，毕竟她给他专门买了相机的。

"还在跟踪。"他说，"你也知道，他开车，我两条腿儿，有时候难免就跟丢了。"

"拍不着就算了。"沈虹说，"反正现在我的事你也不怎么上心。"她幽怨又疲惫的样子，仰躺在美人靠上，吐一口气，回过头开问："你来有事？"

郑一介这才看清她的脸，是无悲无喜的虚胖，眼中写满了倦怠的浊光，面前堆积着虫草燕窝之类的补品，茶几上那个精巧的砂锅在咕嘟咕嘟沸腾，稳定的电流和沸水在殷勤劝解着药材的体香。

"你病了？"

"这几年我就没好过。"她说，"在调理身体，补一补。我想要个孩子，也该要了。"

"和周海光吗？"

"难不成和你？"她哼一声，笑，像在解嘲，自言自语道，"也许生个孩子，他就会收敛一点吧。"

"你打算原谅他？"

"这一段我读了一些书，有句话说得好，什么能大于生活本身呢。"她说，"日子总得继续过下去，就算离婚再找个，能保证就比周海光好吗？男人还不都一个德行。"

这样郑一介就无话可说了。可他咽不下林碧微给予的恶气，以己度人，忍不住愤愤："我跟了两次，每次他带的可都是不同的女人。"

沈虹的嘴角抽动了下："随他闹去，身子是他的。"

"几个月不见，你变得很大度嘛。"

"别说风凉话，说穿了，你穷，有钱了你敢保不拈花惹草？"

这真是一举歼灭的回击。郑一介闭上嘴，不吭了，脸上一块青一块红，憋得便秘似的，他本来就该知道，他现在哪里还有底气和她争执。他低下头，捏着手里的无辜的纸杯，把纸杯捏得撇着嘴洒出眼泪。"你怎么选择那都是你的生活，跟他过日子的又不是我。你考虑好就好。我是替你不值得。"

沈虹笑了，很笃定的云淡风轻。"他还不敢怎么样我，玩归玩，他心里明白着呢，至少找不到我这么能干的。我对他还有价值。"她说，"不说这个了，你还没说忽然来找我有什么事。"

郑一介不能给她说他一个小时前捉了妻子的奸，也不能说他可怜可悲的处境。"办事正好路过这附近，想看看你。"

她知道他没说实话，他的脸色摆在那儿呢。

"真要是遇到什么过不去的困难了，就吱一声。"她说，"跟我就别死犟了。"

郑一介闻言，心中不禁一恸。不单是出于感动，她加了几重修饰的空头支票，离兑现还远着，不过是秀一下优越感。另外一层，是他觉得这话应该由他来说的，在她弃暗投明选了周海光之后的某年，他混得光鲜亮丽而她沦落得晦暗，在街上偶然相见，他说给她听："有什么困难给我说声哦，毕竟我们……"这个场景他想象过很多次，甚至有点上瘾，他假想相遇时她会有什么表情，作为一个成功人士他该如何应对，才能既表现出对当年她的背叛无所谓，又暗示出她必须为自己愚蠢的选择而后悔……结果呢，他想多了。命运这辈子也不打算给他这样的机会，沈虹抢了他熟谙的台词。他真想大哭一场。

"前几天我去龙华园区了，"他说，"我们住过的宿舍楼都没了，小书店成了餐馆，食堂也重建了，不过，那片棕榈林还在。"他认清现实，只好打感情牌，以期四处漏风的破情网还能网住一点浮光掠影的旧事，然后攀缘这点旧事在她的资源版图里谋求个位子。

他停顿下来，留给她适当的空白。那片棕榈林可能是他们这些年唯一的一方净土，他们在那里确定关系，在那里牵手亲吻定下终身，那些惊悸、心跳、幸福、慌乱，挂在记忆日渐枯萎的枝头上，依旧殷红……郑一介以为她会闭着眼沉浸到往事里，然后慢慢眼眶泛起水意，对他充满依恋。可是没有，他的意图，沈虹洞若观火，她一句话就拉回干瘪的现实："没出息的人才爱念旧，不过是隔着时光打量，凸显了那些温情的地方。其实哪有那么好，穷兮兮的，别说衣服、化妆品，连吃个炒粉要不要加蛋都思想斗争半天……"

他发觉与上次见面相比，他们的关系因为这几个月相对深入的了解而颠倒了过来，上次她对他还算客气，这次就很赤裸裸的现实主义了。郑一介黑着脸，瘫坐在沙发上，抽烟，带着被激起的怒意，挑衅似的，偏要拿往事作石子朝湖面掷去：

"你要吃葡萄，我就跑出去买，回来洗好，一颗颗喂你……还记得吗？

"我吻过你的脚，觉得好心疼，脚趾变形，还有好多茧……它走了那么多的路……

"那时候我太幼稚，每次亲热完，只觉得热，很少抱着你睡……想来很后悔……

"姐，其实你的内心还是一个缺少疼爱的孩子……"

她比他大两岁零六个月，在最极致的欢爱中他抱着她，像抱着最好的世界，他叫她姐姐。姐姐，一声声贴心贴肺，死去活来。

"郑一介，你今儿个发哪门子神经？"沈虹忽然喝一声，走过来，没闻到酒气，却嗅到一个男人过早步入灰白中年的失意，以及为了抵抗这份落魄力不从心的倔强气息。沈虹扳过他的肩膀，看到他憋在眼眶的泪，平静地充溢在那儿，像是下水道冒出的污水。"怎么了?"她问,"你今儿很不正常,到底怎么了?"

"没怎么,姐。就是有时候,在这世上,什么也不管,就想他妈死一回。"

2

林碧微没再回出租屋,郑一介清楚,并不是她羞于面对,这反而是她的豪横之处,反正事老娘已经做下,你也看到了,有种的话,最好就一刀两断吧。一刀两断吧。

郑一介没有种。这个女人是他的软肋,她性格里有一腔分明的激烈和疏朗,他亲眼见过她对能和她全方位呼应的男人的盛大激情,也真切体验到她对不在意的男人的冷漠疏离。他保持不吭,不追究她的责任,也不主动联系,至少她和他还绑在一张结婚证上,形式上还是夫妻,他想,就像试图用根绳子去捆绑流水,流水注定要流向看不见的远方,而他能怎样,还是要胼手胝足地去绑。郑一介涌起一阵无能的悲凉。

到了公司,郑一介找到总经理张工,有意申请调岗到销售部。"不是刚提了开发二组组长,怎么,不满意吗?"

"呃,不……不是……满意……满意……"他那个不成器的死样子，见了领导，舌头仿佛瘸腿的狗，主题的骨头横在那儿，可狗跌跌撞撞的，就是表述不清。

"组里不配合？"

"没有……没有……"

张工笑了，笑容宽厚得像所有的一把手，给人一种错觉，即便公司里那些负责考勤的人事部、负责工资的财务部、负责后勤的行政部，都布满了各种刁难的贱人，但上面大领导还是好的，好经被底下这帮孙子念歪了而已。张工摆摆手，意思是小鬼，别捣蛋了，没看见我要批览的文件堆成什么样了吗，好好回去写你的代码。

郑一介夹着尾巴灰溜溜退回，出了门口恨不得掌嘴几下，不就是现在销售部效益好，都传说那帮狗日的月薪比他们高了一倍不止，怎么话到嘴边，就说不出口呢？他刚要折回去，瞅见研发部总监杨镇与屁颠屁颠过来找张工，经过郑一介时瞪了他一眼，认为他背着直接领导来张工这里说了什么。自从他阴差阳错成了开发二组组长，狗屁大的小头头，杨镇与就看他极不顺眼，大约是防着他在部门篡权。郑一介骂一句，笑得跟个三孙子似的，谁不知道你那个位子是跪舔出来的，装啥逼呢？可临到下班，杨镇与又给他们小组下达了新的进度："今晚上必须修复好上次的问题。"他摇头晃脑下达指示，严肃的皮相下绷不住掌控下属的得意，循例不忘强调一句："张工说的。"

杨监走后，大家纷纷言语无忌地抱怨了一番，点了外卖，扶扶眼镜，继续干。直干到九点多，才打卡下班。通勤一个多小时，回到出租屋里，郑一介狂打一会儿游戏，发泄不够，调出岛国片驰援，上下翻飞撸了一管，简直都有些气急败坏了。

泡了一碗面，郑一介就着烟，潦草吃完，凉也没冲，黏腻腻的，刚要撂倒床上昏睡，忽然来了一个微信，是沈虹。"周五去银屏山，你也来吧。"

不是商量，不是征求，只是陈述，更似命令。这让郑一介恼火，眼看着又成了另一个林碧微的风格。周五？那不就是明天吗，还一大早，你以为都跟你一样是自由的，老子是卖身予人的贱民，临时得请假呢，如此，这月全勤奖肯定泡汤了。郑一介叹口气，重返电脑跟前，一边用电脑微信飞快地回沈虹一个"好"，然后索要定位、时间之类；一边给杨镇与干巴巴发个短信："因病请假一天。"杨监倒是回得快："什么病？""蛋疼！"

这半夜，郑一介没睡好，他还是有点小激动的，毕竟，环顾四周，他现在有且仅有沈虹这根稻草可以利用。那些在命运的湍流里认真抓住每根漂过来的稻草的人，不管别人怎么看，他都觉得可以理解，因为他就是这样的。溺水的滋味太难受了。他在想，前几天见面，沈虹应该早看出他的企图，要不然也不会对他是那副冷嘲热讽的态度。他告诫自己，拿捏好分寸，不能太急切了，要不然嘴脸难看，让她起了恶心。

郑一介先看不上自己，第一次见，他还假撇清地，极力维护着那点可怜的尊严，这才几个月，妻离家散，决定认清局面，一个失败者，哪有什么尊严可言呢？他决定卖力奉承，重修旧情，修不成他也没啥损失，修成了，说不定在现实里就走了一条捷径。他如此市侩，也如此清醒。他在想，林碧微，我不会输于你的，放心吧。又想想沈虹现在壮观的身体，郑一介运了口气，说服自己，可以消受的。就当是飞机起飞前，她是必要的滑行地。

一早顶着黑眼窝到达指定地点时，他的激动还未发育成形，沮丧便当头棒喝。他想多了。以为就他俩自驾游呢，却发现车上还有一对夫妻，更失望的是，路虎揽胜后排三个座位，他和沈虹只好各据一端，中间是鸿沟天堑。咫尺天涯，断送了他任何想法。

车主低矮壮硕，愈加凸显了车的开阔。副驾的女子一身吊带背心的清凉打扮，发梢打卷，挑染了很细一缕浅蓝，在发量充沛的微黄衬托下，这蓝特别抢眼。眉脸窄窄的，糯糯的，小兽般锐利的牙齿，露出快乐的笑容，她先打招呼："我叫陆佳，我老公程松，欢迎你哦，我们好好耍一哈。"沈虹的反应很冷清，本该由她来介绍的，她没吭，郑一介无奈自报姓名，好在陆佳嘻嘻哈哈，冲淡了他的尴尬。

这是一场怪异的旅程，一路上前排小夫妻喊喊喳喳，后排他俩几乎无话。不知道前排夫妻怎么想他和沈虹的关系，在他自己，则带着一种窘促，这窘促一路累积成拥塞的怒气，郑一介扭头盯着窗外虚无的景区。中间服务区程松和陆佳下来方便,车里只剩他俩,沈虹用脚踢踢他,倒是主动说话了:"生气了?"

"哪敢。"

"嫌我现在丑,和你在一起,不长脸?"

"那更不敢。"

"不敢……哼,你也就剩下不敢。我可没逼你,要是不情愿上山,这里有回市区的车,别勉强。"

话说到这个份儿上,郑一介脸黑如炭,一把推开车门,呼啸而下。在服务区转了一圈,蹲在洗手池边,一根烟抽得日薄西山,但凡要一点脸,也该到路边拦辆出租车回去。可使劲踩灭烟蒂,买了水,又折回车前,拽开车门,率先把笑脸和一瓶水丢给她,堵住她即将吐出的话。"姐,喝点水吧。"是她以前爱喝的当地产的一种玻璃瓶的柠檬味盐汽水,难为他还记得。她有好多年不喝了。

沈虹错错嘴唇,将舌尖备份好的:"怎么不回去了,刚开车门我看决心很大嘛,是不好打车吗?"随着汽水咕咚咽下去。他的笑透着乞怜,甚至有些破罐子破摔的无耻劲儿,老子就他妈不要脸了,怎么着吧!这是一个被现实逼到角落的男人,她再逼,可能就是深渊。她心里翻滚着对他的可怜可恨可悲的怜悯,水微咸微甜,喝下去却泛起一阵苦味。

"上次见你低沉,也不说什么事,怕你寻死觅活,才特意叫你出来散散心。"

"算了吧,再这么一路怄我,死得更快。"

沈虹再踢他一脚,他架起胳膊,又落下了,按照拍拖时的惯例,他该去虚抓她的眼睛,她便往后退,他再追……他们都有点发愣,然后再不禁退回到安全线内。无法深入,只好薄情。

车继续前行。

到了山下,没想到会有这么长的车龙。景点是陆佳选的,她说:"我上次来还没这么多人呢,真的,虹姐,不骗你。山上特别美,有大片大片的柳杉,还有山泉,最刺激的是那个大峡谷,里面的各类古藤错综交叉壮观又诡异……夜里露营在山坡上,星星像蒲公英一样落满山岗,美得让人窒息呢。"

"上次什么时候来的?"沈虹冷冷地问。

"就是这个季节嘛,两年前来的。"她沉溺于对美景的赞叹,还未意识到失言。果然,程松接着问一句:"和谁来的呀?"这么个崎岖幽深的群山,不可能她一个人来玩。

"肯定和帅哥一起来的嘛,还用说。"陆佳撒娇笑了,笑起来张牙舞爪,她脸上那种坦然,让你无法计较所言的真假,她一笑带过,"这样,我们掉头去后山吧,要不在这里堵着不知到什么时候呢。"

程松还陷在刚才的语境里:"看来你对这山很了解啊,肯定不止带一个帅哥来过吧?"

"什么人啦!"陆佳打他一下,"好心给你们指路,看你那心思吧。郑哥你下来我们去租帐篷,刚我查了下所有的酒店都订满了,看来今晚上只能露营了。嘿嘿,如愿以偿。"

等郑一介也有资本有了别的女人,他才能发现陆佳的不易,当时他只觉得这女孩性格能开能合,容易兴奋快乐,可谁知道笑的背后是什么呢,甚至也许笑的幅度都是策划好的吧。

一个帐篷租一夜和买一个价钱都差不多了。"买两个。我要紫色,"她对郑一介说,"你们的你选个颜色哈。"倒把郑一介给难住了,不是颜色,是他能确定他和沈虹是"你们"吗?他也不能确定他俩是买几顶帐篷,所以还得请示。"你喜欢什么颜色的,去选下吧。"他对端坐在车上的沈虹说。

沈虹明白了,下了车,冲陆佳说:"再加一个,颜色随便。"

陆佳刚要说:"你们俩……"被程松使个眼色挡住了,她吐吐舌头,调皮嘀咕,"我们也买两个分开睡吧?"程松拍拍她裸露的腰窝:"放心吧,等着看,就这都得浪费一个。"

尴尬的是郑一介。他算什么,面首都不是,就一拎包的,勉强算个跟班。

转到后山,因还没整体开发,人确实少了许多。山路盘旋,夹峙高山,鸟鸣婉转,古树冠盖,杂花乱开,触目青碧,山风徐来,逃离了市区的溽热和拥挤,一时天也开阔人也开阔。到了山坳,有一处湖泊,青石环护,翠树披拂,像美人睫毛拱卫的眸子。有人在湖边垂钓，大约水并不深，只一味沉碧。

陆佳和程松划着小皮艇在湖面游弋了几圈，上了岸，陆佳从后备箱里捧出一个小酒精炉，还有刀具和案板，材料也一应俱全，指使程松去钓友那里议价买来了几尾淡水石斑，就在水边收拾了，锅里倒入矿泉水，咕嘟了一会儿，就是一餐清香的火锅。郑一介发自内心地羡慕，陆佳可真会生活，值得男人额外宠她。

他们二人邀请沈虹他俩，看到他们那幸福甜腻的样子，沈虹心里大约总归不舒服，表示无功不受禄，不打扰你们了，啃了一个面包，在郑一介的安保下，朝堰塞湖反向信步。

"猜他俩什么关系？"

"不是夫妻？"

沈虹微微一笑，郑一介就懂了。也是，正常夫妻不可能这么黏腻，何况老程那张一步到位的黑脸确实也配不上陆佳的伶俐风情。可沈虹随即却坚硬地说了句："狗男女！"三个字在她嘴里使劲咬嚼过的，吐出来带着一股子冲击力。

他决定忤逆："那我们算什么关系？"

"你想是什么关系？"她很动气，"我平日就够累心的了，你能不能别憋那么多心思，要不看见你就觉得也累。"

郑一介试探的鸟还没飞出去呢，就被猎人一枪狙击。他很泄气，一屁股坐到路边石头上。沈虹脚步没停，继续往密林深处走。路旁山岗上坟冢三五，四方的墓碑和精致的基座上安放着小小的楼阁，虽不恐怖，独行的话，却也怵人。"前面都是坟头。"他吼一声。沈虹不为所动。郑一介骂了句：真他妈傀，和林碧微一个德行。能怎么办，他认尿，跑过去，气喘吁吁，像跟在主子后面的狗。他恨不得说一句："沈虹，我真想掐死你。"却被沈虹抢了先机，"你要不行就还坐一边凉快去，别弄得像是任务。"

郑一介又被生生呛住，脸红脖子粗，倒笑了，摊摊手，表示无所谓，你开心就好，亦步亦趋地跟在沈虹身后。沈虹却忽然转身，瞪视着他："郑一介，我最看不上你现在这副样子，臊眉耷眼，苦兮兮的，怎么搞的，像个小老头儿？"

这不是屁话吗？你有连锁店有超市有楼，当然活得兴兴头头，老子啥也没有，哪那么大兴致呢？对你们来说坐拥各种资源，就好比端坐在山顶上，雨露阳光，充沛足量，生活是享受的，而对我来说，在下面挤挤挨挨，生存如同哮喘，一场苦熬。郑一介冷笑，回身走掉，老子不伺候了。

回到湖边，径直坐到火锅前，程松备了白酒，随他们吃喝起来，他们说笑，他不多言，吃完躺在草地上抽烟。陆佳问他："和沈姐吵架啦？""呃……没。""也是，她脾气挺怪，我都有点怕她。"她撩起头发，"你多哄哄她，出来玩嘛，开心最重要啦，她也不容易。"

郑一介不为所动。等他和沈虹和好，他再重复他以为陆佳关切的语调时,沈虹忽然间就恼了:"她有什么资格同情我?勾搭个姘男就以为了不起,就幸福得忘乎所以了。狐狸精!我当然不容易,我的钱是自己双手挣来的,不是靠卖×!"沈虹的敌意来自一个自诩为良家妇女的正妻,站在道德高地对所有来路不明要勾引老公瓜分原配利益的野女人的天然愤怒。

而当时郑一介只能自嘲道:"我哪有本事哄她呢,人家可是雷厉风行的沈总。"

陆佳抿嘴一笑,道:"郑哥,你是老实人。"这点郑一介还是听得懂的,由这种洞悉通达的聪明女人说出来,"老实人"不过是傻逼代称而已。她接着说:"快天黑了,你去帮沈姐选露营的地点吧。"她狡黠一笑,"选个好地方哦。"就差要说出:"好好把握机会了。"

郑一介在向阳的草坡上把两顶帐篷固定好,两者之间隔了一段不远不近的距离,程松和陆佳则选定了山岩下一处隐秘的空间。"省得打扰你们,"陆佳吐吐舌头,"看你俩帐篷摆得,也在互相置气的样子,不会近一点嘛。"程松推推她:"到了晚上,帐篷不会走,人还不会吗?"

郑一介就这么不尴不尬地笑纳了他们的玩笑话,坐在草地上。山间的落日与城市里大不同,似乎接连着茫荡天地的蛮荒力量,狂野盛大,青山蔼蔼,云彩变幻,每一朵失火的大云在天空独当一面,内部焰火熊熊,惊奇的是边缘却都刀劈斧砍一样棱线分明。那种内心兀自汹涌澎湃又界限冷静分明,像极了某些人，比如该死的林碧微，比如更该死的沈虹。

落日燃尽，像是目睹了一个哲人死亡的全过程，郑一介想起小时候在老家和傻子哥哥无意撞见的那些平原上的黄昏，那些黄昏连同亲人都滞留在日益破败的村庄，只剩背叛炊烟的他孤身一人，在远方辛苦生存，雨淋火焚。

这一晚他怀着孤绝之心，谁也不想逢迎，对此山野风景，谁也不值得逢迎。郑一介难得在外多年一夜心无旁骛，一觉天明。迎着日出，心地澄明。就着矿泉水刷牙的时候，陆佳凑过来，带着困惑的神情："嘿，郑哥，你俩到底啥意思啊，真就一夜按兵不动？"

"你俩不及时行乐，偷着观察我们干什么？"

"那不是关心嘛。"陆佳用胳膊亲昵地撞他一下，正好沈虹从帐篷里出来，陆佳扮个鬼脸，轻捷地跑到一边，并冲他做了个加油的手势。

沈虹脸色明暗不均，大约没睡好，掩着嘴打个哈欠："你属猪的，呼噜了半夜？"

"吵到你了？"

"哦，那倒没有。"

"我今儿再陪你一天，明儿一早得回去，要加班。"郑一介做好了求而不得的准备。他为自己傻气的天真感到汗下，以为还能收服旧女人而走一点捷径，却不知时过境迁，早已分化了阶层。

沈虹也说出了愚蠢的刁难："借口！加班加班，这么卖力工作也没见你挣到钱。"这就很伤人了，可她不管。

"从昨天来看，你觉得还用我自作多情地陪吗？"

"那你别管，就是不能走。"她说，"我补你加班费行了吧？"

就是这句话彻底激怒了郑一介压抑在心底的自卑："有点钱了不起啊，天天把你傲娇得！拜托，大姐，你就一丈夫出轨精神抑郁言辞刻薄步入中年的胖大妇女，也就是在我这样的穷人跟前秀秀优越感，真以为自己很牛逼呢！"

他近乎控诉，把坐在帐篷边上望着朝霞吃东西的程松和陆佳都吓住了，他俩面面相觑，悄悄钻进帐篷里。而沈虹满脸错愕，脸上像是冰被砸了一个窟窿。她缓了一会儿，才艰难地合拢了嘴唇，机械地说道："好，好。"

实际上话说出口，郑一介就泄气了。这几句话语的石头，不单撞伤了对方，也砸了自己，他收不住了，在朝阳下，摊开的，是猩红的肇事现场。

这个白天过得格外漫长，后悔和对现实的考虑促使郑一介几次想迈出去道歉的腿，只要能弥补得和谐如初，在想象中磕头如捣蒜也在所不辞，可作为男人残存的那点尊严又拽住了他的脚步，就这么几次三番的斗争中，吹着山风挨到了半下午。

陆佳他俩去附近的森林公园逛了半天，回来见他呆若木鸡坐在那里，观察了一下，走到他身边，拍拍他："喂，我的傻哥哥哎，你是老实还是傻啊。"陆佳恨铁不成钢，恨不得耳提面命了，"你是真不懂女人呀。"她贴着他耳朵，"你没发觉这几天她说话带着攻击性，抵抗什么似的，其实沈姐是第一次这样和男生约会，她也紧张。明白没？"陆佳说完跳着跑开了，留郑一介在那儿目瞪口呆。

傍晚他们驱车去了一家农家乐，招牌菜是鸳鸯鸭炖锅，可以点菜，也可围绕着地锅自己做。也许是太无聊了，他们选择了后者。选好了鸭子，领了配料，生起炭火，店家要拎着嘎嘎叫的两只牺牲品去池边宰杀，沈虹道一声："不用，自己来。"取了刀，撸起袖子，她一手掐着鸭翅，脚下踩着鸭头，语气粗鄙，说了一句："去他妈的野鸳鸯。"手起刀落，一钩儿血红滑过，动作重复一次，两只鸳鸯就身首异处了，头落在地上，身子还在扑腾。沈虹一手攥住一个脖子，让血喷在碗里。等手里的家禽身上颤抖的生命涟漪渐弱渐息，沈虹把它们掷给店主去开膛破肚，而她脸上犹存霜雪杀气。

程松和陆佳脸色煞白。

"佳佳，不用这么麻烦，一路鼓动男人拿下我什么的。"她说，"我和老程多少年的朋友了，你想盘下我的门店做点生意，你明白说一声，这还不好说吗？"

陆佳的脸色更白。

郑一介知道她是做给他看的。他反而笑了，并没有被吓得胆战心惊。她的凶狠和林碧微不同，她是装出来的，只有个凶狠的架子，而林碧微是手抛琉璃不转身，一旦舍弃，绝情到骨子里。

这顿饭他旁若无人，吃得狼吞虎咽，肉是真香，不愧是鸳鸯，一点肥肉也没，炖得烂烂的，配上烈酒，吃喝得痛快。

到了晚上，他没再啰唆，觑着沈虹刚躺下，他就大摇大摆地钻进她的帐篷。她还在挣扎："你干什么？"

"没吃饱，想再吃点啥。"他眼目灼灼。

"不怕我也杀了你？"

"你杀。"他笑，近于无耻了，"十步之外，就是他俩，要不要我喊他们递刀？"

这会儿不应该再说什么，他在动作，很粗野很直接很热烈地动作，他粗糙地解除她的衣物，然后抱紧，贴上去，她开始轻声喊叫，开始撕咬，开始哭泣。"我老了，不好吃了。"她说，"昨晚你死了？"她苍老又委屈，繁华又妖娆，她又说："你把那天下午在我家的傻话再说一遍给我听吧……"时隔近十年，再度爬到她身上，像是爬上熟悉的旧床垫，像是坐在一艘肉船上，无法想象一个女人肚皮可以像水袋一样，向四处流淌，而乳房下垂成那个样子。郑一介闭上眼，抓取一些聊胜于无的快感。

像一场搏斗，完成了，两人爬起来，看漫天星光。

宇宙一切都在离散，相逢只是偶然，谁都终将面对孤独的星辰。

因为各怀鬼胎，他们背靠着在寂静里抽烟，谁也不想主动看对方一眼。

3

他不在的这几天某个深夜，林碧微来过一次出租屋，她是来还给他那只碧玉手镯的。手镯的珍贵来自物体之外的情意，她不敢亵渎。这是婚礼当天婆婆给她的家传物件，一看见手镯，她便想起婆婆白发苍苍而又端庄慈悲的样子。那是一位坚毅沉静的母亲，历经岁月艰苦而散发着从容不迫的芳香。她的形象符合林碧微对母亲这个概念的想象。在婚礼上，她屈膝，朝郑白氏跪拜，谁都没想到这娇艳的新娘子会行这么大的礼，现今结婚三鞠躬已算得体，但林碧微甘心。她一是偿还在流掉别的男人孩子后郑一介对她的收留和宠溺；二是觉得对这位白发母亲心怀愧意，您这么了不起，拉扯大两儿一女，大儿是个傻子，还要照顾中风的丈夫，可是，对不起，我还是爱不起来您的儿子，可我会好好跟他过日子。郑白氏极力忍住眼泪，对新晋的儿媳说："贫家小户，委屈你了，闺女……"然后将红布包着的手镯交给她。

可一旦离开那个环境，她们便各有自己的一片天空，婚后不到一年，她再次节外生枝，和郑一介难以为继。握着手镯，她默默对遥远的北方平原小村庄中的那位母亲，再次说声对不起。

她掏出钥匙，却开不了门。郑一介换了锁芯。

这几年，她习惯了他对她的敞开模式，没想到有一天他也会闭门。走出楼道，把钥匙随手扔进垃圾桶时，林碧微确实还有点怅然若失。

走到小区门口，正是夜深，城市收起兴兴头头的奔忙嘴脸，也显出一些疲惫和寥落。在门口小吃店，出租车司机、附近商场上货员、快递员……聚在饺子馄饨摊前，也没几个人说话，大约都累了一天，这会儿才敢把"男人"俩字从肩膀上卸下来，散落在店前桌子边，从从容容吃一碗，慢慢抽支烟。

店主是一对中年夫妻，林碧微认识，他们以前也常来这里吃。丈夫在后边包饺子馄饨下锅，妻子在前面打点客人，很默契，也很温馨。林碧微走过时，女店主寻常招呼她一声："靓女，好久不见了哈。"她看着锅里热气腾腾、上下翻滚的饺子："大姐，给我煮一碗。"大姐就往后边喊一句："饺子，小碗，茴香鸡蛋馅。"她的喜好分量大姐都心知。

林碧微就在一帮男人中间坐下来，蘸着醋和辣子，吃刚出锅的饺子。她以前其实不爱吃饺子，包括其他所有面食，黏腻腻的，有什么好吃的呢？可北方平原出产的郑一介，几天不见面食就垂头丧气，吸一碗面吃一盘饺子神采奕奕，有那么夸张吗？林碧微老觉得他土气，连乡土口味都改不过来，也算他没出息之一种。不过在他的怂恿下，她还是接受了饺子，一试才知，非但不难吃，还挺美味。这玩意儿挺奇怪的，把菜和肉剁得惨不忍睹，一张面皮，大包大揽裹起来，丢锅里一煮，竟各种滋味都水乳交融。

　　林碧微一边吃，一边也是在等郑一介回来，她以为他在加班。她想发个微信或打个电话，他却早把她拉黑。真幼稚，她想，这一回，这厮货到底起了脾气。真是泥人逼急了也有三分土性。她想，这次可能彻底伤了他。但她又能肯定，过不几天，他又会从拉黑列表里放她出来。他在她这里，最大的脾气，最后也没有脾气。她最了解不过。

　　可是，林碧微也委屈啊，她和那个税务小官员真的还没有来得及发生什么，那就是她的老板周立这个狠女人的一个计策。周立把所有人都给算计进去了，既以她为诱饵要挟了税务稽查，又报了她当初不自量力勾搭自己男人的一箭之仇，还顺带泄露地址让郑一介成功抓奸，撕开了他们婚姻最后一层遮挡。她不恨周立，这是她要付出的代价，她明白。可她怎么给郑一介解释呢？他撞开门，她正和税务官光溜溜地欲行船入港……

　　邻桌一个汉子咔咔嚼蒜瓣的生动脆响打断林碧微的心绪，以前他们来这儿吃饺子时，郑一介就爱剥一瓣蒜，扔进嘴里，一口气吃几个饺子，咔哧，咔哧，那是嚼蒜，咕咚，那是吞咽饺子，呼噜，呼噜，那是连喝两口面汤，一顿饭不够他活泼热闹的。不说那吃相，单那蒜味，能把林碧微恶心死。可他狗改不了吃屎，每次来吃，还是忘乎所以大嚼蒜瓣，吃完还冲她嘿嘿傻笑。林碧微想想那场景，泛起恶心的同时，却笑了，她也剥开一枚蒜瓣，咬了一点，也不知是辣到了，还是别的滋味杂陈，时光和情绪交织，那一瞬，林碧微清冷的眼泪滴落碗里。她没想过自己会为那个没出息的傻人哭。林碧微想找抽纸，一时没找到，被大姐看到了，递上自用的湿巾，拍拍她的背，继续去忙了。

林碧微一怔，来自陌生人自然流露的善意，让她一时承受不起。看着这一对平凡忙碌的夫妻，没有那么多欲望，守着一片小店，勤勤恳恳挣钱养家，她知道，她可能这一生都将羡慕这种关系，因为她做不到。她要的很多，唯独不包括平淡。关了一扇门，固然可惜，可还有更大的天空等着她去飞。推开碗，抬起头看看夜空，林碧微甩甩头发，大步流星，打车返回，还有很多事等着她做，她才不留恋那些没出息的小伤感。

4

郑一介以为抓住性这根绳，爬山一样，就可以轻易让自己到达峰顶。不是的，回来之后，沈虹的态度好像露营那档子事是一坨排泄物，不愿回顾，很久没联系他，让他的期待冰疙瘩似的在那儿滴滴答答兀自融化。

他在公司的处境，因和杨镇与的摩擦升级，变得越来越让他难受。杨也不能把他怎么样，就是一些无谓的刁难和龃龉，让人忍不住想施以老拳。小组和他相熟的同事建议道："郑哥，那狗日的不就好个色，你请他喝顿大酒，弄到下沙搞下那种按摩，保证他以后闲屁再不放一个，信不信？""算了吧，有那工夫老子还不如和哥儿几个耍呢。"这点郑一介倒还不错，自他做组长后，小组每月的下午茶费用、他的个人差旅补贴、团建费这些常被他拿出来给弟兄们撸串了，是以人缘挺好。

晚上加完班，他们一起去南岸的夜市聚餐，席间最小的孟炫喝了酒才说他刚拿到了某大厂的 offer（录取通知），做到月底，下月就走了。郑一介蹾蹾酒杯，祝贺孟炫。这事又刺激了他一下，这小孩才多大，二十三多点，就年薪几十万，关键这小狗日的活得多精彩啊，玩滑板，拍视频，拍拖，光他在主播平台上拍的在海边捡蛏子、贝壳、海星的达人小视频的打赏都够郑一介大半月工资了。想想他自己,好像就没这样肆意年轻过,除和沈虹在厂子里短暂的恋爱之外,他的人生似乎一出厂就自动设置为中年苦逼模式。

"郑组,在这儿干得不开心,你也可以换个嘛。"孟炫举杯回敬他。

"不像你,哥老啦,没人要。"他学历自考,简历也不出挑,能进目前这家公司都算成功的了。他和孟炫一个是蜗牛一个是飞鸟,人家随便一踮脚,都够他吭哧吭哧爬半天的。"没听过那个段子吗:不要责骂年轻人,他们会立刻辞职的,但可以往死里骂那些中年人,尤其是有房有车有娃的那些。"他大着舌头,"何况我没房没车没娃的,更失败,更不敢离开。"

"可你有那么漂亮的老婆,还想什么?"以前聚会郑一介撺掇林碧微参加过,那是他最能拿得出手的。他也曾一度骄矜自喜过,你们比我混得好又怎样呢,老婆还不是不如我。现在才知道多傻,你混得不行,那漂亮老婆就要在市场流通,不再被你私藏。

"老婆,哈,死了。"面对众人的疑惑,他故作嬉笑道,"中年丧妻,人生大喜,有什么好惊讶的,来,喝一个。"

他很快熟谙地把自己灌倒。

郑一介搭乘最末一班公交回去。刚上车,拥上来几个花枝招展穿着彩衣的大妈,大约刚在广场上秀完舞蹈。郑一介刚要占住一个座位,为首的大妈身手不凡,朝目标猛地一扑,一个矫健的横插,带着肥热的温度,将郑一介别在后面,然后但见大妈腰身一拧,臀部俯冲,吸盘一样,稳稳坐定,同时两腿叉开,高举臂膊,如同旗帜,冲后面挥舞,这儿这儿!后面姐妹款步跟上,相视一笑,坐享胜利成果。旁边,徒留懵逼的郑一介,被实力干败,灰溜溜地逡巡几圈,找一个栏杆抓住,却因为喝得微醺,忍不住对大妈的身手赞叹道:"哎哟我×,牛逼!"

大妈们已经坐定,闻听小子粗鄙无礼,唾弃之声浩大喧腾,指指戳戳,大有将其就地正法的气势。郑一介尚不知严重性,带点酒意,躁怒四起,言语间对大妈们更不敬。这下好了,还胆敢回击,安坐的大妈们怒而起身,争先恐后对其诛心,众口铄金之下郑一介已然沦为人民的公敌、十恶不赦的浑蛋。郑一介本来嘴就不利索,这会儿在一片上下翻飞的嘴唇们夹击下,更显力不从心。正在此时,但闻后边一好汉气沉丹田吼出一句:"都给老子闭上嘴!"好汉言道,"吵死啦!"嘴唇们略一停顿,然后继续翕动,连带敌我立场不明的好汉也一并打击。二人寡不敌众,在下一站仓皇鼠窜。

也算刚才同仇敌忾过,郑一介和好汉略一寒暄,要请他在附近小摊吃个夜宵聊表谢意。好汉叫刘洋:"再往前一段是我们小区,走,那边有家烤鱿鱼的,好吃。"刘洋所指前面是品牌高档小区,"可以啊兄弟,这么年轻住这样的小区。"刘洋哈哈笑："我在小区看门的。"原来是小区保安。到了烧烤摊，刘洋又打电话："我得把我们队长叫来，要不他又说我吃独食。"

等队长来了，郑一介才觉得有时候某个晚上真他妈奇妙。你道这队长是谁，是竹篙，七八年前他有一段失业不好找工作，在一家售楼部做过几个月保安，竹篙就是那几个月最相熟的。两人刚一相见只觉眼熟，细聊几句，各自扒开堆积的时光才打捞出一点印象，先感慨一番"海城好小"，又感慨："其实不小，这么些年在一个区域混，竟然都没遇到。"一个说："你狗日的胖了，看来这些年混得挺好。"一个说："你还这么瘦，竹竿似的，光顾着灌溉女人了吧？"

那时候，郑一介刚做保安，培训了一段，在售楼部实习。刚上岗，那句老话怎么说来着，刚学剃头来了个络腮胡，就这么寸。他还没学会引导停车的手势，就接了一个新手开的车，那一刻，郑一介恨不得自己是个变形金刚，直接把她磕磕绊绊的车像拿玩具一样放在车位里得了。但，没那么容易。开车的女子估计是刚拿了证，手生，她紧张，他也紧张。郑一介打出倒车的手势，她竟能把车倒得曲线婀娜。他又打了一下手势，尽管倒，离黄线早着呢，倒吧。郑一介姿势打得有种过了头的郑重，以掩饰其生疏，女子就倒了，很猛，几乎是一眨眼之间，就加速冲了过来。郑一介蒙了。售楼部内部装修无限奢华，而人们看不见的面向后院的外墙，其实只是一层简易的钢板。娇红小车性感的尾部即将要冲撞在铁皮墙上，他慌了，做出停止的手势，晚了！这主儿踩着油门跟他有仇似的撞过来，他恨不得一步跑上去横亘在加速的车尾和空心的墙之间。眼看着要撞上，郑一介闭上了眼，心想，完了，玩完了，这他妈的要撞上了，整个售楼部都得地震一样摇晃一下，他立马就可以滚蛋了。"咚"的撞击声一触即发，于此刹那，一声炸雷般的喝止响彻整个停车场，他睁开眼，看见竹篙闪电一样跑过来，把手里的路锥阻塞在车轮底下，然后，车身颠簸了一下，在竹篙声可碎瓦的呼喝下，终于挨着墙壁停下了。还好，离制造出撞击声，还差那么几毫米。郑一介的汗水涔涔而下，咧开嘴笑了，对他。竹篙吊着一张没有表情的脸，甩着步子走开，不理会他感激的笑，这狗日的。走了两步又扭过头抛一句："轧坏的路锥可算到你工资上啊。"他训郑一介："愣着干吗，还不清理掉？"老实说这狗日的大声说话的样子很讨人厌，可郑一介却笑了，那一会儿，忽然很想喊他一声哥。

那么多人都在岗亭那儿聚集着，看热闹，只有他冲过来帮了他，所以郑一介一直记得。

这晚上郑一介彻底喝多了。他喝多其实目的不纯，他有了比较心，七八年过去，老哥们儿也只是熬上了个保安队长，当然，手下几十号人，比他显得威风多了，可到底是条"看门狗"，他自己说的；而他，好歹算个中级白领，工资也比他高不少，虽然是条"加班狗"。

郑一介和竹篙在他员工宿舍里就着浓郁的臭袜子味道叙了

半夜旧，其实他俩的往事不消几小时就说得差不多了，毕竟在一起也就几个月，然后就听竹篙吹嘘这些年他亦真亦假的风流史。"知道吗，我们小区里好多小三，搞笑的是，那些小三拿着金主的钱，转身再去养小白脸，我去检测消火栓，经常碰见。"竹篙说，"可那些女的，在我们跟前又装模作样颐指气使的，老子可是知道这小区里所有人的底细。"他又说了很多让人瞠目结舌的秘密，偷情的，偷窥的，偷窃的，都躲不过他的眼皮。

"假如说，要是想偷拍某个住户的隐私，能做到不？"

"你想干啥？"竹篙来了兴趣，半坐起来，"那得看谁去偷拍，别人不行，我就可以，我有一百种方法敲开他们的门，他们也信任，毕竟老子率领兄弟保卫着他们嘛。"

"'荔园小区'你也熟？"

"江边那个'荔园'？那怎么不熟！我们隶属一个保安公司的，我们公司专做海城高档豪华小区。"

郑一介觉得今晚上的酒喝得太值了，和大妈们的骂战也太划算，刘洋出现得也太及时，简直是，一切都出乎意料，却又水到渠成，看来下山时他没白拜那尊"丑佛"。

那天和沈虹置气，他一人沿山路闲转，在下山的路口遇到一尊佛像，前面摆着几个李子和稻穗，那佛像极简主义，在一块破石板上画出来个眉毛鼻子眼的大概，雕工笨拙幼稚，像是小孩涂鸦，佛身上写一行"南无阿弥陀佛"，简陋到寒碜的地步，应该是山洼里那几户人家供奉的。在阳光下，佛像粗糙稚拙，可也朴实诚恳，透着一股丑萌丑萌的气质。他想，那些鎏金镀彩的大佛就给道貌岸然的西装们去朝拜吧，那些佛太辉煌，大约也没空理会他祈愿的那些小心思，倒是这山村的土佛，与他有缘。郑一介采了一朵野百合，供奉在佛前，念叨了几句心思，匍匐下来，磕了个头。

"哥们儿，兄弟不给你藏着掖着，有事求到你，我要拍'荔园小区'2期2104那户男的。这事头疼我几个月了，做梦也没想到能在你这儿迎刃而解。"他给竹篙点上烟，"以前在售楼部你就罩着我，我都记得，现在又得让你帮我。"他露出奉承的笑，"我每次一出现就给你添事，可谁让你是我哥呢。"

郑一介第二天取了五千块钱："给兄弟们吃顿饭。"并请竹篙做了次按摩。林碧微在的时候，他花每一分钱都心惊胆战，挣得少，没本事开源，只好节流。林碧微离开了，他为了达成目的花起钱来，心也不惊胆也不战了。

竹篙收了钱，也享受了按摩，吐一口烟："这个好说，不费啥事，放心，你说你要拍什么内容就行了。"

就这样，上天助力，在竹篙的安排下，他变装成保安，在周海光那屋对面的楼里拍到了周海光和不同女人同居一屋的照片，并且还有一次趁周海光不在家，在保安队长的带领下借故排查排污管道进入了他家，趁女人不注意，拍到了室内男女内衣混在一起晾晒的场景。

5

他把那些照片洗印出来,投名状一样呈到沈虹眼前。她翻了一遍,一半脸阴沉,一半脸却不出所料地冷笑着,并没有郑一介想象中的愤怒以及崩溃后的号啕,他也就没有机会乘虚安慰。郑一介追加道:"很多更劲爆的场景因为角度问题,都没拍到。"他再撒一把盐,"我只断续拍了十来天,就发现他前后至少和三个女人厮混。"

"别说了,我都知道。"她说,把照片丢落在地上,像是谁破碎的心,"烧了吧,搁在这儿,我嫌脏。"

"烧了?"郑一介愤愤难平,你一句话偷拍他,我屁颠屁颠去做了,费这么大劲拍到的,你再一句"烧了",就轻描淡写掠过去了,这不是耍人吗?"你地主老财善心一发,把佃户所有的账单付之一炬,你落了个大方,可那狗男女却不一定承您老人家这份情。"

"后边我不是不让你拍了吗?"她说,"别这么婆婆妈妈的。"

郑一介撕碎,丢到垃圾桶里。他从背后抱住沈虹:"你要是难过就哭出来,别强撑着。"他抵在她肩头,以期制造出耳鬓厮磨的效果，可他预谋错了，沈虹的身体不配合，僵硬着，他不知收手，还试图将错就错。沈虹就甩开他了。

"笑话，我有什么可难过的，用得着你可怜我？不就是个玩玩，你觉得只要我愿意，什么样的男的找不到？"她顺好被他弄乱的头发，"你也别自觉良好，明说了吧，露营那次不算什么，你觉得我之前会为他守身如玉？"

她的言语密集，有点慌不择路的样子，急于渲染某个东西还抵抗另外的东西，郑一介再笨，这点把戏还是能看出来的。

"那你今天打算宠幸哪个小白脸呢？"

"别给我嬉皮笑脸的，正事还忙不完呢，没工夫跟你瞎扯。"沈虹抽上一支烟，"我知道你在想什么，也知道你想从我这儿得到什么。先别这么天真好吗？我也不是十年前那个柴火妞。你需要再次认清下自己，一个男人没钱没身份，年轻帅气时可能还有点机会，当然也就是暂时骗骗未经世事的小少女。到了你这年纪，刚进城的乡下妹子大约也懒得给你个正眼。现在明白你濒临离婚的原因了吗？并非你那个骚货习惯于见异思迁，你要知道，大街上但凡有点姿色的女子，都在中上层男人床上流转，你这样的最多看着眼馋，所以骚货能和你结婚过一年多，算你幸运了。所以，周海光一天换他妈三个，我也不会和他离婚。所有的，你这回听明白了吗？属于底层男人只有寻寻觅觅冷冷清清凄凄惨惨戚戚。"

沈虹在电脑上处理文件："顺便说一句，你那温暾的性格和这张大国字脸，嬉皮笑脸起来，看着辛酸。"

郑一介讪讪的，心里想问候沈虹祖上，我对自己还能会没个清醒认识？正是因为认识得太清醒，无门路可寻，才折返到你这里期望你顾念旧情，在上升的途中施加援手，你狗日的倒好，站着说话不腰疼，不过机缘凑巧，占据了点资源，就高高在上对老子损起来没完没了。郑一介抗议地嘻嘻笑，反正没脸了，死乞白赖道："沈总，你忙你的'正事'，我晚上能不回去吗？说不准待会儿你还再有灵感，在损我上面还能再翻个水花，我可不想错过了，今晚我就在这沙发上蜷着行吧？"

"不行。"沈虹下逐客令。

他大老远跑来，挨一顿骂，再大老远回去。可他真不想回到那个孤独的出租屋里，那种百无聊赖的空旷如海浪，持续地对他进行侵袭，他受不了。在这里，虽然成色差点，但到底有个女人，物理意义上不寂寞。

"我就这么回去？"

"还想怎么样？哦，对，可以带上垃圾。"

门口堆着几袋子厨余垃圾，郑一介回天无力，趁她不注意，将装着碎照片的垃圾袋也一并带去。他知道那些照片过些天还会出现在她眼前的。你傲娇什么，郑一介甚至诡谲地一笑，没事，我什么都没，就是有耐心，等着瞧。

果然，没两天，沈虹又召他过来了，这回直截粗暴，上来就要抽郑一介一巴掌，被他攥住了。

"你干的好事！"

茶几上摆着破碎的艳照，被胶带粘连成形，像要私奔的男女被揪回来五花大绑，泛着怪异的反光。是他寄到周海光公司的，他总不能白拍了，替沈虹给他个警告，如不能，那激化他们夫妻的矛盾也好，鹬蚌相争，说不定他就是得利渔翁。

郑一介笑："这是我近几年唯一的一组摄影作品，名字就叫——'一切破碎，一切成灰'。别说，挺贴切。"

"贴你大爷，你要成灰尽早烧了去，别绑上我陪葬。"

"他打你了？"沈虹穿着高领的衬衣，想挡住被周海光掐着脖子质问留下的印痕。周海光把照片摔到她脸上，卡住她的脖子，问她为何跟踪他，想干什么。

沈虹打开郑一介伸过来的关切的手："你再节外生枝，我饶不了你！"

"你有没有搞错？大姐，是你男人乱搞在先，我只是奉命拍了点照片，犯错的你不追究，目击者你倒怪罪他不该出现。你俩啥时候结盟这么牢固了，一致对外的决心很大嘛。"他收起桌上的照片，"好歹是我的作品，没想到你们都不喜欢，我还想拿到摄友群或者网上大家一起欣赏欣赏呢。"

"你他妈敢！"

沈虹抢夺那些照片，当她做出抢的姿势时，郑一介一声轻叹，就主动上缴了。沈虹拿到厨房油烟机下面去烧。

"我劝你还是留两张的好。"郑一介说道，"你要能确定你俩一直是这么团结的利益同盟你就烧,不能的话还是留着做证据的好。"终于轮到他冷嘲了:"随你,只要你开心,反正脖子被掐身上被打得红一块紫一块也只算你们人民内部矛盾。"

"闭嘴,滚!"

郑一介滚走,路过保安岗亭的时候,笑了,他想沈虹还会再召唤他来的。

6

林碧微是偶然间迷上换身游戏的。这游戏的刺激程度,能缓解所有的工作压力,带来不可预知的跌宕起伏的乐趣。

那次,因为一家金融企业的员工集体婚礼选择了玲珑山庄,带来了可观的效益,周立特在市区备了答谢宴,让林碧微代表她出席。吃好喝好之后,大小领导都走了,年轻的金领们还不尽兴,拥着去钱柜唱歌。林碧微不好拒绝,进了"海市盛楼",这帮年轻多金有超强压力的"金融狗",撒欢似的,恢复了青春本性,一个个手舞足蹈。

林碧微循例灌了一肚子酒水,饱尝满屋子二手烟。他们摇头晃脑、搂搂抱抱、鬼哭狼嚎,还得赔着笑夸唱得好。她喝得喉头像要坏掉的阀门,压不住泛上来的酒气和恶劣情绪。林碧微勉强唱了两首歌，禁不住胃里翻涌，起身到走廊尽头的窗口吹风。扶住走廊尽头的窗台，支着胳膊，看外面的霓虹。闪烁的光影里，上演着一幕幕欲望的战争，在这城市里，不安分的人呐，为了所谓的梦想或是贪婪，都在拿着一具肉身冲锋。

没多久，从旁边包厢出来一个女孩，脸色酡红，脚步软软的，一看就是喝高了，大约包房里的洗手间被人占用，才出来去楼层的公用卫生间。

正恍神间，肩膀被拍了一下，转过脸，认出是段真真，学车时认识的女孩。算不上通常意义上的漂亮，可性格好，娇娇俏俏的，五官虽然普通，可一双眼睛，活泼生动，睫毛挑起，眸子一眨，似有水声叮咚，配上得体的笑容，气质温婉干净，没想到却在这里上班。看来每个人都自有其角色转换。"姐你怎么在这儿？"女孩招呼她。像是看出她的惋惜和轻微讶异，段真真率先说："我在这里很贵的哦，姐以后多照顾哈，有需要陪酒的朋友，点我，给姐八折。"她笑起来眼睛眯着，齉着鼻子，流露出风尘而天真的习气，"这里挣钱快，我想买车嘛。"

林碧微那天不知是因为喝多了，还是物伤其类，心中忽地没来由地一恸，为自己，也为她。她摇摇晃晃地揽过她，想说什么，却也无话。段真真似乎都懂了，抱了抱她，拍拍她的背，说："姐，你也少喝点。"她有多久没被人这么抱过了，没有欲望，没有目的，抱一下，传递一些善意的体温，识破她体面的假象，明白她也不过是高级一点艰难刨食。段真真摇晃着一对巨大的贴片耳环，亮闪闪的，乖巧的花瓣里，包裹的是桀骜的心。她们之间，判若云泥，似乎永远也产生不了交集，可这一瞬间，竟然惺惺相惜。

以后公司在市区再有类似的聚会，林碧微就电话她，让她安排，段真真能多拿一点提成，是以她对林碧微很亲近。

那天深夜从郑一介闭门无人的出租屋出来，她没直接回上班的玲珑山庄，而是半道去了"海市盛楼"。到地方已快夜里两点，段真真和未上钟的姐妹们在休息区玩手机，见了林碧微很开心，约她一起吃夜宵。林碧微摇摇头："你们去哈，我刚吃了。"

在姐妹们跟前她小小得意有这样一个高级的朋友，让她们先去吃，段真真揽着她的肩头，亲昵地问："姐，你好像不开心哦，不会有啥事吧?"

"没，没有，在市区办事，回山庄的路上，忽然想下车过来看看你。"

这疯丫头扑上来亲她一口："姐，你在这儿等我一会儿，我去买点好吃的，我们喝酒聊天。"看着她即将交错而去的背影，林碧微忽然喊住她："真真，等下哈，你衣服能借我一下吗?"

段真真略带迷惑地看着她，眨眨眼，林碧微也对她眨眨眼，笑眯眯地。段真真愣了半拍，很快就领会她的意思了:

"姐真要这么玩?""嗯,看我值个什么价。"段真真笑笑,她一来气色就不对,肯定有什么不开心吧,不过这些人,和她好像不是一个维度的,真不知在想些什么。段真真感慨地想着,但还是顺从地把简约诱惑的丝质工作服脱下,给她,然后穿回林碧微的衣服,没想到还挺合身。林碧微给她把胸针别好:"送给你啦。快去吃东西去吧。"

段真真看着她把工作服穿上,头发也散开,还补了妆,打了腮红,问:"姐,你真要这么玩,才开心?"

林碧微抿抿新添的口红,把裙口拉低,撩动眼风。"看姐像吗?"她说,"回头还你衣服。"梦幻一样,林碧微溜进了靠近的包房。

房间是一群陌生的男女,正在喝酒唱歌,一个坐在中间的中年男人呷着酒,迷醉中见又来了一个新的陪酒姑娘,打个响指,招呼她过来,让其坐在腿上。林碧微便笑得媚媚地,软软地,学着段真真的模样,给客人倒酒,奉上。原来屋里陪酒的女孩陌生地看着她,觉得不对劲,一时又不分明。终于寻机问她:"谁点的你,叫什么名?"

"贾真真。"

"哦,你也叫真真,倒是已有个叫真真的。怎么看着眼生,新来的?"

"嗯。"

客人们热闹起来,男性一边拎个话筒,一边围着姑娘,有人趁乱摸她，摸得很放肆。林碧微也不反抗，甩着头发，扭动着身子，随着他们鬼哭狼嚎，纵情歌唱。然后，胳膊攀过来，手指抠进去，酒水洒出来，咕咚，咕咚，一杯一杯，喝得东倒西歪，步履跟跄。她打开还想继续高歌猛进的手，嗔道："看你那没出息的猴急样，再摸可要加钱的，我们这可是正规场子，包房只陪酒陪唱，不干别的。"她一边骂着你他妈先老实点，一边和手的主人勾肩搭背碰了个响杯，喝得嘴角流水，酒液飞溅。

这尘世多么肮脏，多么无聊，又多么痛快，多么活色生香。在这乱糟糟的喧嚷中，抛去身份，摘下面具，剔除灵魂，唯余肉身，有酒，有歌，有男人，她感到放纵的快乐。林碧微想，这才是生活啊。

真好。

最后，在那陌生男人的挑逗和配合下，他们一起飙完歌的高音部分。林碧微出了一身汗，痛快淋漓，眼睛亮亮的，像是燃烧的炭火。男人脸膛热气蒸腾，还想再点一首歌和谋她的身体，林碧微借喝水的工夫，撤身闪了。

到了走廊上，扶着墙，她一阵狂笑。稍后，她又进了另外一间包房，如法炮制地欢乐了一场。就这样，这个晚上，林碧微去了三个包房，唱了七八首歌，喝了不知多少杯酒，和六个男人耳鬓厮磨，抖落了一地荷尔蒙。

她真快乐。

回到山庄公寓,还觉得热乎乎的,仿佛世俗的活力又回到她的身体。

从此她迷恋上了这个客串的角色。她当然舍不得还给段真真这身衣服,她洗了,挂在阳台上,在夜里,像挂出一件隐秘的快乐。她发朋友圈,仅自己可见,她说,我今天做了一回别人,丢掉自己,真痛快。

过一会儿,她再给自己评论:你平常就做自己了吗?

7

陆佳发信息约他吃饭时,郑一介正在甲方那里检修电网软件。作为供应商这边的员工,孙子似的被对方采购经理骂了半天,这种辛苦还找骂的活儿谁也不愿干,杨镇与最爱拿他祭旗。陆佳的语音说:"晚上打个火锅呗,八达路上新开了一家,味道不错。"

郑一介这点分寸还是有的,和她走近了不好,不是她构不成诱惑,是沈虹貌似不喜欢她,他得做好利益取舍。可陆佳接下来的一句话,还是让他想入非非了很久,甚至甲方的训斥也让他觉得悦耳多了,陆佳说:"程松出差了,我一个人闷得慌。"

出差了，出差了……郑一介一颗心像攥在手心的鸟，扑腾扑腾地，能感觉到那骚动。可动完了，他小心加一句："还有谁呢？"

"只有我。"

鸟扑腾得更厉害了。

下班时郑一介撂下没完工的活儿急慌慌去火锅店了，果然是陆佳一个人，比上次见更觉漂亮了。也可能是他上次太匆忙，看一眼都惊鸿一瞥的，这回不一样，算是包场，可以细细观赏。如是别的漂亮姑娘，郑一介就戾了，肯定愣头愣脑拙嘴笨舌，可因为上次相处还算愉快，更重要的是知道她的暗面，好像知道妖冶的狐狸表皮下藏着的尾巴，他仿佛就占据了道德制高点，可以踩着她的底细攀一攀。

陆佳刚在沈虹的商场基座下开了家美容店，人逢喜事，笑逐颜开。他们喝了点酒，一放松下来，聊得很欢快。郑一介拼命把自己掌握的那几个笑话兜售出去，看似效果还不错，陆佳笑的时候，捂着胸口，他的目光几次溺水于那两个半球拱卫出的海沟里。那种芳香的、青春扑鼻的、危险的气息，刺激他荷尔蒙滋滋奔腾，不合时宜，不知天高地厚，却也本能。郑一介浮想起程松抻着矮小身子驾驶路虎的样子，那样子滑稽却也霸气，面对这个尤物，他纯粹从男人意义上嫉妒程松，这嫉妒春笋破土似的，鼓动得他心口胀疼。借着酒力，他问了几个很是形而下的话题，由武大郎之类的三寸丁谷树皮引发出的，身高跟某些比例,意思都出来了。他替陆佳着急,很沉不住气。可陆佳也没生气,嗔骂一句:"讨厌死了。"郑一介虎躯一震,受用得鸡皮疙瘩密集起立。

饭吃完了,却觉得更饿。

郑一介明知是悬崖,却忍不住要跳一下。离开座位时,借替她拎手边的坤包,像是看错了目标,包没拿好,却捉住她的手,握了一把。小手滑滑的,心惊肉跳,像火苗,又像某种鱼。陆佳照他身上点了一下,道一声:"你呀……"语义复杂,似有惋惜又有原来也不过这般猴急之意,唯独没听出鼓励。郑一介此时应该意识到不好的,喝了点酒,精虫上脑,满肠满肚都预演的是把陆佳如剥粽子,盘算着怎么吃她。

到了门口,陆佳把手机和包忽然都推他怀里:"帮我拿着,我上个洗手间。"

郑一介就在门口抱着,等她,还在一味地思谋如何这么好运,憋了这么多天,上天可怜见,赏赐给这香艳的一晚。正虚拟推演间,陆佳的手机亮了一下,是一条微信,竟然是沈虹发来的,一行字:"知道了,接着往下看。"

郑一介如五雷轰顶,不预演了,不沾沾自喜了,也不香艳了,前列腺猛地一紧,惊起一身冷汗,心里连喊几声我×我×,一时弄不清这是什么局面。但能肯定陆佳刚才是把手机故意设置成锁屏可见一行发信息人和内容。

她在帮他?

郑一介要思考很久，才能大致还原出当晚吃饭的前后线索。他发现自己打一开始在陆佳眼里就是一个被逗弄的笑料，应该是沈虹授意她来试探下他到底是个什么德行，他还以为自己魅力无穷连程松的尤物都吸引住了呢。一顿饭吃完，他彻底原形毕露，到了门口陆佳还在给他暗示，却没能将愚蠢的他点醒。她貌似是在帮他，却打根子上，是看他不上，陆佳生怕这傻瓜待会儿真一股脑儿往酒店拽她去开房，才赶快给沈虹发个信息汇报吃完饭了目前还没越轨的举动，然后请示一句："底下怎么办？"把手机撂给他，装作去上厕所了，以期他个傻瓜能清醒吧。三寸丁的就是再小，有钱作春药，也比他的好使。陆佳嘴上可以无心插柳地聊句骚，要动真格的，郑一介你滚开找个墙角开撸去。陆佳才不傻。

郑一介摁灭手机，装作什么也没发生，脸上的笑却煳锅了，硬巴巴的，糨糊干住了似的，用手胡噜了一把，脸皮粉碎了，都能感觉扑簌簌往下掉的尴尬。陆佳也适时地出来，郑一介将手机和钱包还她。

陆佳肯定都明白了，先抛出话："我说这家味道还不错，没骗你吧？"

"那还用说，经你鉴定的，那错不了。"

"底下怎么安排呢？看你了，郑哥。"

"真不巧，甲方那边催着要定稿，我命苦，还得回去加班。这样吧，你先回去。"他还笑了一下，争取过渡得自然，"今儿临时起意，我只请你一个。别客气哦，改天你再回请我们，把程总他们都叫上，我们好好喝一场。被我算计了吧，哈。"

"我说今儿你抢着买单呢！多奸诈，在这儿打着埋伏呢。"

他们逗笑了几句，出租车来了，陆佳顺坡下驴，由郑一介目送着远去。等到车子消失不见，郑一介照路边榕树上捣了一拳：他妈的，好险！

8

沈虹最近眼皮老跳，总觉得隐隐要发生什么似的，出门时脑子里想着乱七八糟的事——股价、融资、租金、人员变动，都够她忙活的。刚出门口，那个黑黑胖胖的保安喊了她两次她都没听见，直到他横亘在她跟前。沈虹才反应过来："什么事？"

平常谁会正眼看一下这些个保安呢？穿一身水泥灰，明明在小区里晃荡着，却像是隐身人，除非需要搬动杂物或是处理闯入的野猫野狗。

那黑胖子笑了，巴结地抛过来一个笑脸，笑起来厚嘴唇上翻，人胖，再加上有碍观瞻的笑，露出一副俗气的蠢相。可他接下来说出的话，就让沈虹觉得自己低估了他的智商，他说：

"姐,给你说个事呗。"他划开手机,"你看,我无意间拍到的,是不是姐呀?眼熟呢。"

沈虹侧身往屏幕上瞅一眼,可能在屋子里待久了,一抬眼,阳光扑上来围剿,她一阵头晕目眩,摇摇欲坠,扶住一棵花木才没摔倒。

照片上是前一段她和郑一介过从亲密的场景,也就那么一两次,不知怎么会这么巧被这个黑胖子给拍到了。这么熟悉的小小区域,却暗藏一双不测的眼睛,她自以为安全可控的生活却被人秘密追踪,这种想法让沈虹不寒而栗。

"你认错了。"

"是吗?这车子、门牌、衣服,我怎么觉得没错呢?"

"没工夫和你废话,有什么事让你们领导联系我。"她说。

"这会儿这么着急吗?我可观察过,这男人一次在你屋里滞留四个小时,一次三个小时,也没见你急嘛。"

"你想怎么着?"

"是这样,姐,我要说没别的意思,就是确认一下,别是有人进屋胁迫你干啥的,你信吗?"

"给我删了!"

"你刚不说认错了吗?"

"删了!"

"我也是这么想的。"胖子握着手机,姿势像是握着炸弹,"听姐的,删还不容易吗?"可是他却没下一步行动,嘴角挑着一丝笑,摇着手机,奇货可居。

"你要多少?"

"姐是大老板,您看着随便给点都行。"但同时他又伸出三个指头,那指头像是出洞警觉的蛇,一闪即过。

"你这是讹诈,信不信我一个电话你今儿就进去了?"

"姐,我觉得你刚才说得对,我可能真认错了,我还是去找一下你老公电话,最好先发给他求证下。"

沈虹知道真是低估他了。他应该把所有纰漏都推演过,或者有人帮他分析过。是的,沈虹怕周海光,不是一旦闹崩了利益上的损失,更重要的是,她一直以良家妇女自居,才能在打击周海光时那么有世俗意义的道德底气,这也是他尽管胡闹仍不愿意和她离婚的资本。如果被他知道她也和他不分伯仲,不说他会采取什么动作,先就被他看轻,再鄙视他时,何以怀揣利器?

"我身上没带钱。"被一个小保安钳制住,她怎么都有一种可笑的被辱没感,"你不是有胆吗,跟我去取?"

"姐别耍笑,你手机里绑定着卡,是××行的吧,我见你去办过业务,VIP通道。"

"你观察得是够仔细的,可那是给员工发工资的专用卡。刚工资发完了,拿给你,不信你去查。"

黑胖子将信将疑地看着她,一时骑虎难下。他所有的说辞大都是请教来的,缺乏现场随机应变的能力。要不是因为最近和售货员小姑娘的关系正到了攻坚阶段,他也下不了决心接这个活儿。和售货员逛步行街时吃完小吃买完衣服,伊人还恋恋不舍,老是对那家珠宝店橱窗上新出的一款项链暗送秋波。他暗骂那些珠宝行也真缺德,展示什么玩意儿呢,吊得女人眼神一阵红一阵绿的,不是成心跟他钱包过不去吗?

"要不你等我下班回来取给你?"沈虹抱着臂膊。

他横下心来:"别跟我扯这些,论精明我们哪能跟你们比?我就一句话,十分钟内不给,你就见不到我了。我知道你接下来肯定是去物业打探我的底细,可你觉着我还会再干下去吗?"他似乎掐到了对方的软肋。"而且我进来这物业就是用的假身份证。"他咧着厚嘴唇,焦黄的髭毛泛着恶心的油光,"你快点定主意,要么回屋子给我拿钱,要么你就当没这回事,直接走掉。十分钟时间。"

他在下最后通牒了,沈虹一时进退两难。她退一步:"我身上确实没有,我打电话给个朋友,让他送来。"

"你看好了,这是你老公手机号,你要是耍花招,他下一秒就会收到。"

沈虹给郑一介电话:"在哪儿,赶紧来吧,有多少钱都拿着。"然后坐在门前小花圃的休闲椅上观望。

二十来分钟后,郑一介才赶到,了解了情况,就要扑上去揍人。他的声势如此雄壮,像是要豁出去演一场英雄救美的剧情,大有五步之内血溅当场的豪放。黑胖子紧攥手机高高扬起，作为最后的制胜武器，二人僵持在那里。反而是沈虹坐在那里轻描淡写地说道："算了，给他钱，让他当场删掉吧。"

"就这五千，要就要，不要滚蛋！"郑一介声音很低，但声色俱厉。

对方迫于其气势，还想再讨价还价。郑一介却随即把钱朝地上小范围地一撒，虽然只有五千，但草地上还是红彤彤的一片。唾手可得，黑胖子咽咽唾沫，眼睛被这红色映得更黑了，还是忍不住弯腰要拾取。郑一介再怒吼一句："手机！"

对方也只好乖乖交来，与此同时，扑在地上手忙脚乱地圈钱，把草叶都扯断不少，一股脑儿捧在手里，很丰收的样子。收拾完了，刚要恶煞还回手机，郑一介删了两下，就气极，一把将手机掼在地上，摔出一地零件。黑胖子撇撇嘴，很委屈，钱没讹到多少，还折了个手机。郑一介抄起垃圾桶，要追击："还不走，等着我再给你点吗？"

黑胖子鼠窜而去。

剩下英雄心意款款进屋安慰无端受惊吓的良家女。

9

一个月后，郑一介如愿以偿傍上了沈虹这艘大船，负责她所有新基产业园商业铺面的运营。他还记得把辞职信摔在顶头上司杨镇与跟前的那份解气。老杨刚从总经理张工那里出来，就急不可耐宣布了今晚要加班："拿出一套解决方案。"还不忘照常加一句"这可是张工的指示"。

郑一介把辞职信杵过去，石头似的砸落，对方惊愕过后，竟然是苦笑。"可惜了。"他说，"你尽管编程上灵气不够，但执行力在公司还是数一数二的。"得了吧，假慈悲。郑一介接一句："可工资的执行力并不怎么跟得上啊。""想好去哪里了吗，要我帮你介绍吗？""谢了，我想先歇一段。""也好，也好。"郑一介递根烟，很郑重地说："杨总，以后拜托对我们组那几个兄弟多照顾点儿，谢了。"他本想再加一句，你私下接单的那点事我都知道，老子干不来举报的事，不想和你计较。威胁的意味太浓了，弄不好反而让其给兄弟们穿小鞋，算了。杨镇与拍拍郑一介的肩膀，一只螃蟹逃走了，另一只还得在高压锅里熬着，老杨继续冲其他人吩咐加班去了。郑一介解气之余，随之是失落，那坐了三年多的工位和兄弟伙一起加班的夜晚，以后再也没有了。出了门，他习惯性地手指要摁到打卡机上，忽然愣了半秒，不用了，这狗日的打卡机蹲在那儿，定时炸弹似的，记录着每一次迟到，迟到四次兑换一次缺勤，每一天早上来的时候他都想把它砸了，以后终于不用理会了。就冲这一点，辞职都够他高兴得蹦一圈。路上，他买珊瑚吊坠，给陆佳，不管出于什么原因，都要感谢她那晚上面对考验的帮衬。

而他的两个失而复得的好朋友，竹篙加了工资，刘洋得了一笔钱够给女友买项链。黑胖子刘洋有一点不满："郑哥，你蛮霸气嘛，一下子把我手机摔成饺子馅，你之前也没说有这一出啊，弄得我那里面存着的几百张高清女优都陪葬了。"不过等郑一介给他买了个新手机，他也就不嘟囔了，眉开眼笑地，一口一个郑哥，问还有这样的好事没，演一场，不过瘾。

周五晚上，他们决定庆祝一下，先是吃了一顿大餐，还不过瘾，意犹未尽，竹篙提议要去唱K："好好为老郑庆祝。"明摆着要宰他一顿，可郑一介醉醺醺地，乐呵呵地，掏出钱包，鼓鼓囊囊的。"兄弟们，我把所有老本都取出来了，怎么样，仗义吧，咱们去这里最好的钱柜。"郑一介大手一挥，"'海市盛楼'，走！"透着踌躇满志的豪迈劲儿。

在坐车去钱柜的途中，经过这个城市最繁华的区段，走高架桥的时候，有那么一会儿郑一介俯瞰着这座城市。在这里，我们都是在最低矮的暗处，拼了命地泅渡，挣扎着，撕扯着，像垃圾场上被吹起的塑料袋子，都试图往高处去飞，谁也顾不上谁。谁不一样呢？都渴望活得有点人样，正是千千万万人的这种渴望，才形成一股巨大的力量，让这个城市灯火辉煌活色生香……可是，多少人豪华不可一世，多少人落寞独倚栏杆，谁不是背井离乡想做一场好梦，谁不是一腔孤勇想造出个锦绣前程，多少人美梦成真，更多的人却黯然心碎。像他一样，年华渐老，一身疲惫……好在他费尽心思，像浮出水面的鱼，吸到了一口新鲜空气。

到了包厢，他们点歌要酒，喝啊闹啊，好像锦绣前程如同五月平原上的麦田一样无尽铺展，触目都是金灿灿的丰收感。刘洋和竹篙恭维着郑一介，再喝点酒，吃一口陪酒小妹叉到嘴里的果盘，在他俩鬼哭狼嚎的"朋友啊朋友"的逢迎中，他掐一把给他倒酒的小妹的腰，姑娘妖娆尖叫，郑一介飘飘然，感觉真好，想，这才是一个男人该过的日子嘛。

他问身边的女孩："你叫什么？""段真真。""还假爱爱呢，《西游记》看多了吧，艺名取得也太假了。""傻哥哥哎，人是真的不就行了嘛。""这是真的假的？"郑一介虚张声势，假意要探究女孩胸前材质。

正于此时，门忽地被推开，在众人的注视下，林碧微像朵牡丹盛开般走来。

先是段真真刚要叫一声："姐……"又自觉不妥，生生咽下。

刘洋说："你谁啊，我们谁点了吗，还是额外送的？"

竹篙说："这妹子正点，熟女范儿，老郑知道我喜欢，特意又给我点的吧。来来，坐我这儿。"

段真真从沙发上挪挪窝，示意她坐自己身边，待会儿可以帮衬着点。

郑一介手也收了，腿也放下了，眼睛睁大，隔了快半年，他又见到她了。因为震惊，他大张着嘴巴，像是某种隐喻的空洞。林碧微度过最初一刹那的惊讶之后，倒是处变不惊，挨着他坐下来，不理会刘洋和竹篙的起哄。她倒上酒，拿起来，塞到郑一介手里，然后以自己的杯子主动贴上去碰了碰，叮叮有声："你好呀，来，喝一杯吧。"

郑一介机械地攥着杯子，脸上像是被大风刮过，空空的，愣茫茫的。许久，在别人的歌声掩盖下，他才失魂落魄地问："你怎么在这里?"

"你不也在，我怎么不能在了?"

"你在这里上班?"

"那你就别管了，咱俩现在还有关系吗?"

"有。"他说，"我们还没离呢!"

"那不就等着你呢。"

"你这辈子都别想，林碧微。"

段真真一曲歌毕，他俩在寂静里也噤了声，各自为营地敌对笑着。竹篙和刘洋又起哄："可以啊，郑哥，没一会儿你俩聊得挺投机啊，叽叽咕咕的，在那儿说啥悄悄话呢?"他们点了歌，拉他俩对唱，是一首老歌，众人架着，他俩只好各执话筒，对着屏幕对唱：

　　　　风起的日子笑看落花
　　　　雪舞的时节举杯向月

这样的心情

这样的路

我们一起走过

希望你能爱我到地老到天荒

希望你能陪我到海角到天涯

就算一切重来

我也不会改变决定

我选择了你

你选择了我

这是我们的选择……

郑一介唱不下去了，不单是讽刺，往事一幕幕集体涌来，他初见时她的惊艳，他追求她时的心酸，他结婚时的温暖，他捉奸时的愤怒，她离开后的思念……郑一介苦笑一声，不期然间，生活已把两个人弄成这样，名义上还拴在一张婚约上，实则早已崩盘。古人道，夫妻本是同林鸟，大难临头各自飞，这里没有大难，却敌不过琐碎的日子的冲刷。郑一介看到她手腕上还戴着婚礼上母亲给予的玉镯，心中一恸，撇下话筒，"哇"的一声，眼泪冲决而出。众人都笑："唱个歌还能把自己唱哭了，可以可以。""老郑喝多了，喝多了。"

第四章 劳燕

1

母亲说麦子黄了。

隔着电话,郑一介也能感到那种由衷的喜悦和疲倦。喜悦是因为丰收,疲倦是抹不掉小时候麦季抢收关于累的记忆。平时城市貌似已经将他们身上的乡土气息涤荡而去,和老家通话时透露的乡音却身不由己,像是蛇褪下的皮,挂在故乡日渐枯萎的枝杈上,在回望时,提醒自己的来历。

"前几天搓了点新麦磨了面,给你寄了点,让微微尝尝鲜。"母亲在电话里试探加责备地说,"存了好多野菜,也不让微微来吃。"结婚那次,林碧微跟他回了趟老家,喜欢吃母亲晒的野菜,也可能是礼貌性的修辞,母亲却记着了。"去年过年你们也没回,知道你们忙,没催的意思。今年呢,不拘什么时候,有空也回一次,嗯?"

他能怎么办,空头地许诺嗯嗯地应着。他总不能说,娘,您老人家记挂的晒了野菜等她来吃的那个姑娘被你儿子捉奸在床,我们有大半年没见过了,除了名义上还挂在一张结婚证上,我们的婚姻早已名存实亡。所以,娘,今年我可能还是没脸回家,你的野菜啥的只好喂猪了。

回到出租房,一连几天,郑一介的睡眠像是放不出去的破船,刚往水里驶进去一点,就被海浪推回岸上,如此几次,直到凌晨三点,还在旧木床上辗转。他坐起来抽烟,没有开灯,屋子里还保持着林碧微在时的样子,连一些细节似乎还带着她的余温,比如她体寒,洗浴的热水设置温度总要高一点;床头柜上放个水杯,她半夜渴时顺手就能摸着;家具和墙体到处贴着蝴蝶剪纸……郑一介打开水杯,杯子里还余有小半杯水,似乎她只是去洗手间了,一会儿就回。恍惚中,郑一介凑上嘴唇,喝了一口剩水,咸咸的,苦涩的,像是谁陈旧的泪。

直到现在,郑一介都参不透他们的关系何以走到如此境地。两人之间,隔海隔山,山海可平,心意难平。他想过,是他不努力,没给她足够的希望,还是她野心过盛,两人精神不在一个层次?要过很久,郑一介才会隐约明白,夫妻之间是要共同成长的,长久舒适的关系靠的是共性和吸引,而非捆绑、纠缠或一味付出道德式的自我感动。可是,他不能承认的是,在博弈的天平上，自己是低端的那一方。

林碧微曾向他摊牌："我们离婚吧。"他们的婚姻，结合得仓促，分开也不值得惊奇，只是她的态度，激怒了他，那样理所当然，那样轻描淡写，似乎她要奔向花团锦簇，急于甩掉他这个挡路的包袱。郑一介压着怒气，还在试图理性说服："不管怎么说，林碧微，你是我追来的，我们也有过平淡相守的时光。你现在是工作有了起色，人也被得意撑着，可你想过没，这是你身后的平台托举的，你真以为全都是你的能力？"

"就算我再沉入低谷，也不想这样继续过下去。"她说，"算我对不起你，郑一介，不是你的错，错全在我。我们性格不合，这样别扭分居，虚耗下去，有什么意思呢？"

"你被许天源甩了流了产我照顾你的时候你怎么没说性格不合，你没工作哭天抹泪的时候怎么没说性格不合……"郑一介悲从中来，这个女人，他爱她，是真爱过。他可以不计前嫌，可她一旦站稳脚步，怎么还要翻脸？

"还有要说的吗？郑一介，是不是还要故伎重演，骂我贱，要我对你感恩戴德，永远跪舔，感激你收留了我这个不知好歹的贱货？"林碧微嘴唇颤抖着，"是的，你做的这些，我曾感激涕零，也曾发誓要跟你好好过，不是因为我觉得有错在先，是你当时的态度，让我觉得值得托付。可是，你却紧抓不放，每到关头，一次次提起，提醒我亏欠你，站在道德高地，指着我从前的污点，从我这里预支对你的感激。今天，我就想告诉你，身体是我的，我有权随意处置，你犯贱，你不巴结着殷勤连连，我会在感动中糊涂和你扯证？我们的结合本身就是一场孽缘。再说，我已经付出了两年，从现在起，我并不欠你的。"

他说："好，那你去起诉离婚好了。"我们都是自私的。他想，但是，我理解你，你想离婚，没那么容易。当着她的面，他把结婚证撕了。郑一介心里发狠：好吧，林碧微，你可以绝情绝义，我未必不可以。

他想起沈虹，即便离婚，也要混出一点名堂，在她跟前，出这一口恶气。

2

海城率先拿了夏天的入场券，正是热火朝天的时候，郑一介吹着空调，喝着冰镇绿豆糖水，在办公室替老板沈虹核对商铺租金账单。上个月整栋楼仅租金收入是一百四十三万。他用家里全部人口的七亩麦田换算，今年收成好，一亩地一千斤，共收入七千元，去除种子农药化肥机器收割费不算人工成本，半年下来可结余近五千元。而沈虹还有四家商铺、一个品牌涂料公司，这点租金可能还占不到她月收入的五分之一。郑一介摁下计算器，笑了，他决定以后在沈虹跟前表现得更乖一点，这个肥硕的大腿总算抱住了，没抱错。

收到新麦面粉，郑一介一分为二，一份寄给旧爱，一份呈予新欢。旧爱仍算得体，回一句："替我谢谢阿姨。"也不叫妈了。他回过去："你自己谢去，她喜欢你，念想你，跟我没关系。"儿子她看不上，老娘却符合她对母亲这个词的正向想象。林碧微自知理亏，没再接话。

新欢却没搭理，他作为沈虹的员工兼职偶一为之的自慰替代器，其实不容易。与十年前工厂里认识的清浅单纯有上进心的女孩相比，现在的沈虹老练刻薄，喜怒无常，这种性情表现在性上，更让郑一介抓狂，从始至终，他得极力注意每一个动作，千万不能传达出一丝一毫对她失宠于时光的臃肿身体的嫌弃，快慢停进，一笑一颦，郑一介都紧绷着，采取备战状态，然后不许后退，只能一个劲儿攻城略地不停进取。这他妈哪是做爱，简直如上刑。郑一介心里衡量世界的标尺换算为以麦地为单位，他算算，就平衡了。他想，再怎么苦也比小时候帮着家里大人顶着日头割麦子轻松多了，将金主伺候好了，随便指头缝里漏一点，都够老家的哥哥干上一年。还是划算。

可问题是，这个女人，在工厂园区里时，他们当初身段是平等的，十年而过，一个沦为海城的一枚平庸白领，这相对体面的平庸还是他胼手胝足挣扎下才保持的；另一个舍弃了他，弃暗投明跟随她风流成性头脑精明的丈夫一道矗立在塔尖，成了上等人。这不单是命，也是个人能力和选择，郑一介没什么可抱怨的。只是经过历练，表面都风轻云淡，内里实则锱铢计算，一个人决心去讨好另一个，被讨好的和讨好的，都感到一种不自然，可出于现实利益，他必须得这么做。郑一介知道他在沈虹眼里也很贱，对他的收留，既是他算计的结果，也或者出于对老公周海光的报复，当然更是带着一份可怜。

郑一介已决计不要脸。

这些年，就是因为卖得不够彻底，才一事无成。这回，他得孤注一掷。

转过天，沈虹生日，郑一介一大早专门去观音山烧头炷香。在庙里，三十二岁的郑一介第一次为自己求了回签，解语的和尚说是上上签，不过是为了他多施舍几个钱，但签文的内容还是让他暗自一惊，和他的人生太贴切了。当然，这事就如失恋了听哪首歌都像是唱自个儿的心事，大凡过了三十青春渐逝心志消磨的准中年见到这副签子，大约也会觉得甚合我心：

如锥钻地求清泉　努力求之得之难

无意俄然逢知己　贵人携手上青天

它投合了都市里升斗小民背负各种大山压力下的艰辛感，拍拍肩膀，嗯，傻叉卢瑟，我理解你的不易，好好努力哦；上两句抚慰完了，接着给出一个峰回路转的大惊喜，虚无缥缈的，却契合国人天降馅饼的贵人相助心理。胖和尚接了钱，笑眯眯解道，此卦乃锥地求泉之象，世间事大凡先难后易，欲望功业，时有努力可求，时有待风莫动，立地可谋。都是些模棱两可的废话，可因了那后两句，郑一介笃信得很，攥紧签子，他眉开眼笑地将沈虹认定为必然的贵人。

烧了香，祈了福，求了如意符，贴到她车上。他悄悄做的。沈虹几天都没反应，他心急火燎地告诉自己，要有耐心，不能急功近利。对待这种打拼出来的女人，任何想挨着她占点便宜的企图，都是大忌。郑一介正常上班做事，潜心摄影爱好，读书跑步，清心寡欲，等待她心血来潮的宠幸。郑一介调整战略，旗开得胜，到底她没绷住，足足过了半个月，他才能以性连通两个贫富悬殊的阶层。服务完后，沈虹抽出一只 Prada 黑色尼龙商务包丢给他，很漫不经心。郑一介舒口气，却既不欣喜也不拒绝。他试过浮夸的表演，藏着明确的目的太明显，行不通，这种貌似无欲无求的冷淡风格可能才更细水长流。

吃饭的时候，沈虹无意间说起："现在的员工，真难伺候，一不顺他心，拍拍屁股就走人。所谓老板，说出去好听，其实操心烂肺。"涂料现场施工监理辞职撂了挑子，沈虹正为这事头疼。

他们喝了酒，到最后，郑一介忽然慨然一叹，似有哽咽："这么久，我都没能帮你分担些什么，你每天这么辛苦，我看着，也心酸。"说到恸处，他擦擦眼角，满目萧索的样子。

明知他也许是表演，沈虹却也情难自已，被柔软地击中了一下，过来抱着他的头，揉搓他的头发。郑一介顺水行舟，趁势大包大揽伺候了一回。二人依偎，郑一介斟酌很久才说出口："要不，我来试试吧。你给我培训下作业标准，我保证盯紧现场施工。"他一手攥着拳头，一手攥着她塌方的乳房，竞选宣誓一样，"你临时招人也要点时间，这段我先干着，不行，你再换。"

现场监理这个工作怪不得辞了一个又一个，工资不高，事情琐碎，弄不好甲方就横鼻子瞪眼地臭骂一顿，三孙子似的，夹着尾巴，点头哈腰，缩肩谄笑："您说得是，我们整改，再改。"一个月下来，头点得嗡嗡叫，脸笑得生疼。特别是接到年轻人的家装单子，他们刚翻身农奴把歌唱穷尽双方家庭买了个新房，对房子的爱惜是山高水深的，每个方案把细节抠得，让郑一介每呼一口气都恨不得暗自带上一句"我×"。太崩溃了。他恨不得扇自己，在办公室吹着空调处理点行政破事不好吗？何必像现在，风吹日晒，干不好甲方和沈虹两边都没法交代，逗哪门子的能呢？

可这艰难反而逼出郑一介的以绝望打底的紧迫感。郑一介咬咬牙，还就不信了，必须把这事做好，让沈虹知道，他不是一个只会以性作为晋阶拐杖的废柴。瞧好吧，老子不是吃白饭的。

郑一介两个多月没回家，一直在外面监督施工。在保证工程质量的前提下，速度快了近一半。他舍得放下身段，和施工人员一起吃盒饭，开玩笑，喝酒，撸串，处得像哥们儿。完工了公园的地坪项目，郑一介请小兄弟们去做足疗。一套做下来，小兄弟们迷离着满足且感动的两眼，小脸红扑扑的，纷纷指天誓曰：放心吧，郑哥，兄弟接下来好好跟你干，你就是我们的老板。

郑一介微笑着，拍拍对方肩膀，抽支烟，终于体会到一点快感，心说，这世界真有意思，仅花了三千多块钱，就可以收买几副忠心。够划算，够贱。

当他出现在沈虹跟前时，如对镜中，从她眼里他能看出盘踞自个儿脸上的是什么表情：自信的、俯首帖耳的、不居功的。"现场监理不用再招了吧？"

沈虹笑了，正因为她在他跟前总是一脸端然，这笑才显得格外珍贵，像是阴天里划开一道光。他想，我的人生终于也要亮一把了。

3

午夜时分，林碧微继续变身为她人。

近来工作上的糟心事，让林碧微身心俱疲。她供职的玲珑山庄，是海城最大的婚礼主题景区。前一段，一对新人租用山庄酒店举办婚礼，高朋满座，喜气洋洋，司仪宣布婚礼开始，众人配合性地拭目以待，翘首以望新人登场。新郎临时听从建议利用舞台中间的升降台，制造缓缓上升出现在舞台中央的惊喜效果。当新郎站在升降池底部候场时，主持人开始叫伴郎伴娘上台。第一对伴郎伴娘走上台来，走过舞台中央，紧接着第二对跟了上来。由于身穿晚礼服，脚踩高跟鞋，众目睽睽之下，伴娘刘小姐并不习惯，显得紧张，生怕自己出洋相，提起巨大裙摆，小心翼翼地走上舞台。当她提裙走过舞台中央时，才发现舞台中央有一个大坑，是底部升降台的电梯井。正当她准备提醒第三对伴郎伴娘时，一名男子自以为是地为了增添喜庆，实则是起哄，摇晃着绿瓶，往台上喷射雪花，刘小姐下意识躲闪，却忘记刚才发现的"大坑"，一不小心失足，直接掉进坑里，整个人顿时摔晕。紧急送往医院检查，诊断为腰椎压缩性骨折与轻微脑震荡，婚礼一度中断。刘小姐事后起诉，固然婚闹的男子突袭恶劣，但婚庆公司事先策划与彩排的流程，并没有新郎乘坐升降台出场的环节，新郎原本是要从舞台的幕布后面出场，这一流程的更改是酒店方面的馊主意，除新郎外，其他人都不知情，所以才导致意外。她联合婚礼上留下阴影的新人一起，要求山庄方面给出巨额赔偿。

这事本来和林碧微并不相干，可她作为品牌营销经理，临危受命，和刘小姐协商，刚谈了一场，双方都表示好商好量。

可不知怎么，没多久，刘小姐忽然发难，以山庄拖延推诿，要立马兑现赔偿，更狠的是，毫无兆头地将此事在省里媒体上曝光，并散播到微博微信上。借助新媒体的力量，辅以人们普遍对婚闹陋习的反感，事件发酵得令人措手不及，网上各种恶言恶语，形成了热点话题。坏事传千里，不单给山庄带来极大的负面影响，甚至惊动了海城相关管理部门。

事情闹大了。她被周立骂了个狗血喷头。林碧微其实委屈，你不去追究市场部的现场责任，不去调查是不是有人从中作梗，却怪罪事发后没做好风控。还有呢，每次出这种破烂事，都要她冲锋陷阵。林碧微寒心得很。

她化了浓妆，穿起那件工作服，像一尾鱼，怀着绝望而烦躁的情绪，投入荒凉如水的夜色里，开车直奔"海市盛楼"。那是她的隐秘盛开之地，带给她别样的刺激，以消解在职场中尔虞我诈的压力。

谁也想不出白天高端干练的林经理晚上会摇身一变，在海城豪华的钱柜包厢里巧笑嫣然：不图钱，为那份痛快，面具退却，感官摇旗呐喊，短兵相接，酒水四溢，没心没肺。

这个晚上，林碧微串了三个场，喝了六七瓶酒，腿根和乳房被掐得红紫斑斓，还有个男人执拗地要她电话，要和她"再谈谈"，并直接问她"多少钱"。林碧微只喝酒，笑而不言。问急了，说一句："一万。"人问："一夜？"她答："看一眼。"那人有些恼的意思，搂着她的腰，要撕她衣服，其实也就是做个架势，但林碧微拿话筒回击了一下欢腾的胳膊，男人再次尝试，她又打了下，这就驳了他面子，当着那么多人，有点不合适。大约这男的是做业务之类的小头头儿，月末搞团建，吃完街边摊，带手下几个小兄弟逗个乐子。男人眉毛一拧，一使劲，林碧微被拉到怀里，顺手被撩起裙子往里面掐了一把，"没镶金边啊，装什么呢？"男人笑了，"哥们儿看上是给你面子，说吧，弄一晚上，多少钱？我们这么多兄弟伙儿，今晚上组个团。"他指点着沙发上一众青年。

青年们于是一起哄闹叫好。

许多双眼睛架着她烤。也包括那几个先来的陪酒女孩。

与她陪过的那些人模狗样的中产阶层相对平和的流氓手段相比，这就民间多了，也生猛多了。林碧微何曾见过这等场面，应答不及，脸色灰暗，在喧笑中败下阵来。人还在逼问："叫什么，工号？"

女孩们议论着："没见过你啊，你谁啊？谁点的你呀？怎么串到我们房来啦？"

林碧微定定神，面对审问，只说："我，贾真真，23号，走错房了。"

"走错了还能在这儿玩半天？也没听说叫贾真真的啊？23号？这里没有两位的排号，你不知道吗？"

她还真不知道，蒙过两次23，因为那是她的生日，谁知道这里为了显得女孩多，从一百开始排号的。

一屋子人聚焦在她身上，狼狈而逃也不能了。这就有意思了。林碧微反倒坐下来，拿起烟来抽，然后给段真真打电话："来517一下，姐被堵住了。"

没多久，段真真来了，看了下形势，便大致明白。"哟，陈总啊，你妹的，多久没来捧场了，这月拿奖金了？发型做得够骚，怎么了？这我表姐，以前不是做这行的，做生意的呢，这不是不景气嘛，来这里试试工。一般人我还不舍得她来陪呢，谁让你陈总帅呢，出来就图玩个痛快。这样吧，我再叫几个妹子来，陪着兄弟们喝好玩好，怎么样？"

被叫陈总的，在笑骂中喜笑颜开，也只好顺坡下驴，然而嘴上仍是得理不饶人："你还有脸叫真真呢？幸好你姓贾，要有这真真一脚指头也算你没白瞎。看到没？这真真我不但摸得，还亲得，你算个什么东西！"说着就照段真真脸上啵儿一个，头一滑，大嘴袭向她似露非露的乳房，被段真真笑着迎面拍了个响："乖儿子，咋，一会儿不见就想妈妈了？"

一屋子都笑了。

段真真陪他们喝了一圈，拉她出来，到了走廊上："姐，下次来玩，记得总要跟我说声。"

林碧微没吭。

"心烦？"

"没事，你忙去吧。"

她转身要走，林碧微才说一句："刚才，谢谢了。"

段真真笑，眸子明亮，楚楚动人，攀着肩头，亲她一口："等我半小时，看不得你那闷闷不乐的样子，下班一起消夜。我请你，姐。"

段真真走得飞快，左一脚右一脚，紧身的短裙包裹着两瓣圆滚滚的臀，身形挺拔，分花拂柳似的，中间还小小跳跃了一下。她的快乐和活力也感染了她。林碧微对着她的背影，不禁感慨，她真年轻啊。漂不漂亮这些倒在其次，主要是浑身散发的活力，有种青春扑面的绿油油的生机。

走了很远，走廊里还丝丝回旋着她哼唱的歌声。

4

如果一只鸟从高处俯瞰，这片小区呈现在它眼里应该是这个样子的：低矮而密集的楼群，几乎没有间距，横七竖八然而以其内在的秩序拥挤在一起，每栋楼里都住着几十户人家，谁家在阳台上炒菜，滋啦一声；谁在和老婆打架，注定打不出新意；谁在响亮地吐痰，谁在晦暗地生病，谁在哭，谁在笑……种种声音搅在一起，浓稠地，嗡嗡地，闹哄哄地，往上蒸发，弥漫着尘世肮脏而芳香的气息，蓬勃兴旺。而各个楼顶晾晒的各色衣服在风中招展着，像是人世生活的一面面锦旗。

他现在有能力租住条件更好的公寓，可郑一介选择继续住在这里，像是留恋旧巢，又像一场无声的抗议。他到楼顶，从栏杆上掀开晾晒的被子，视线忽然明朗了一块，猩红的落日灌满眼眶，郑一介才发现对面楼顶围栏边立着一个身影。是个年轻的女人。松松地穿个吊带裙，在那儿抽烟。郑一介刚要转身，女人却喊他一声："你也住在这儿啊？"郑一介似曾相识，却记不起她是谁。

女人的笑容事后想就如一个陷阱。

"前几月你们在钱柜聚会，我还陪你唱过歌呢。这么快就把我忘啦。"

郑一介敷衍一笑，似乎依稀有印象，却实在想不起她叫什么，只好应付一句："是吗？好巧，刚搬来的吧，以前好像没见你在这儿住过。"

"嗯，两天前才搬来，这儿便宜嘛。"她说，"我辞职啦，市内的公寓退啦，住不起啦。"

"不是干得挺好，干吗辞职呢？"

"一个老男人，他灌我不说，抠我裙底，还很执着，皮都给蹭破了，我泼了他一脸，还揍了他两拳。结果，没等开除我呢，我就甩甩手走掉。他妈的，老娘不伺候啦！"她做了个鬼脸，"哥，我现在沦落得好可怜的。"不过从她一连串软糯欢快的语气里，丝毫看不出遭受了失业的打击。

"接下来准备做什么？"

"还没想好,不过,先练习喝风喽。"她夸张地吸了几口空气,那浑不在意的可爱劲儿,让郑一介毫无来由地、不合时宜地,然而真切地,怦然心动。他几乎要脱口而出:"晚上我尽地主之谊,请你吃饭吧?"然而女孩手机响了,她接电话。"我朋友,肠炎,在医院,我要去陪她。"临末又回头,"我真名叫许美云,记住喽!"她冲他摆摆手,踢踢踏踏地下楼。过了很久,粉红色裙子和俏皮的笑容仍在他眼前,似未消散。

郑一介愣过神来,冲着楼下许美云的背影,寂寥一笑,心想,真是,老郑,发什么神经呢。然而,再去楼顶晾晒被子时,他忍不住朝对面看看,当然,除了纵横悬挂的衣服和被单,并没有那偶然相逢的笑脸。人山人海,每个人都自带来历和去处,都不过萍水相逢,他想,交集一下,就消失不见,多么正常。郑一介该加班加班,该出差出差,很快就将这一点涟漪忘诸脑后。

可对方惦记着呢。没过多少天,如水的时间,又将她冲回到他这片荒凉的沙滩。深夜里,忽然来了一个陌生人加他微信,是许美云,开头便问:"这几天去哪儿啦?""出差。""哦,怪不得见不着你。"被陌生女孩惦念,总归心情不坏,他还以为是自己有什么出色之处,油滑一句:"想我啦,要不明天我就返回?""还骗我呢。"她发来语音,"我看见你屋里灯亮着呢。""哦,那你真要帮我去看看,是不是进贼了。"事实上,他傍晚已回到出租屋。惊异的是,不多久随着踢踢踏踏的脚步声，铁门被叩响，郑一介光着膀子，打开门，竟然是许美云。"我倒要来看看，是哪个贼这么大胆。"她说。突然出现的笑脸，让他忽然心中一暖。郑一介慌忙套上短袖，将她让进屋里，不免窃喜和慌乱，同时心里在想，她为何独展青眼？缘分如此，还是她不开眼，失意中胡乱寻着他聊作安慰？但因为最近工作推进得顺利，他多了一份自信，再者面对许美云，同样的出身，同样在备尝艰辛，同样其貌不扬，他有一种天然的亲近，至少不用像对林碧微那样紧绷着，处处赔着小心。他们聊得挺融洽。在许美云的提议下，他们去街巷拐角夜市上吃烧烤。临出门，郑一介塞给她一个盒子，许美云的惊喜像是骤然绽放的烟花："哇，你怎么知道我喜欢这个牌子的化妆品哦？"她甚至蹦跳着挨近，要抱一下他，不过郑一介躲开了。并不是他选得好，是她情商高。可是看她去夜市的一路上雀跃的样子，感染得郑一介也心中微甜，迷蒙中他甚而错误地以为，这个小女孩毕竟阅历较浅，有着廉价而似乎立等可得的温暖，他或许可以短暂地取用一下，以解寂寥。

他们没去吃烧烤，半道上许美云路过超市，买了菜和啤酒："打火锅吧，刚我看你那里厨具齐全。为表谢意，我给你露一手，方便吗？"

他有什么不方便的，方便得足以惊喜。

许美云手脚爽利，不多时将蒙尘的厨房收拾得整整齐齐，煎了排骨，高压锅压一下，丢上调料，放电饭煲里煮汤。这边备好了青菜、蘑菇、肉片，还调了蘸碟，启开啤酒，倒满两杯，汤立时煮沸，依序下了食物……做这些的时候，她哼着歌，驾轻就熟地反客为主。郑一介坐在坑坑洼洼的沙发上，有那么一瞬间，恍惚中，回到和林碧微相处的场景，有争吵，也有日常的美好，她可以狠下心意，他当然也可以，可此时他知道，他失败了。这种本能的记忆，是他在这个城市里为数不多的甜蜜片段，是他平庸人生的吉光片羽，他忘不了。郑一介痴痴地想，没那么多欲望，挣点钱，租个房，做这样的烟火夫妻，过平凡安然的日子，不也很好吗？可脚已经踏出去，他们都无法回头。

"别发呆啦。"许美云说，"快吃呀。"率先喝了一杯。在她的带动下，郑一介紧紧跟随，吃一会儿，喝一杯，电风扇嘶嘶转动，他一抬头，会对上她的眼睛，灯影摇晃，犹疑梦中。郑一介还没从往事的情绪里回转，酒喝得有些心不在焉。许美云也不管他，自斟自饮起来，像是执意必须把自己灌醉。很快，她便摇摇欲坠。嚷着热，许美云解开衣扣，胸口的文身半遮半掩，抑扬之间，眼波流转，她的动作透着自然坦荡，可细究下来，却很欲盖弥彰，像在急于完成既定的任务。郑一介委实招架不住，他到底不够坏，放不开。喝到最后一罐啤酒，许美云还没够，让他下楼再去买些："好不容易有个人聊得来，我们喝个痛快。"她的豪迈并没有让郑一介兴奋起来，性总是容易的，可也是最麻烦的，不是别的，他不确定自己能否平衡好这种复杂的关系，或者是他忌惮若沈虹知道了，会怎么看他。他刚刚体会到一个男人有点自己的事业的快意，可不能为了一时精虫上脑给葬送了，他已经输不起。

郑一介微笑着，揉揉她的头发，很有知心大哥的风范了："不早啦，快回去睡吧。改天再喝，明天我还要跑施工现场。"

许美云微微一怔，暗骂一句，确实有点操之过急，借着酒意遮脸，对着他打开的房门，也只好含恨迤逦而去。心说，之前答应得有点草率了。她在心底叹了口气。

将许美云送下楼，郑一介返回，小小的屋子忽然空旷起来，沙发上扔的脏衣服，灰尘铺满的小茶几，角落里散发不洁气息的袜子，满桌杯盘狼藉，唯有刚才没吃的半根芦笋在这破败生活里绿意盎然……郑一介愣着神，瞥到书架上和林碧微的结婚照，仔细看去，在摄影师的调教下，镜头里的他们笑得多好，好像被上天祝福，头顶一直会有阳光照耀。谁能料想不过一年多，就分崩离析呢？林碧微甚至委屈，分分合合在这个城市里，是多么普通，为什么到你郑一介这里，就这么难以理喻？是他爱得深吗？林碧微曾一针见血地指出："是你事业上没曾展开过，在局促中，扯着婚姻的大旗，不过把我当成你的一件东西。你不是爱我，是不允许你拥有的东西流通于广阔世界里，再也和你没关系。"她分析得很理智，也很对。他想，说到底，我们都是自私的，她急于挣脱他奔往辽阔天地，他极力网住她，让她继续做他的糟糠之妻。

二年欢笑意，一旦东西心。

可是那些笑和泪，该怎么锱铢计算呢？

也许，从林碧微那里看来，是他用婚姻的粗布盖住她的光，然后说她不够亮，离开之后，她尽管每一步都很艰难，但到底在一步步接近那光焰。她甚至说过：人这一生光阴难免虚掷，可是我愿意自己开开心心地浪费掉，而非陷在一段猫撕狗咬的关系中彼此消耗。

他成了她的消耗。

唯一想到这里，郑一介会觉得恼火和委屈。好吧，他恶狠狠地想，那就继续消耗。但是分开之后，记忆似是一河深水，从水面上凸起的，都是那些温暖和甜蜜的场景：两人一起去吃过的小吃、自然醒的早晨、触手可及的伴侣香甜的呼吸、哗哗落雨的日子、待在屋里听雨声，他们也曾有过缱绻柔情。她的很多小习惯，郑一介也不自觉地被其规训或传染，比如牙膏要从底端挤，一定要勤快一点，客厅的抽屉里零食要存满，衣服换下来就丢洗衣机里……她解释说，上班累了一天，一想回家还有一堆脏衣服要洗，就会丧气，而要是想到回去就有可口小零食吃，生活可能就没有那么委屈……那些细碎的幸福，是生活粗粝的沙滩上的珍珠，他愿意记住她给过的美好。郑一介执意不去办理离婚，细究下来，他想绑住的，未必只是这纸婚约，而是一种关系，投入了巨大心力一点点追来的女孩相处的点点滴滴，在偌大的城市里，在他看来，世界空虚，而我只有你。

而她已具备精神上和经济上自给自足的能力，不再需要他形同累赘的爱意。

整个夜晚的孤独，整个海城的孤独，似乎都聚集在这小小的出租屋里。郑一介抽着烟，喝剩下的残酒，几乎扛不住，他有很多次念头，冲下楼，敲开许美云的门，砸她脸上一把钞票，扯开她的衣服，把她当成低配版的林碧微，发泄掉所有的怨怒……他俯下身，许美云坐过的塑料椅上尚留热气，郑一介两手空空，捧着椅子，想笑，眼角却莫名一阵酸痛。

5

夏天的末尾，公司上马了一批轻钢支架的别墅项目，郑一介忙得焦头烂额，日夜铆在现场，一个多月下来，人瘦了一圈，但眼明心亮，是那种个人价值能附在骥尾得以张扬的充实和成就感。他督促着工友们，干得热火朝天。等第一座漂亮的欧式别墅屹立在朋友圈，沈虹率先点了第一个赞，不用多加一言，他们彼此都明白，一个给了方向，一个努力跟上。郑一介想起小时候野地里撵兔子的狗，兔子逮到了，狗还要知分寸，乖乖递交给主人，然后在一旁偶尔摇一下尾巴，期待主子赏赐一点残羹。他笑了，其实做狗挺好的，不用操心，只需主人朝猎物一挥手，它自管吠吠奔跑。要知道多少人空怀一腔忠心赤胆，欲做猎犬而不得呢。

在转战下一个施工场地之前，他回到海城的出租房里，有几天可以喘息。更重要的是，他想许美云了。她笑起来眯着眼睛的神情、快乐的身影、富有感染性的笑声……这期间，他们在指端见缝插针中聊得有一搭没一搭的，有时话语冷落，有时风生水起，原因在他。郑一介压抑着情绪，始终是冷淡的，怕陷进去，又怕对方忘了自己。

匆匆回来，向沈虹汇报了项目进展，她公事公办，他也严肃端然。汇报完了，他本该流连一下，等她是否有进一步指示。公完了，该是私，当然，是否要"私"一下，主导权在沈虹。她今天就很主动，或许是项目进展顺利，或许是陡然兴起，"晚上……"望着她枯萎的眼睛，他忽然不想和她私下活动了。"我约几个哥们儿去吃烧烤。姐，你要去吗？"沈虹摆摆手，风平浪静地扫兴。他退出，回到出租屋，趴到窗口看对面的楼，许美云的房间并没有亮灯。

无所事事。躺在床上玩手机，到了半夜，正打算睡去，忽然接到许美云的电话，竟有一种前尘旧事的茫然感。

许美云问他："这么多天都不理我呀？"

"你不也一样？"他说。然后双方都是沉默，似乎都有话要说，又都按兵不动。最终还是许美云挑破寂静，"我恋爱了。

不说句祝贺的话吗?"

"又不是失恋,有什么好祝贺的。"

"得,嘴还是这么贱。"她熟稔地逗引他。

"之前也没听你说过,这么快就祸害上一个了?"他也只是在虚拟中这么活泼。

"之前你问了吗?"

郑一介愣了一下。从微信状态里,他一直默认她单身,谁知道也许在和他聊天时,她已经心有所许。"不找工了?他养着你?——几天不见,可以啊。小姑娘,找到长久饭票啦。"他说,忽然感到很恼火。

"滚。"她说,"来接我,待会儿再收拾你。"

她发给他的却是城郊一处山庄的地址。老实说,郑一介不想去。他恶毒地想着:你大爷的,一边和我聊骚着,一边不声不响就成别人的女朋友了,真有你的。可是又不知她接下来演哪一出,还是去接她了。他刚提了一辆国产车,是原定和林碧微买房首付的那部分钱。一路上,他在想,和林碧微好时,曾梦想将来买了房买了车。周边那么多好的海景,每年要来一次短途旅行,祖国那么多壮阔山河,每年再一次长途自驾游……郑一介笑了,很苦涩,林碧微现在都看不上这车了吧?他总是由一点小细节,忍不住会想她此刻在做什么。这种想,特别丰富,且大都是不好的联想。像是被黑洞吸附的物质,他逃不掉她的能量场。

到了地方，只见许美云正坐在大门前的台阶上，抱着肩膀，很冷的样子。郑一介走过去，脱掉外罩，推她一把："傻啊，不会坐大堂沙发上？被谁撵出来啦？"

"哪这么多废话？"她说，"要不是这破地儿不好打车，才懒得理你。"

"得了吧，被男人甩了明说，跟咱还藏着掖着，有必要？甩就甩了呗，有啥？不是还有哥们儿呢，专门接收这处理不掉的尾货。"郑一介很兴高采烈了，扳过她的肩膀，"来，我看看哭了没？嘿。"

许美云跳起来给了他一巴掌，然后和他一起原路返回。

一路上，她在想，这一回看他还能旁逸斜出个什么来？

还好，他们直接回了住处，睡在了那张孤单的双人床上。

一番手忙脚乱，时间并不长，当潮水退去，如两尾涸辙的鱼，躺在汗涔涔的沙滩上，电风扇呼呼作响，将他们都吹得荒凉。终于落实了，一部分东西踏实了，一部分却更空虚。"怎么样？"她说。

没有他想的那么好，她瘦得有些嶙峋，有点硌人，不似林碧微那样丰腴……这种本能的对比让郑一介忽然很忧伤。"还好。"他说，为了掩饰自己的尴尬，又点一支烟抽上。

许美云光着身子爬将上来："你他妈什么意思，什么叫'还好'？"和他不依不饶，"哪地方不好？"又抓又挠。郑一介任她闹，轻轻然而踏实地抱着她，内心涌动着无数情绪，这一刻，他们终于都撕去面具，一时间，竟然悲欣交集。郑一介凑上去，她嘴唇有点凉，还带着夜风的味道。

许美云偏过头，不让他流连："我是不是很难看？"

郑一介笑："还好，怎么忽然问这个，被谁打击了吗？"

她摊开身体，彻底躺下去，叹了一口气："他说他喜欢大的，就因为这个闹掰了，要不老娘真睡了他，这辈子也衣食无忧了。"

"他是谁？"

"有钱的呗。"许美云说，"刚来这城市那会儿，他就追，本地仔，家里有别墅，有车，就冲这，处了大半年，可是发现真爱不起来，矮，跟我一般高，又黑，瘦，还满脸痘。得，钱确实多，这些也可以忍了，关键是猥琐，没个男人气概，看着都不顺眼，实在没感觉。跟他走路都不想走到一起，都嫌弃到这地步了。"

许美云接着说："这一段，闲着，郁闷。他说去山庄玩吧，散散心，昨天就去了。晚上顺理成章开了房——"

"然后你办了他？"

"没。"

"为啥？"

"我要的双人床，本来是准备眼睛一闭就算了的。"

"这么痛苦？"

"他从浴室出来，那身上黑的，又干瘦，排骨似的，像发育不良的非洲难民，他大概也很难为情，出来就关了灯。但因为有钱撑着，觉得应该主导着我们的关系，所以揭了浴巾，就往我身上使横。我想了想，耗了人家半年，各种兜风，各种把他当车夫，认命吧，一个人打拼这么难，算了，躺下来，做个少奶奶蛮好的。可是他窸窸窣窣半天，啥事都没发生！"

郑一介哈哈笑，揶揄道："也可能是你对人家没吸引力。"许美云蹬了他几脚。"后来呢？"

后来，他在许美云身上不得要领地扑腾了一阵，却不想三番几次都是失败。他就恼了，气急败坏地在她身上拧了几把，然后终于找到了把柄似的说道："不好看，没感觉……"许美云当场就把他颠下去了，"滚，自己不行还扯淡！"男人恼羞成怒，扇了她一巴掌。当然也被许美云彪悍地回馈了过去。然后男人开车走了，把她晾在荒凉的酒店……

她发现说谎是需要天分的，那种细节上夯实后故事呈现的流畅自然，才是高段位。许美云一气呵成讲完，欣赏一件艺术品似的，看自己编织的故事在郑一介眼里安营扎寨，饶是对自己的虚构能力满意，许美云也觉得这场戏做得太费事了。

郑一介将她的故事缓缓消化完，说："我知道了，你就是座小火山，算啦，我不嫌弃。"

6

他们的节奏还是在许美云的主导下缓慢行进。一般来说，一个星期她会来郑一介这里一两次，当然是心急火燎地行事，这个过程既有轰轰烈烈又有细水长流，憋得时间太长，见了面，肯定先是互相猛烈饕餮，然后才松弛下来，餍足地，慵懒地，如同羊群吃草，放任肉体间的闲聊。

如果说开始的时候郑一介很大部分还是想着图谋她的身体以泅渡孤单的夜，这样交往了不到一个月，他对她越来越黏缠。每一次相处都是一种确认——这个娇小的女人是你的，和你性命相亲。郑一介不再是只顾了自己，慢慢地，有了疼惜，而疼惜是要命的。他延迟着、忍耐着，一寸一寸都怜惜，她如瓷器，郑一介想，这是自己的东西，不是鸠占鹊巢图一时之快的露水夫妻，他要爱惜。这些都很要命。

许美云肯定能感受得到这种变化，事实上，也顺理成章从她身体上表现出来了，软软地，黏黏地，糯糯地，配合着他浮沉……但是完事之后，陪他抽两支烟，或者光着身子去煮两碗面，吃完，许美云利索地穿衣服，走人。不再留宿。

在许美云这边，事情早已经完成，结局也已注定，后边的见面，都是馈赠，出于愧疚也好，出于寂寥的身体惯性也好，她在内心设置的期限是陪他一个月，然后，再不相见。她明白得很，就像旅游打卡，这个男人好也罢坏也罢，都不是她的，她不能恋栈。许美云去留无意的利落，让郑一介觉得伤心中夹杂着委屈，妈的，老子刚才一寸一寸的，白疼惜了。

郑一介是有过几次挽留的意思的，许美云一句话就顶过去："明儿还要找工作呢，你养我？"郑一介闻听，也就偃旗息鼓了。他养活她确实还比较费劲，而明显地，她并不那么好养活，衣服、包、首饰都是牌子。她说过，自己挣的钱，不对自己好点，傻啊。他也就支在床沿，黑着脸抽烟，在烟气缭绕中，冷淡地看她穿衣、补妆、开门，楼梯上渐次微弱下去的脚步声，然后一切归于沉寂。而枕头上，还倔强地留着她温暖的气息，郑一介把头埋进去，发狂闷喊一声："你等着，下次老子×死你！"然而下次，他粗暴了一会儿，还是忍不住停下来，温柔地诠释她的身体。

郑一介想，这是玩砸了啊，或许真爱上这个小娘们儿了。想想又觉得自己挺没出息，别的男人都是玩就是玩，玩得起，放得开。自己不行，一玩就砸，牵筋动骨的，还没杀敌一千呢先自损八百。郑一介有点恨，恨她也恨自己。所以在这次事后，郑一介再一次挽留失败的时候，他问她："在你这儿，是不是就把哥们儿当一自慰器啊，用完就走？"

"是你这么想的。"她说，"记得，不要太贪心。"——原先是想上床，之后又要图取对方的心——许美云过来拍拍他绷紧的脸，"有个姐给我讲过一个段子，我很喜欢，"她说，"很久很久以前，有一个男孩向一个女孩求婚：'你愿意嫁给我吗?'女孩说：'不！'从此她过上了幸福快乐的生活。她逛商场，她跳舞唱歌，她喝酒蹦迪，而且她永远有一个干净整洁的家，从不需要围着锅台转。她挣了一大堆钱，她永远看起来美丽动人。我就是这样的人，没心没肺，你也没必要认真。"说着，她就要走人。

由这个段子，郑一介想起林碧微，她们都是这样无情的人，他忽地孟浪起来，一把拽过许美云，将她摁在身下。"我就是贪心，我就是认真，老子就要你！"然后带着所有的愤怒和无力，狂风一样，席卷着、撕扯着，两个人嵌在一起……许美云扑打着、挣扎着，她在咬，她在叫，叫声尖锐而妖娆，枝繁叶茂地叫，绷紧的身体扑腾出绵长的浮力。郑一介如陷在汹涌的旋涡，一次次试图固定又被冲起，两人红着眼、梗着脖子，似乎在搏斗，许美云环着他的头，使劲把他扳往自己胸前，她知道，他已泪流满面……他一边要她，一边喃喃地说："我想天天和你一起，天天啊……"

许美云想说："你怎么还这么傻……"却只是紧紧抱着他精瘦的腰，想，要是时光停在这一刻，也没什么不好……当然她也只是想想罢了。她不会为他停下的。许美云心头茫然，将自己摊开，像一片小规模的海，收容他的暴动。她温柔起来，抚摸着他的头发，一阵温暖和辛酸。哪里才是归宿呢？她轻轻叹息，而此时，她只想和他在这长夜里无尽地起伏。

忙乱中，她摸到被褥下有个细小的硬物，是一枚铂金戒指。是林碧微留下的旧物，一直压在床底。有几次郑一介都想把它套在许美云的手指上，却又怕套不住。梦中醒来，发现睡着的郑一介还紧握着她的手。她拽了下，拽不开，许美云心忽地跳了一下，眼角湿了。她太熟悉这种感觉了，她心说：这下坏了，老娘可能还真有点爱上这个傻瓜了。她叹口气，这可就不好办啦。

7

到现在他还顽固不化地认为她林碧微之所以坚决离婚，是想甩掉他这个拖累，轻装上阵，奔往更好的人生。这当然是部分原因，更重要的是，两人已无沟通的可能，即便肉体并列，缤纷摇曳，那种彼此心门禁绝的孤独，越发强烈，她能清楚感到时光的虚掷。是的，从大的时间节点上看，这一生注定都是虚掷，就看身边人值也不值，让她甘心。这点心念是不讲道理的，你即便没错，她觉得不值得，这才是死结。

还有就是，去年母亲过世，这世上唯一的血缘关系至此断流。她不必再对任何人交代，不必再对任何人解释，不必再对任何人负责，自然，也不必再扭曲自己，按照某人的眼光去活。她想过，最糟糕也不过是孤独终老，但是总要好过一辈子不得不与让你感到孤独的人一起终老。

朋友圈许多同龄女孩好像都进入了一个极其相似的程序，她看着她们：结婚、宣布怀孕、微信头像换成孩子的、晒娃、深夜痛骂老公和命运、开始做微商、学习烘焙……她一阵唏嘘，这不是她想要的人生。外面大江大河，日月辽阔，千江有水千江月，她这颗心，何必在他这里，日益干涸呢？

三个月前，段真真替她解围的那个晚上，林碧微等她陪酒结束，由她挽着胳膊去消夜。段真真问："姐，能吃辣不？"

林碧微说："一点点，吃多了，容易上火。"

"那今天破个例，带你吃香的喝辣的。"段真真笑哈哈地，带她去小巷子，吃麻辣烫。巷子真脏，小店也油腻腻的，可麻辣烫真香。段真真觉得她能陪她来这里吃夜宵，并且满满吃了一碗，很开心，问她："姐没来过这样的地方吧？"

她来过。上学的时候，刚来海城的时候，她连这样的地方也吃不上，她不能说。林碧微点点头，说："没想到，还挺好吃。"

"是吧，还有几家和这一样好吃呢，下次再带你去哈。"

"好呀。"林碧微也兴致盎然地回道。忽而，偏着头，问她，"真真，上次听你说想买车，手头紧吗？我这儿还有点钱，暂时用不着，你要用的话先拿去好了。"

她凑过来在林碧微脸上响亮地亲了一下，带着热辣辣的气息，攀着她的肩头："姐对我可太好啦！"

林碧微拉住她的手，段真真的手臂浑圆，隐隐的青色血管在白皙的皮肤下面，林碧微轻轻触摸着，那里面流淌的是鲜艳的青春。可一转眼，瞥见她手腕刺青下的疤痕，蓝色蝴蝶翅膀下覆盖的似乎是烟灼的伤疤，林碧微装作没看见，喝了杯扎啤。"姐其实羡慕你，看上去永远无忧无虑的，就不知你是真没心思，还是在夜场做久了，什么人事都已看透，索性假装那么快乐下去？"

"我的演技就那么差吗，被姐一眼就看出来啦？"她还是笑着，在林碧微杯沿碰了一下，静静喝下，放下杯子，"活着嘛，开心最重要，想那么多干什么呢，是吧，姐？你去'海市盛楼'陪酒，是寻一把刺激，觉得好玩，撒个欢，发泄发泄，完事一扭头，有岸可上，回去穿衣打扮，继续体体面面做你的高级白领去了。我呢，就是个小破船，疍民，姐知道吗，一辈子风里雨里，摇摇晃晃，也上不了岸。陪酒出台你根本不知道其中的凶险，抓咬都是小事，有变态的，酒瓶子往里塞，玩虐待。说到底，也可以不干嘛，可它来钱快，既然干了，就只能任他塞。怪谁呢，怪我自己，没好好读书，可读书也要钱呀。再怪下去，只能怪没投好胎，一环套一环，认了呗，还能怎么办？"她大口喝酒，风轻云淡。

林碧微哑口无言，抱了抱她："姐给你介绍个男人吧？"

"才不要。"她笑嘻嘻地，"姐觉得我找不到个傻瓜傍上吗？是不愿意，一个人，多自在呀。"段真真咬着她的耳朵："姐还是对我了解得少，我也不是什么好东西，太脏啦。前几年任性，又屁也不懂，流产了几次，以后有可能生不了孩子啦。不过，我也没打算结婚生娃，将一个无辜的小生命带到这乱糟糟的世上，我可负不起责任。"林碧微真是低估她了，这世间的曲折处，她都熟门熟路。

"那姐要是执意给你介绍呢。"她说，"靠谱的男人。虽然能耐不大，可人却不坏，姐需要你帮这个忙。"

段真真往嘴里丢一个鱼丸，似乎明白她话里有话，眨眨眼："怎么帮呢，还有，他帅不？"

"还可以。"

"帅哥？好哇，那免费，倒贴点儿也行。"

"姐说真的。他现在一个人，后天是他生日，你去那儿一趟，权当最后送他个生日礼物，怎么样？"

她懂了，刚还觉得两人是夜里撒欢的姐妹儿呢，这会儿隐藏的裂隙立刻又图穷匕见了。可段真真笑着，咬着鱼丸，含混地说："好哈好哈，那怎么不行，我就是干这个的嘛。"

林碧微见她明显的失落，她把她当朋友，她只当她为风尘工具，吃个夜宵，也是有目的的。林碧微想缓和一下，说："姐负责地说，长得尚可，虽然是大叔了。"

"我就喜欢大叔，和这烤面筋一样，老了才入味。"段真真恢复到一脸没心没肺，"冒昧问一句哈，姐为什么不去呢?"

"你要知道?"她说，"他，是我丈夫。"

"哦?"

还有一层，即便下套，她也只能找段真真这样普通点的邻家女生类型，那种漂亮到惊艳的，送到他面前，他也没胆。她最了解不过。她要在段真真这里花钱给他定制一份"爱情"，坐实他出轨，取证，然后离婚，恢复自由身。

"姐这个忙不费身体，倒是费感情，我可能不一定办得成。"

"别当回事，要能把他拿下，姐给你五万。我也是临时动念，能办最好，不能也是他不行。"林碧微说，"你这样的女孩他还不行，那可能就真有毛病了。"

她带着一种恶作剧心理，看他面对其他女的，还能持否?

似乎计划已定，林碧微岔开话题，念叨着："真真，真真，你这名字真好听，可惜我是'贾'的，你才是真的。下次你哪天不值班，我去替你，直接叫一回段真真。"

段真真说："那咱们两个以后互换身份吧。"

"这不已经在换了嘛。"林碧微说，"你替我去临时做他妻子，我替你去陪酒，扯平了，挺好的。"

8

收到法院的传票，郑一介虽然有所预料，但还是蒙了片刻。到了出庭那天，林碧微来了，可以说是盛装出席，并没看他一眼。但从她的表情可以读出信息，协议离婚你不愿意，放着好合好散不行，只好对质当庭，彻底撕破脸皮。

先是委托律师控诉了他的恶行，感情不和，事实分居，还有一条，婚内出轨。当那一沓打印出的照片呈现在他眼前时，郑一介眼前一黑，这个世界可太有意思了。他明白了许美云这一段电话不接、信息不回的原因。这个小小的卧底，拍下那么多他的裸体，他们的亲密……此时都成了杀伤性的武器。郑一介奔过去，要夺，被安保摁住。律师还在敬业地陈述离婚起诉状，双方调解无效，遵照程序，请求审理，财产分割女方不要分文，鉴于男方对婚姻的亵渎，只求快速离婚……

郑一介笑了，她得逞了。

庭审结束，基于他表现出攻击性的躁怒，林碧微申请先行出去，从始至终，只留给他一抹锋利的背影。但是临上车的刹那，林碧微又转过身看他，眼神复杂，然后走掉。

人和人之间真是奇妙，都是在茫茫人海中，原来并不认识的两个男女，循着天意或缘分的指引，一颗心在找另一颗心，一个人在找另一个人，越走越近，茫茫人海啊，多少人中，竟然能找到彼此，心跳连着心跳，美好连着美好。到得这一天，心生龃龉，相互厌弃，斩断情缘，像是两滴水，重回海洋，彼此参与过对方生命的一部分，却从此谁也不再认识谁……出了法院，站在小广场上，郑一介亲眼看着他曾经的妻子，一点点汇入人海中，从陌生的人海而来，再次回到陌生的人海，终至消失不见。郑一介的眼泪掉下来，完全不由自主，像是一场梦，终于醒来。

失去了林碧微，许美云也联系不上，郑一介像是站在夜空下，握不住漫天星光。

对方律师踱过来，递支烟给他，拍拍他肩膀，一副同情的模样。"这种案子我接得多了，只要女方铁了心，最后都会判离，最多不过是耗点时间，何况你被她搞到了这么多证据……"他这是来告诉他，别费事，不要再起上诉的念头。

郑一介揉碎准予离婚的判决书："你转告她，我不怕耽误时间。不上诉也行，今晚让她来平乐坊。"

"这什么意思？"

"没什么意思，和她吃个散伙饭，有几句话还没说清。"

平乐坊是住的地方附近的小巷，夜市兴旺，以前他们半夜饿了，经常一起去吃个夜宵。郑一介坐在熟悉的摊位上，点了一桌子菜，等她。

林碧微没来。

郑一介喝着酒，想起她认真吃菜的样子，前尘后事交织，恍如梦境，涌出家常的温馨和缱绻柔情。奇怪的是，真到了离婚的这一天，彻底分开，他心里一点也恨不起来。他曾经甚至都想过，再熬十年，等她也抵抗不住时间，慢慢老了，就会收了心，和他平淡过一生。

多么寂寥，多么可笑。

泛滥的酒杯中，他仿佛看到林碧微离去的背影，如同手捧星辰的孩子，双手空空，温暖与光亮消失在茫茫黑夜。郑一介饮尽杯中酒，再任由它们在眼中汹涌。他悄悄退回出租屋，将所有与林碧微相关的东西都扫进垃圾桶，正气闷间，电话一阵急铃，是沈虹，发了个定位给他，语气如命令，让他"快来"！不知道什么事值得这么快，郑一介终是不敢违拗，放下自己这一腔滔滔，奔赴她面前奉承讨好。

到了地方，是一处会所。推开指定的包厢，是有屏风隔断的里外构造，里间沈虹和几个中老年女性在打麻将，似乎没有什么急急如律令。外面的软缎沙发上，或侧或躺，是几个油头粉面的男孩。他们看到他，投过来一种警惕入局而又心领神会的目光。郑一介趋身到沈虹跟前请示，她摆摆手，倒是旁边着紫裙的女人随手往郑一介大腿那儿掐了一下，验货似的，嘴里发出啧啧的声音："小沈，换口味了啊，这小伙儿，挺……实惠吧？"他明白，这是说他长得差，但沈虹必然看上他某方面的坚韧不拔。沈虹垒着牌，眼皮都没抬，没打算帮他解围。郑一介知道，她还在记恨他最近的疏离。在她眼里，或许他就是随时可以供驱使的狗，忠心耿耿得不能打折扣，她可以不用，但他绝不能因为另外的骨头而出走。郑一介牙根痒痒，对着沈虹腹诽一通，却笑出一个面首的本分，伏在一旁泡茶添水，举着火机，等待点烟。如此小意恭敬一圈，自然获得女人们的好感，沈虹对此似乎很看不上，鼻间哼一声，没理他，继续鏖战。

伺候完毕，郑一介来到外间，几个男孩各自在玩手机，看得出来他们彼此相熟，就像是主人经常碰面连带的宠物也彼此点头致意。他们间或凑在一起聊几句，有意将献殷勤的郑一介孤立。他自觉无趣，继续围在牌桌前。可是那天的事情说起来也邪门，郑一介刚才点烟奉茶侍立在旁的苏姐手气特旺，连和了两把，紫裙子不愿意了，也要小郑过来点个烟，坐在她身边，以期风水转过来。说也奇怪，郑一介坐了一会儿，她的手气也转好了。这下热闹了，黑皮糙脸的郑一介抢手了，三个女人争着向沈虹借他"用一会儿"。沈虹不动声色，冷冷说道："反正他现在也学会在外面撒欢了，我看我快要使唤不动了。""小沈不愿意了。哎哟，放心，不会给你用坏的。""就是，小沈不管是投资还是玩，一向口味刁钻，不过，效果称奇，这小伙子想必有独到之处……"她们笑，笑得很浪，郑一介绝想不出这都是白天在政商上或独当一面或借助男性手眼通天的权贵人物。打完麻将,她们叫了私厨做了小菜,是一些空运过来的时令野菜,茭白、回春草、野芹,甚至还有违禁的麂子、野鸡。她们吃喝聊天,搭建她们的利益网络,几个男生各自围绕金主劝酒,插科打诨,调节氛围。郑一介蹩脚得很,笑话讲得把握不好分寸,逢迎得也踩不到点上,在那几个风月场历练出来的专业面首看来,他简直是混进场子来的一只土鳖。他们有起承转合,抛出一个梗,另外的人接着,言语热闹,声色活泼,笑声像是毽子,在他们配合中一直灵巧地飞舞。郑一介能做什么呢?笑得嘴歪眼斜,牙根都咬疼了,还好仗着酒量不错。×他妈的,喝!喝酒哪有他那样喝的,倒满,擎着,傻乎乎的笑脸,杯中抖抖颤颤,说一句:"敬您,我干了,您随意!"手一扬,"咕咚"一下喝完,傻瓜才这么干。其他几个哥们儿一眨眼,就悄然勾结来一场暗算,一个个来敬他,轮番轰炸,饶是喝水,也受不了。郑一介本来心绪堆积,这会儿笨手笨脚喝了这么多酒,随时要变作喷壶冲决而出。可他赌气,将酒杯扔进分酒器里,冲那几个浑蛋说:"一杯一杯喝太麻烦,来,我们搞个大的。"率先一饮而尽,蹾下分酒器,笑傲江湖。简直令人无语啊,他们想。纷纷表示,服了,郑哥,不过是陪个老女人,挣点辛苦钱,何至于这么拼命?他们是看着莫名闯进来怪兽的神情。但不管怎么说,气势上他赢了。郑一介冲到洗手间吐了个痛快,洗把脸,还要再战,终于被沈虹摁住胳膊:"行了,老子的酒不要钱啊,别丢人现眼了。"如在以往,沈虹骂了他，两人之间的冰层也就随之消解了，又可以蝇营狗苟了，可今天，她脸上还冷若冰封。

喝酒没占到上风，男生们转去 K 歌，男男女女，醉醺醺的，搂抱着，丑态百出。他们一对对都唱了，让沈虹也点歌，推辞不过，郑一介自作主张替她点了一首，老牌摇滚的温柔曲子，抓过麦克风，兀自唱：

"别了黑暗，相信那盏灯总会点燃，照亮孕育了梦的昨天。就在眼前，你的笑容灿烂依然，融化了冰一样的冬天，好温暖。你对我说这一切都是幻觉，一种从未有人实现的幻觉。我们曾经互为对方的世界，再也不可能重叠……"

唱到一半，他们起哄："**叠一下，叠一下！**……"他们推他，拉沈虹，郑一介酒后逞能，也是想尽快化解二人之间误解的坚冰，很孟浪地抱住沈虹，在他们的推拉下，他就势亲住她日渐枯萎的脸颊。他叹了口气，都是多么身不由己，她要组织这样的饭局，他要表忠心地表演亲昵。可他们还不够，还要他们叠在一起，沈虹其实挣扎了，可郑一介并没松手，甚而还进一步配合观众的热情，拥着她，被他们绊倒在沙发上……"啪啪"，沈虹终于抽出手来了，接连扇了他两个耳光。

这接连的两巴掌，像是突兀的闪电，把所有人都扇傻了。反应过来，人们开始劝说："你姐喝多了，喝多了，晚上好好伺候她哈……"郑一介咧着嘴，还在喃喃唱着："我们曾经互为对方的世界，再也不可能重叠……"如同呜咽，他在想，林碧微，你能听见吗，我怎么一喝醉，就会傻逼似的想起你呢?

沈虹将他落下的手机扔给他，他划开屏幕看了下，头都大了，几个未接电话，都是许美云的，还给他发了一长串信息，大意是想他了之类。真该死，刚才怎么没锁屏呢，沈虹看到没呢? 或者其实她早就知道了。郑一介坐在原地，不悲不喜，这抱住的大腿，终究要抬起脚，将他踩在脚底。

他踉跄着逃也似的回到住处，打开门，却发现许美云坐在客厅，喝醉了似的，笑容皎洁，长发委地，掌心攥着那枚戒指，她笑嘻嘻地。他读出她的意思，你失去一个女人，我还给你，她说："我要让你帮我戴上，不知道你愿不愿意?"

第五章
虎 变

1

林碧微曾庆幸自己及早认清世界的面目,那就是,自古至今,人群是盛行狐假虎威的丛林。人中龙虎,发号施令,百兽惊恐,威风凛凛。可做一只老虎太难了,它需要综合投胎技术、天命人运、风云时势、贵人相助等诸多因素,大家只好退而求其次,争做那只"吾为子先行"的狐狸,替老虎蹚道开路。一旦傍上金钱、权势、资源这些虎威闪闪的大腿,必有千百禽兽夹道趋奉,狐狸顺带也能分得一点残羹。

然而世界残酷或者有趣的地方在于,没有谁是一成不变的老虎,自然也就没有从一而终的刁狐。

她现在能在公司里风生水起,仰仗的是身后的周立。当然，周提供了平台，她也奉献了血汗。一年来，她为婚纱摄影基地额外挣了三百多万，这是她加班加点争取来的。每一单业绩，对周立而言不过是累积的账目数字，可林碧微知道自己为之付出的努力，那不是日子的简单堆砌，是心血，是经历，策划、开会、宣传、交际，熬夜掉发，脸色暗沉，月经失调，心浮气躁。这世界没有那么多戏剧性的逆袭，所以对这个工作她很珍惜，才愿意这么用力。

可周立让她寒了心。

她不惜出卖色相，吃饭聊天套近乎，旁敲侧击，费尽万难，才拿下那位税务员，让公司的税务稽查平安落地。她不否认周立作为本地人，树大根深，肯定会通过上层关系向相关单位施加压力。可事情圆满过去，周立别说兑现之前口头暗示过的副总位子，嘴上连半句感谢也没。据闻周立曾轻描淡写地点评："她还真以为是她上个床搞定的？天真。"林碧微能想象到周立说话时的语气，轻蔑的，沉静的，不当回事的，末尾哪怕你着重加个叹号呢，她不，连个波澜也不会起。周立鄙薄一个人时，言语间仍淡淡的，可骨子里那种壁立千仞的冷漠，让人倒抽一口凉气。

或许在周立印象里，她就是这么个底线和底裤一样松垮，为了点蝇头小利就会以身谋取的下贱东西。她拿定她没有别的门路，只好被她关上门来奴役。

林碧微憋着气，什么都没得到，被摆了一道，只好当被狗咬了。

狐狸干得看不到希望，怎么办？与其穷途末路，不如物色下一只更大的老虎。

宋非的出现可谓恰逢其时。

那天，林碧微下了班刚坐上车打算和朋友聚个餐，忽而来电，临时征召到会议室，心里自是不爽，可有什么办法呢？原来是海城商会接待某地招商局突然来山庄考察。林碧微知道，这个"突然"也是周立的手段。招商局来的领导名头不小，有商会撑腰，考察好了，可能有合作意向，税收、土地、园区各种配套优惠政策，林碧微替她想到潮水般哗啦啦涌来的钞票。

在等待领导驾到的时间里，根据周立的要求，林碧微修订要讲的PPT内容。"待会儿好好讲。"她说，"不许有任何差错。"说完，周立出门去迎接各路神仙去了。每次她下这样的居高临下不容置喙的命令都让林碧微抓狂，真想这时候能有杯水"哗"一下泼对方脸上。

领导们落座后，林碧微观察到官场和企业家们在一起的奇妙反应，做企业的一个个衣着休闲，但大都身材保持得还好，而招商局的几位西装革履，正襟危坐。既然是来招商，商会企业家占了主场，摇腿、侧身、抽烟、喝茶，很随意。执行会长还开了周立几个玩笑，有点涉黄，可周立眉开眼笑，回应得旗鼓相当。林碧微心说：臭娘们儿，脱了那身凤冠霞帔你里面也不过是包脓汤，天天在我们跟前拿着装着，这会儿不也笑得嘴跟葫芦瓢似的。在这种敌意的阿Q精神胜利中,林碧微清清嗓子,运了一口气,对着投影开讲。先概述山庄婚纱摄影、旅游景点、餐饮美食、青年活动等综合一体的运营模式,然后再拆开一块一块地细讲。

讲到半截,进来一人,寸头,修身衣,五十来岁,眉眼平淡,不失干练。他摆下手,抽张折叠椅安静地坐在一边。

林碧微谁也不识,以为来者是商会某个理事,继续拉着图片讲她的。因临时改的考察路线,刚才路上堵了车,这会儿都快七点了,餐饮部几次来悄声汇报晚宴已准备好,可这边还没讲完。在座的有几位老板肚子起了意见,招商的杨局却听得津津有味,并结合他们当地的园区规模、景区特色不时提出合作询问,间隙里看看腕表,也问:"小林,还要多久?"

"再要半小时左右。"

"拜托,周总,咱们一会儿边吃边聊,好不好?"老丁顶不住了。他做文化娱乐,爱谑笑,充当撒娇卖萌的角色,东方朔似的,身段灵活。

"就你饿死鬼托生的?"周立眼波流转,嗔骂老丁。

"那不是最近都没吃上你嘛。"

人们起哄:"周总现在就剥开给你吃,新鲜热乎的。"

他眨眨眼,惹笑一番:"丁哥一般白天都不来周总山庄的,当然,夜里也不来,都是周总去我那儿。"周立拿文件敲了他一下才算。"今儿个为啥来呢?一是提醒周总还是要加强联络,互通有无。"一句话被他故意荡出歧义空间，周立没打，向"老大"乞怜。林碧微这才意识到后来的半老汉身份不简单，转身多看了两眼，"老大"示意她别理会这些坏蛋胡闹，接着讲。可老丁耍宝还没完："二是听说周总山庄珍藏有比丁哥还老的茅台，怎么样，今天陪着老大，丁哥也享享口福。"

林碧微已经有点气了。你们打情骂俏的，我傻子似的坐着，不知道该对哪一方讨好去笑，给个明示，到底讲还是不讲呢？

后面来的精瘦那人咳嗽一声："别闹了，听小姑娘讲完吧。"

"得，老大都发话了，那只好饿着肚子做好学生啦。"老丁趋身过去，给"老大"点支烟。

林碧微心内怒气转化成电力，脸上的笑容像是探照灯，扫射一遍。"杨局您到哪里也不差一顿宴席，您大老远来的目的，想必还是考察几个靠谱的项目带回去。"她转过身，"丁总您要喝酒，来到我们周总这儿，那还不好说嘛。"林碧微笑吟吟的，"如果您真饿了，我们就在这边吃边聊，怎么样？"她本意倒也没打算越俎代庖，可心里存着气。老丁再一起哄，周立只好顺坡下驴，让餐饮部就在会议室一人打一盘快餐，开了老茅台。林碧微就着喝茶的玻璃杯，倒了满杯，也给老丁和杨局倒满纸杯，其他人根据酒量各自倒上，却给"老大"端上一杯开水，才重新坐下。林碧微先咕咚喝了一大口酒，敬了各位，再接着款款道来如能达成合作将会为贵区在产业升级、景区形象、年产收益等方面带来的好处，数据翔实，计划成熟，讲解通俗。讲完了，喝一口酒，桃花上腮，豪气大方。一时各位大佬目瞪口呆。老丁咂巴着嘴，竖下大拇指："周总手下果然都是精兵强将。好样的，姑娘。"

坐在角落里的宋非看看她，笑了。

林碧微再一一替周立敬了酒，微笑着退场。到了自己办公室，关上门，点上烟，出口气，虽然喧宾夺主，让主子忌惮，可毕竟打了漂亮的一仗。

2

接到杨云涛"出来坐坐"的邀约，林碧微刚从市区看完房，坐地铁返回山庄。拽着车厢的拉环，想了一会儿，才从记忆里捞出这位矮矮胖胖的招商局局长。她知道他打什么主意，有些意外，却也能想明白。他这样的身份，出来玩肯定不方便，在常来视察之地，有个固定的"宠妃"定然更安全。并非她多美，她不能跟那些新出炉的女孩们相比，许是她那份淡然，经历过深浅，有眼色，知分寸，才让杨君觉得可以纳入"宠妃"人选。老实说有一瞬间虚荣爆棚的感觉，毕竟之前仅在会议室见过一面，难得贼还惦记；另一方面林碧微却又忍不住心生哀凉，怎么每回都这么容易被老男人招惹呢？她太知道这里面的况味了，就像吞咬自己尾巴果腹的蛇，每纠扯一段，人就要枯死一点。如果说和同龄人好的恋爱是风雨同路的、滋养的、正向的，和老男人则正相反，虽然有可能一步登天，可鸩毒迟早要发作，天上掉的馅饼最后都会变成砸向自己的石头，鲜有善终。林碧微苦笑一下，近乎气愤地回："我睡了，杨局，改天再聚哈。"

"这么早睡了，一个人还是……"老东西自以为幽默的尬聊，还带个微笑，他不知道那个表情在年轻人心里是居高临下瞪眼鄙视的意思。爱和谁和谁，关你屁事！林碧微也微笑"鄙视"过去。对方偃旗息鼓了。

手机微信丁零一声，是老杨又发来挑逗，林碧微懒得再搭理。回到公寓，洗了洗，换上睡衣，吃了半块西瓜，喝了一碗绿豆沙，躺沙发上，她点开下载的美剧，抽一支女式细烟，也不用管烟灰落在地面，剧看烦了，可以翻翻图文精美的《长物志》。林碧微很享受目前这种平常平静的生活状态，除了对受雇于人的工作俯首称臣，不再打算为了某个男人而迁就、改变，或是依赖。她现在如一湖止水，水自丰美，心自葳蕤。去他妈的婚姻，去他妈的老男人，老娘自己能挣钱，没了男人这种麻烦的低级动物羁绊，一个独立女性的生活，惬意着呢。

可生活注定不会波澜不惊。最先往湖里投石问路的是周立:"我们的项目他们批了,要有个人去那边负责对接,你去吧?"是杨局他们市里招商的一个婚纱摄影基地项目。

"不是还有孔副总?"她对没能提拔仍耿耿于怀,"这么大个项目,得更有权威的人才能驾驭住吧?"

"老孔另有安排。"

"周总,我呢,人微言轻,具体做起事来,恐怕不好施展。"

"我和杨局沟通好了,尽管去就成。"周立说,"公司下半年会人事调整。"这就不言自明了。可林碧微冷笑一声,也不嫌腻味,老用这一招画大饼,不来点实际的,有毛用?

"我现在买票,飞过去?"她冷冰冰地揶揄。

"倒也没这么急,杨局最近几天还在海城,你有空去见见面,增进下了解,以后工作起来也方便。"

在这儿埋伏着呢,林碧微笑了,周立你大爷的,又来拉皮条了。每次但凡攻城略地,都会先祭出她作鱼饵,然后用完了再以道德谴责。别人最多是做了婊子立牌坊,至少有一份无惧的坦荡,你周立是指使别人做婊子,下到脏水里替你捞鱼,你还在岸上笑话那人光着屁股姿势不雅。

"我最近在吃中药调理身子,打算要个孩子,正常工作范畴可以,饭局恐难胜任,毕竟不能喝酒。"不能太惯着她。

一句话噎得周立恨意满喉,她知道她在说谎:"不是听说你们,早就分居了……要离?"

林碧微模棱两可地笑笑，心说，去你的，离不离关你啥事？林碧微握紧咖啡杯，压住内心的火势，勺子磕碰在杯沿，咖啡荡出一圈圈涟漪。

"林经理，最好想想当初是怎么来山庄的。"这是在警告敲打她了。一个灰姑娘，谁给你的机遇？谁的平台让你成长为山庄经理？谁提供跑步机、咖啡机、微波炉一应俱全的独立办公室让你施展才能？

"今晚六点半，'醉月清花'，三楼小厅，就这么定了。"

林碧微钉在原地，出离了愤怒，以为自己能搏击一下，潮水远去，她不过是个扑腾在岸边沙坑里的小鱼，无足轻重。

最近提了辆白色菲亚特，看好了临江新盘户型，林碧微以为自己的人生就此顺风顺水，在这城市里，优雅地做个高薪的独立女性。可生活很快就翻脸无情，暴露出粗鄙的一面。想想捆绑的车贷和即将供养的房贷，林碧微打电话给车队司机，"六点出发，去市区风情街酒吧。"

到了"醉月清花"，她不过是叨陪末座的角色，一帮政商人士把酒言欢，叫她过来添茶倒酒。她再次声明了不喝酒，可没谁当真，特别是上次那个老丁，几次三番从言语上将其剥光示众。这种深具国产特色的中年饭局，男人掌握着资源，油光满面，侃侃而谈，在场的女性是挑选而来的一道必不可少的菜肴，被架在话语中心，被言语烘烤。她想起古代被皇帝临时召幸的嫔妃，沐浴过后，赤身裸体，被太监背到宫里，还要感激涕零的，能成为贵人消遣的夜宵。

老丁像个丑角，拉着林碧微，搂、摸，公然骚扰，一众人都在看着，哈哈而笑。任何人都不会保护你，一万个假如都没用，只要来了，都会是同一种局面。丛林里低级的狐狸、兔子正在另一端用轻视的眼神看你，老虎、狮子们一脸无所谓。你头都气炸了，还得微笑。所有的高傲不堪一击，所有的体面都是修饰的。

芥子之微的人啊，求食艰难。

和老丁闹着喝了交杯酒，林碧微去了洗手间，她要吐了，干呕了两声，却吐不出什么内容。她明白，这可能是杨云涛授意的，上次她婉转回绝了他，这是给她点颜色看。林碧微拖延时间，从洗手间出来，靠在旁边栏杆上，看下面舞池里乐队演唱。灯光闪烁中，杨云涛过来，洗把脸，笑眯眯地："尿这么长时间，以为你掉厕所了呢！"身上散发着热腾腾的酒气和体味，说着，就要拉她胳膊。

如此粗鄙直接的语气，让林碧微惊讶得几乎顾不上气愤，不可思议地傻望着老杨。他一定探问过她的底细，认定她是个愿意付出的轻浮货色，骚扰她也就是顺带的事，并不会有什么后患，是以肆无忌惮。

"喝多了。"他揉着太阳穴，抽支烟。这是有言在先，为自己接下来的不要脸开脱，其无耻程度，大约只有我骚扰你，只怪你穿着暴露方可比拟。果然，杨云涛猛地一扯，将林碧微拉进卫生间,并迅速将门反锁。这又是她没想到的,她再一次被他的野蛮惊住。林碧微想要挣脱,可他的力气太大,紧紧箍住,"他们都说你为了事业很是舍得,我又不会亏待你……"林碧微又拽又掐。"怎么,到我这儿还吊起胃口来了?你知道我给你们公司多少利好政策,就不该感谢下吗?"他这么无所顾忌借点酒遮面猥亵她,是觉得周立在谈成合作意向的时候就把她作为酬报的砝码送给了他?

"你把自己当成什么了?"林碧微乱了方寸,还打算以理服人,"你又把我当成什么了!"

"嘿,你说呢?"那意思是都在一个泥坑,就别假撇清了,就把你当成你以为当成的下贱玩意儿了,怎么的吧?

"我喊了!"

"喊呀。"他鼓励地说,从后面钳制住她,贴着她的脖颈,哈出黏稠的热气,"最好大点儿声。"他笑了,料定她不会喊的,要虎口取食,就得遵循游戏规则。杨云涛胜券在握,拉她后背的拉锁,却不急于一蹴而就,拉链滑行得闲庭信步,金属咬合着下行,发出轻微的嘶嘶之声。林碧微弓着身子,维持着屈辱的姿势,头发披散下来,泪水在眼眶打转,心燃火焰,浑身战栗。那拉开的拉链是犁尖,划破她最后的一点耻感……这几秒中她脑子里过了几百遍,她在挣扎,要不要得罪他?敢不敢得罪他?

拉链行走到底端,手要探进去。

"×你妈！"林碧微扭过身，啐了一口，屈起右膝，朝他裆部猛顶，抓一把他的脸。事出意外，老杨一声"啊"，一时两手上下扑腾，动作生动。

林碧微却在心底叹息一声，怎么就没忍住呢？这下是痛快了，可这些天的工夫也白费了。"我也喝多了。"她努力扮个鬼脸，笑一下，比哭还难看，还试图留有余地呢。杨云涛脸色煞白，咬牙切齿，"好，你等着。还跟我端架子，你这样的，别以为我不知道，不就是周立养的高级鸡吗？"

这不自知的粗鄙习气彻底激怒了她，周立鄙薄而压迫的眼神，他拽她拉链猫逗老鼠的阴险和悠然，不忍了，忍不住了，不管了，弄他，照死弄他。林碧微抄起墙角的洁厕刷，照他身上一阵猛打，连刷柄都打折了。老杨一身淋漓，护住脸部，辗转腾挪，与屎尿共舞。

她不知自己怎么积攒了如此丰盛的愤怒，像一枚被风浪卷起的叶子，整个人都是抖的。林碧微抱着胳膊，拳头紧握，面目痉挛，下楼梯时心乱，脚步也乱，踩空了一阶，直接磕了下来，好在没人撞见，她拽着栏杆，哆嗦了半天，才勉强站起。

回到公寓，已经半夜，带着酒意，脸上潮红，发丝凌乱，满脸倦态，坐在地板上，连抽了几支烟，放上熟悉的音乐，才感到一份安全。她感到冷。浴缸里注满水，撒满玫瑰花瓣，如一条惊慌失措的鱼，重回鱼缸里。林碧微在热水里抱紧自己，看着镜子里模糊的身体，她想哭一哭，也没有什么可伤心的。

她忽然羡慕那些惯于矫情和自怜的女孩,这么些年,在外面,无枝可依,被逼独立,不堪一击。

这样的骚扰也不是没经历过,夜深人静,她抚摩着受伤的躯体,来自骨子里的寒凉和疲倦,觉得一切都是如此荒诞。生活是一场孤独深长的炼狱,她总是和这些无聊的人周旋,总是孤独和厌倦,总是得不到想要的爱,无可皈依。她想,自己最后可能会是一个悲伤的结局。

她掏出手机,想打给谁,逡巡半天,通讯录里数百个联系人,却找不到一个合适的。

左膝的伤口,猩红一片,比起刚才在酒局因周旋于热闹而耗费的心力,这点伤,其实也不觉痛痒。她腿翘在浴缸边沿,任它妖艳绽放。

这时候,她拍下惨红的伤口,顺便把两条光溜溜的腿也收进照片,在微信上贸然发给宋非。

她在玩一场冒险的游戏,带点乞怜的恶作剧心理。

过了很久,宋非竟然回复二字:"疼吗?"

她几乎要感激涕零,心中猛然伤恸,红色的花瓣漂在水面上,血淋淋的,越发艳丽。

她说:"大叔,我闯祸了,能救救我吗?"

3

中年男人是硬币的两面。如果注意保持身材,被岁月打磨过,被地位和资源架着,有份静水流深的从容不迫,像是熟坑的玉,是占了时光的便宜的,再搭配点出其不意的幽默,顺手就把小女生劫掠,别在衣襟上,装点成功;而那油腻的,就如隔夜的卤肉,再被欲望加热,整个儿散发着复杂浑浊的气味。不幸的是,杨云涛就是后者;更不幸的是,宋非属于前者,并且都让她遇上了。要时过境迁之后,林碧微才明白,前者也好,后者也罢,不过都是一丘之貉。

杨云涛再没骚扰过她,连周立原定的赴新项目对接的工作也另派老孔去了。这仅是一个小插曲,可让老杨和周立都狐疑的是,不知这看似柔弱的小女子,何以有如此大的能力,让宋非为她助力?他们无不从狭隘的经验主义出发,得出结论:这骚货一定是陪他睡了。可谁会相信从始至终,他们就在会议室见过那一面呢?

之后很长时间,宋非没和她联系,一个是海上飘摇的小船,一个是陆地岿然的大山,他们没有交集。宋非也许不过是顺嘴几句话,捎带着就帮她解了围,可林碧微记在心里,这是一份恩情。她沉不住气。到底是小门小户出来的，一路不易，但凡受了谁一点好处都感动不已，做不到承了情而无动于衷。林碧微急切地想为他做些什么，可她有什么呢？无非一具轻薄的身体，何况即便急不可耐地售色东床，宋非也不定看得上。想了很久，宋非爱登山徒步，林碧微给他做了一双绣花鞋垫。

这期间，林碧微做了详细的案头工作。按说到他这个身份，一个海城商会在他手里盘着，该能检索到大量的信息，可网上关于宋非的报道却少得可怜，零星的几则也是他出席一些慈善场合。林碧微想，要么是他低调内敛，要么是他不方便，不愿在媒体上抛头露面。林碧微从老丁这里投石问路，得来的信息，让她讶异。宋非官商根系纵横，实力深不可测，是一只体量足够大的下山虎。以后每逢节日，礼貌性的问候有之，忽然的暧昧有之，宋非有时回应，有时落空，即便回应，也淡淡的。她想，狮子也好，老虎也好，两人身份过于悬殊，拉不到一个频道上。眼看着一座巍峨山脉，林碧微却无法依傍，只好含恨，不做他想。

直到三个月后，忽而接到宋非的邀约，林碧微惊喜紧张自不待言，心中影影绰绰的念头，按下葫芦浮起瓢，死灰复燃了。

这边老丁还在不安："真决定让她掺和进来吗？"

宋非端着的茶杯蹾下，脸色中含着铁青，老丁知道，风平浪静里藏着雷霆。"天心还不是你们这些玩意儿给带坏的，到了这个局面，你说怎么办？"

老丁不吭，添茶递烟，擎着葵花向日般的笑脸："平常也劝，真劝了。少爷毕竟还小嘛，贪玩了点儿，不算啥大事。"

"还不算大事，这次要是处理不好，还想做生意？弄不好咱们都得进去。"

老丁还在嘀咕："不至于吧，天心也就耍个把女孩，能有啥？"可看看宋非的脸色，便知道此事深浅，不复敢言。

依据给定的路线，林碧微来到花木环护的林中小院。远远地，看到一个瘦削的中年男子，穿着像是送快递的模样，可年纪又不太像，男子潜藏在绿化带里，往林木纵深里探头探脑地观望。很快被保安发现，过来询问，男子支支吾吾地，被保安一阵推搡，跌坐在路边，先是抽烟，后是哭泣。一个男人，大白天的，扭曲着脸，哭起来很是难看。

林碧微路过，和他偶然对视一眼，只是泛起一点好奇，其实并没看到眼里。如她这般匆忙的独立女性，目的明确，眼睛向上，笑容都是有的放矢的，平日里，那些无关紧要的人，诸如保安、快递员、服务生，不过都是布景而已。搞笑的是，知道她分手后恢复单身，同事给她介绍过一个相亲对象，聊过两次觉得不合适，对方还理直气壮地质问：你是不是看不起我？拉黑的同时，她心说：拜托，大哥，谁有工夫看不起你呀，是根本不想看好吗？那种骨子里普遍的漠视，维持的那点礼貌也是因为自己修养好，因礼貌是最省事最敷衍的社交，她可得存着精力面对有用的人呢。

可她从男人身边走过时,他不哭了,抹一下眼,怔怔地看着她,忽而叹一口气,说道:"姑娘,你也去这里吗?"他沙哑的喉咙里混着抽噎的水分。林碧微不置可否,不想搭理,他接着说一句:"你可要小心啊,他们都是吃人不吐骨头的……"他指指丛林里的白房子。在当时,林碧微只觉得他来路不明,多管闲事,要到事后回想,她才能读懂那时他的脸上和眼睛里,闪过多么绝望的仇恨光芒,当然还有被糟践的善良。

4

妻子死时台风压阵。弥留之际,她势必会想起那个同样台风过境的夜里她下令处置的孩子。十多年来,只有她知道孩子是生是死。他以婚姻为跳板,攀龙附骥,这么多年,对她身后的资源无所不用其极,成就了这一片政商势力,可到底还是有所不得,这是他对她的冷漠应有的惩罚。临死时,她甚至放出话:"你不就是想要个儿子吗?现在可以告诉你了,就算他还活着,也许你还见过,可万千人群里,你这辈子,也别想认出他来。"宋非掐着她的手腕,从外面看上去,似乎是留恋他的发妻,不让她撒手而去。他咬着牙:"说,他在哪儿?"她笑了:"不是告诉你了,十七年前,那个北妹生下来就死了,你信哪个呢?"

她赢了,最后一着,他还是斗她不过。

"你也别得意,你死后,骨灰我会抱回家里,念想着你。"他叵测的嘴角,让她明白他威胁的用意。他会把她冲到马桶里,在后辈面前,对着遗像继续做出恩爱不舍的样子,"这辈子,你别想和我葬到一起。"可她早不在意,"我后悔当年不听父亲规劝,下嫁于你。你就是这么毒,他没看走眼。"死到临头,她还在显示她身份的优越,却不想想,没有他的商业运筹,她的后台能变现出什么?宋非啐她一口,撇下她垂死挣扎。现在对调了个儿,她的父亲行将就木,而他早已布局完成一个小型帝国,若真像她所说的,儿子还活着,他不信找不到。

那时,所有来此谋生的女孩他们统一蔑称为"北妹",自带根正苗红的本地正统性,宋非也不过是在过江之鲫的女孩里陆续择取几枚,借以私下疏散在妻子家族势力下伏低做小积攒的怨气,玩玩而已。后边的那个女孩却很有心思,费尽心机怀了他的孩子。宋非那时还罩在妻子的阴影里,暗暗编织自己的势力谱系,趁母老虎不注意,偶尔身体撒个欢可以,真刀实枪地弄出个编外的孩子,他尚不敢。可女孩聪明的地方就在这里,确定怀上了,过了三个月才说,并把他直接拉到私人诊所,让他亲眼得见,肚子里孕育的是待价而沽的宝贝儿子。

"你不要的话，我预约了后天的流产手术。"女孩抚住腹部，泪珠滚滚而落。宋非犹豫了。母老虎给他生了个女儿，他之前也让一个北妹怀孕过，也是女儿，流掉了，这一回天赐机缘，他不能再错过了。宋非当下决定："生！"

他一直怀疑身边有妻子安插的眼目，却不知到底是否走漏了风声。妻子波澜不惊。他正在收购当地银行的股份，进行到一半，资金已经陷入不少，有进无退。他提心吊胆，担心妻子使绊，却发现最后几个难缠的股东，忽然都顺利签了下来。旁敲侧击问及原因，对方笑眯眯地，不言自明的样子。妻子帮他打了招呼？宋非有点迷惑，这不似她的风格。也许她并未发觉他的小动作，他侥幸地想。

女孩孕期八个多月时，岳父委托他去内地对接一次大型招商考察，是岳丈老家的城市，他要带队，不敢请辞。再说离临产还早着呢，宋非交代好女孩，请了保姆照顾，放心地率队出发。他决意给老岳丈把事情办得圆圆满满的。对方打着老首长不忘乡梓的锦旗，接待得隆重热情，招商项目也谈得融洽顺遂。他乘兴而归，去找他的北妹，却发现大门紧闭，屋内如洗劫似的，买给她的衣服、首饰、化妆品、家电，全都不剩，房子也卖掉了，倒是给他留了个纸条：

你走后，不小心摔了一跤，孩子没保住，流产了，对不起，房子这些就当是我应得的补偿吧，我走了。

很像是被女孩算计了一把。正因为太像了，他难以置信。到这时候，他发现，自己竟然没有女孩家里的联系方式，下意识里，女孩不过是个青春的生育容器，他只关心对他有用的那部分身体，没有耐心也觉得没有必要了解她的来历。他让人去她以前的工友那里打探，辗转得出的答案是女孩往家里寄了一笔钱，再没出现。

难不成老马失蹄，真被一个小女孩给摆了一道？可这里面漏洞太多了，早产为何不联系他？她在哪个医院生的？前一段产检肚子里还胎动活泼，怎么摔一跤就流产了？他恨不得冲到家里，摇晃沉静的妻子，质问她："是不是你干的好事？你把那女孩怎么了，我的儿子呢？"可没有实质性的证据，他不能贸然对质。

过了好几年，他才找到当时雇用的保姆。保姆告诉他的话也如反复排演过的："您走后，小姐摔了一下，早产了，生下来是死胎，她受不住，精神崩溃了……"

宋非赶到精神病院，望着已经眼神直愣的女孩，摇晃她，她虚弱的身子在他撼动下苍白地摇摆。她举着手，看着，冲他笑了，疯疯癫癫地说："血，好多血……"

他兜头扇了保姆一掌："太太给了你多少钱？"保姆一声不吭，任他拳脚发泄。怎么都撬不开她的嘴，他甚至求她："我给你更多的报酬，告诉我，孩子在哪儿？"保姆被他逼得无法，最后只破碎地回他:"我什么也不知道,你问太太……"

宋非明白了其中的前因后果。

可他也只能压着。和妻子对质有什么用呢?她做得这么绝,就没打算再留后路。宋非想,孩子要么死了,要么还隐蔽地活着,这两者,他都要弄个水落石出。这些年宋非一直在找,他寻遍当年和妻子有可能交集的人,威逼利诱,都没能问出下落。茫茫人海,有个和他血脉相亲的孤儿,他知道他活着,可就是求而不得。妻子去世后的半年,他集中火力,几乎将海城可能想到的范围翻了个遍,掘地三尺,仍然没能找到他可能存活于世间的骨血。

妻子在折磨他。他感受到了。

宋非将手里的杯子往安放妻子骨灰盒的壁龛里扔过去,已经换不回任何回击。他摊开手,恶狠狠地,却什么也攥不住。

甚至接受老丁的建议,在警务系统里预留了他的DNA(脱氧核糖核酸)。过了一年,在他快要放弃的时候,公安系统的朋友给他信息,有个入室抢劫故意伤人的孩子采集的信息和他可能匹配。宋非见到他第一眼,这个皱缩的少年,"唰啦"一下,时光重回,他终于可以大致拼凑出妻子当年干下的罪孽。

他和小北妹的勾当,妻子始终有眼线,在他浩浩荡荡率团招商洽谈期间,隐忍已久的妻子当机立断,派人到藏娇的金屋堵住她,逼她签了房子售卖合同,将房内物什横扫一空,然后直接拉去引产。孩子生下来,被抱到外间,因为不足月,因为没寻到母乳，哭号得坚韧顽固。妻子嫌恶的同时，又忍不住好奇，他和别的女人搞出的孽种是个什么样的？说也奇怪，她看向婴儿的刹那，孩子突然不哭了，还对她笑了一下。简直令人毛骨悚然。她一哆嗦，这狗日的，倒是命大，还笑呢，以后有你哭的。她辗转托人，孩子送给了相隔不远的贫民区博厦街上最寒碜的一户人家。

等他回来，人去楼空，只余一抹隐痛。

这一痛就是十七年。

直到那天，一番验证，确定无疑。宋非拥住这失而复得的儿子，发誓要给他最好的，弥补之前他陷在底层的亏欠。而他的宝贝儿子，在他老泪纵横的搂抱中，受不住这突然降临的热情，一脸懵懂，挂着不知所以却桀骜不驯的笑容。

5

改名为宋天心的张皓宸稀里糊涂做了富家公子，竟发现还没有在破烂贫民区博厦街上耍得开心。这样急遽转换的人生，如同天上掉馅饼，而且这馅饼是黄金的，他想世上没有几人有如此幸运吧？可他很快只觉出一份力不从心。

在宋非的布局里，长兄逃港留下的儿子他抚养成人，如父子情分，宋非安排他从政，这些年那人稳扎稳打，上有荫庇，下有托举，已然位置骄人；女儿留学归来，在商业上驰骋，帮他打理产业，已是父亲的主心骨；风调雨顺的，忽然多出个号称是亲生的小儿，哪儿看都多余。这小儿流里流气，透着一股子市井里积习难改的顽劣和猥琐，上不了台面不说，还常有觊觎之心，几次口无遮拦将来要和兄妹二人平起平坐。他凭什么？

父亲真是老糊涂了。

相处不到三个月，在其兄其姐虎视眈眈的防备下，在老宋严苛的要求下，除了报复性地胡吃海喝一番，宋天心并没得到什么实惠。老宋给他断了之前的联系脉络，送他去贵族学校，请私教帮他补课，击剑、书法、美术、钢琴、礼仪，各种班安排得满满的，老宋要将他的过去连根拔起。宋天心明白了，金饼砸到头上也是疼的，他不过是个可怜的壳，要赶紧填满所有高贵体面的东西，以符合老宋儿子这个既定角色。

他开始后悔上次莽撞的入室盗窃了，不为改过自新，为不入富贵之门。他这只野鸟，在黄金笼里，受这些冷眼和限制，处处有人盯着，失去了往日那些狐朋狗友，玩也玩不痛快。宋天心开始接连制造祸端，他十来年生活在贫户，认知能力有限，闯祸也闯得腌臜，先是骚扰私教老师，故意撕破了那位大三女生的裙子，老宋关了他一天禁闭。再是打碎了一件双耳镶虎插花钧瓷。这瓷器是个北方客户为从老宋手里承包工程时特请老家顶尖钧瓷大师定做的，烧了十件，就这只开窑华变，难得是虎眼，青边黑眼，凶狠明亮。这瓷瓶插什么花都不足以激发其霸气，唯独插崖柏干枝，野性遒劲，相得益彰，老宋喜爱非常。小宋临门一脚，就将老宋的心头好报销。老宋将他关进佛堂。

宋非近年退居幕后，玩起了崖柏根雕，他的这栋别墅，是个小型收藏馆，享誉岭南，字画文玩金玉除外，仅三楼一层的崖柏、檀木之类佛像，据说估价数亿。佛堂关了两天，老宋再一进去，被一股青春逼人的尿臊气打了个闷棍，再看他的十八罗汉观音头陀，无不饱尝屎尿。佛头着粪，尿污观音，孰可再忍？老宋真给气着了，呜哇乱叫，抄起墙上悬挂的木剑，满室追打孽障。孽障绕屋跑了两趟，停住了，笑吟吟地，等他剑刃劈下的刹那，小宋挺举上身，稳稳擒住老宋手腕。木剑摇摇晃晃地，就是落不下来，孽子还笑嘻嘻地，眼神挑衅："你说让我在这儿对着佛们面壁思过，没说不让我屙屎撒尿哈。"他还有理了。老宋气急攻心，心脏承受不起，如石坠地，带动得他坐了个屁股蹲。眼瞅着小浑蛋大摇大摆地上楼而去，老宋吼出一句："混账东西，不要忘了你之前是什么身份！"

话吼出来后，老宋蓦然一惊。这不是妻子以前每每气急时对他的最后致命一击吗？"宋非，莫忘了你当初是什么身份！"妻子在时刻提醒她的恩德，不要翻了几天身，就忘了将你从污泥烂屎里拔擢出来的恩人。

其实，宋非的出身称得上家世渊深。父亲曾掌控一方水陆码头，也听闻过那些昔日雾里看花的繁华，他没赶上罢了。运动一来，父亲划了个恶霸，他老人家一甩手挺直死了，连累得他们兄弟在村里无以存身。哥哥赶上过家里的好时候，生养得娇，到底受不了，逃港跑了，是他撺掇哥哥跑的。那是另一段九死一生的惨烈故事，老宋轻易不愿提及。哥哥逃走后，家里重担落在他身上，他插秧、捉鱼、偷东西，赡养卧床的老娘、年幼的妹妹、哥哥留下的妻儿，挖塘泥时他累到吐血，割稻子时他腰肌损伤，站不住，跪着割，往前匍匐，膝盖都磨烂了……然后，生不如死时，上天开了眼，一束微光照在他身上，赶上了知青下放，妻子的知青点在他们村。那时宋非年轻，眉目敞亮，身板健壮，因为家世，谈吐不凡，很容易从一帮泥腿村民中显山露水，虽然身份低贱，还是吸引了这个下放的丑女孩。宋非心说，丑是丑了点，心肠不坏，总是揣着一些点心或者罐头悄悄周济他。顶着这个出身，根本不要想会有女孩和他成亲，和她偷偷好上，也算聊以自慰。他从没想过还有拨云见日的一天。过了些年，丑女孩的父亲被重新起用，竟然是那么厚重的后台，女孩回到省城，还不忘他，不顾反对，把他调到海城的部门。他再见她，这才心有颤动，觉得她漂亮多了，微露的龅牙笑起来也好看了。他很是珍惜，小意使尽，曲意逢迎，将女孩感动得滴答融化，最终成功高攀了她，喜结连理，他松了一口气。尽管岳丈并没出席婚礼。这时哥哥在香港也闯出一片天地来,刚一开放,回来办厂,做来料加工,上有政策,下有激情,左右逢源,厂子兴旺,他在家里的声气才算日益茁壮。如此再过几年,积攒了一定金钱资源,再看妻子眉脸,还那么丑嘛,心下不言,还是觉得婚结得仓促了点,可逢到难事,被老泰山轻拿轻放化解于无形,又觉得娶妻若此,也还划算。就这么喜忧参半中,难免和妻子磕磕绊绊,有时吵起嘴,他刚要说句要强的话,妻子的五指山就压将过来:"宋非,你莫忘了自己当初是什么出身,不是我……"压他经年,敢怒不敢言。

可小宋闻言,才不管,直接犟嘴:"你以为这些我稀罕?又不是我找你来的,有本事还把我送回去啊。凭空多了个全面管控的爹,还多了个疯疯傻傻的妈,嘿,演电影似的——以为老子多乐意配合呢,前十来年怎么没见你们露面,都他妈死了吗?"他眼含泪影,走得杀气腾腾,扭着身子,"哈呸"一声,吐了口痰。

老宋倒在地上,悲怆欲绝,心说报应,报应啊。

6

推开那扇灰色的铁门,林碧微一度以为终于推开了灿烂的人生光景。

参观完宋非的收藏行宫,到得顶层,宋非在楼顶花园等她。"我们又见面了,小林。"宋非斟茶给她,"还要大碗喝酒吗?"笑了一下。平常威严惯了的脸,突然的笑有雨后天霁的效果,放大了他的随和。

林碧微赶忙笑着附和:"宋叔,上次杨局那里多亏您……"她刚要表达谢意,宋非摆摆手,"来,喝茶。"他说,"我老了,到这个年纪,能交上你这个小友,也是有缘。"微笑散在他平静的目光里。宋非推过去一个小盒,打开,是一尊玉佛:"也不知道你们年轻人喜欢什么,其他的都显俗了,这个物件,我随身把玩的,送给你,图个吉利。"

她觉得贵重,指尖蜷缩。

"这么说,林小姐是不拿我当朋友喽。"说到这个程度,林碧微不好再拒绝,可也不敢贸然收下。宋非啜一口茶:"拿着呀,底下有事求你呢。"

林碧微陡然间正襟危坐,表态得过于郑重,说:"您尽管吩咐哈。"

宋非笑了:"放心,不是收买你去杀人越货。别紧张,小事一桩。先喝茶。"

喝了一壶茶,扯了一会儿闲话,宋非忽然问她:"林小姐有兄弟姐妹吗?"

"家里就我一个。"她的原生家庭,在这城市里,没人知情。

"在这里也没个亲故?"

"嗯,没。"

"一个人打拼,确实不易。"

事后她才琢磨出玄机,这城市里她孤零零一人,没个根基,就算消失了,一时半会儿也没人在意。

"听周立说过你的努力,女孩子自强自立,到哪里都受人尊重,是好样的,我很欣赏。可惜我的子女,不及林小姐这样争气,特别是小儿,最不省心。"

林碧微想,那是呢,含着金钥匙,不管往哪个方向,一抬脚,路自动铺好,换作谁也不用满世界急吼吼地争抢。

"请你来,就是想让小儿多和你接触接触,以后你多开导下他。给你添麻烦了。"

林碧微想,带孩子?保姆?少爷侍读?

"小儿不成器,有件东西,家里一直收着的,被他拿了出去,也不知是卖了还是送了人。他脾气坏,不肯说,现在不知下落,当然他也是无心的。你和他熟了,方便时帮着问问。"

林碧微满腹狐疑,你怎么不去问?就这么确信我能问出来?"是什么东西呢?"

他眼里精光一闪,沉吟良久,方淡淡地说:"他自己知道的。"又说:"周立那边帮你请了假,薪资照付。忙完这一段,你要是愿意继续留在我这里,那就更好了,当然,还要征求你的意见。"

这就是没得商量了。林碧微一阵窃喜，舒一口气，看来这回押对宝了，换一个山头，风景自会不同。她心怀感激，加水添茶。"谢谢大叔。可我还是想不识相地问一句哈，为什么选择我呢？"

宋非笑得竟有些寂寥："以后你会知道的，相信我不会看错。我老了，和小儿沟通起来，他也听不进去，只好辛苦林小姐。"

见到宋天心，林碧微才体会出宋非的颓然老境。宋天心斜躺在沙发上，跷着脚，一脸的玩世不恭。"老头儿派你来的，监视我？现在我要去拉屎，你要不要跟着？"

林碧微眉头都懒得皱，这种两人之间的较量和轻型剑拔弩张，她太熟悉了，成长期有暴躁的母亲陪练，和郑一介的对抗抬杠，在公司里有周立，都是针尖对麦芒的脾气，这些路数林碧微早已修炼得挥洒自如。她率先打开洗手间的门："祝你拉得顺利哦，要帮你擦屁股吗？"她平静的样子，风云都能攥在手心，宋天心气势上先输了半截，倒讪讪的了。"从今天起，我来给你补习英语。签订的协议说你什么时候分数及格了，我才能拿到工资，所以，我们都用点心，行吗？"林碧微说，"要没别的事，我们开始吧。"

"还是别费这个劲了。"宋天心说，"这屋里的，你看上哪个，拿去，就当补你工资了，我觉得我们没必要为难对方。"

"你好大方哦,可你真能做得了主吗?我可不想拿了件东西,像某人似的,被说成小偷,多丢人哪。"

宋天心踢倒灯台,又摔了一个茶盏,气哼哼地,宣示他对这里的物件不容置疑的所有权。

"这就恼了?"林碧微旋转着杯子,一杯清水喝得不疾不徐,"底下还有呢,要不要我说下去?"

"你说,你说。"

"你哥你姐人家都是留学回来的,各自独当一面。你爹虽然提供了平台,可他们也的确有能耐,是给台子接着添砖加瓦的;你呢?除了会使性子撒个欢,做点男男女女的烂事,耀武扬威的,还会什么呢?那些围绕身边恭维你的,真以为都怕你?无非想从你这里和你爹攀上一层关系,分点蝇头小利,他们对你笑得多用力,就说明生活是多残酷。你马上要十八岁,睁开眼看看你博厦街的那些小伙伴,要么在努力上学,要么早早下学来被生活摁在地上摩擦,有几人不竭尽全力,以求命运开恩于万一?你真该庆幸你伟大的疯娘当初赌对了,让你侥幸成为寄生在好运气上的残废。"

"你……你……全他妈屁话,你以为我傻吗,没想过这些事?再说,你有什么资格评判别人的生活?告诉你,世界就是被你们这些把野心和欲望包装成梦想的狗东西弄坏的,到处都是钩心斗角,乱糟糟的。我在博厦街上,有自己的活法,至少每天都是快乐的!"

"可拉倒吧，傻弟弟，你那不叫活法，叫混日子。一个两手空空的人，连给暗恋的女孩送个东西都得靠入室盗窃，还快乐？你这快乐可真够掉价的，接近于无耻了。"

"我偷的是街面上横行霸道的祸害家的东西，不觉得有什么跌份儿的。哎我×，算啦，说不过你，读书多就这德行，说啥都一套套的。"他恼羞成怒，却也无计可施，又不能给她两拳，只好恢复吊儿郎当的样子，笑嘻嘻地，"看来对我做了不少功课，还有没？说不定再激将一下，真能把浪子唤回头呢，多有成就感的事。是吧，大姐？"

"才懒得劝你，我有自己的事做，到哪里都饿不着。我是可怜你，寄身在别人屋檐下，屋檐再华丽，人家再有钱有势，也是人家的，你不过是个暂时的陪客。有你俩哥哥姐姐，轮不到你做主角，再这样瞎混一气，到最后，老爷子一死，你屁也不是，一声滚，立时被逐出家门。倒是也没白折腾，落一个疯娘要养活。"

宋天心忍不住，这个女人嘴太恶毒了，想扇她几巴掌，攥住林碧微衣襟，右手扬起，迟迟，没落实。"你不是来教英语的吧？说吧，老头儿让你来干什么？"一旋手，作势要掐她脖子。

"你现在还不知道自己的危险处境，告诉我那件东西去哪里了，我告诉你个天大的秘密。"

"什么秘密？"

"你家老头儿,肝癌晚期。"

"你怎么知道的?"

"那就是我的本事了。"她说,"现在你哥姐还不知情,尚有转机,不然,他一死,你也就到头了,out,出局。"

宋天心浑身一震:"你说的是真的?"

"现在可以把那件东西的下落告诉我了吗?"

7

老徐好喝几盅。玻璃小瓶,六两,当地产的米酒,味道清甜,主要是便宜,几块钱,配一碟切得细薄的猪耳,够他消磨半个晚上。他喝酒也不单是因酒瘾,拿这个止痛,腿疼时,喝上一气,醉醺醺地,能暂忘了疼。最近他的静脉曲张更严重了,血管瘀滞,血瘤子一嘟噜一嘟噜凸在那儿,呈紫黑色,葡萄丰收似的,从小腿盘根错节一直延伸到膝盖以上。喝醉了,他恨不得照自己腿上打几巴掌,他妈的,同样都是出力的,别的人怎么没有静脉曲张?你呀,真是,生就的贱命,屁病还不少。可他不敢打,医生警告过了,你就拖吧,几十年的烂腿,血管都打结了,疙疙瘩瘩的,一旦血瘤破了,没法止住,小医院都不敢给他做手术。每次上工前,他用纱布将两条腿小心缠上一圈，再套上厚厚的劳动布裤子，生怕磕碰了。

可老徐最近干劲很足，他被品牌油漆的家装公司聘请为高级工，不用再自己到处去找活儿，公司的订单源源不断。现在年轻人买个新房不易，装修起来，对墙面色彩要求高，一个房间恨不得几种颜色，婴儿房有的还要多种油漆调配出的色彩效果。他手艺好，不偏色，刷得细致均匀，历经岭南湿答答的回南天好几年都不返潮起泡，客户间相互介绍，指名要他们公司老徐来刷。工资挺高，他挺骄傲。刷着别人的房子，他心里美滋滋地想：看他娘的什么腿啊，哪有那个工夫，哪天真不行了，一蹬腿死了拉倒，趁现在还能干得动，再辛苦几年，攒下些钱，说不定还能给茵茵买个小房子呢，到那时，他得好好给房子刷个五颜六色。他嘿嘿笑，笑了一半，想女儿喜欢素色，可能不允许他发挥呢。他还是咧着嘴笑，同事问他："老徐，笑啥呢，白日做梦娶着媳妇了？"他也不恼，乐呵呵地。

可是，女儿没让他将好梦做完。

乖巧的徐茵茵，忽然下了学，再不愿上了。

老徐后来才理解女儿为何不上学的。

徐茵茵学习中等偏上，有点偏科，但他知道，女儿尽力了。自上了高中，徐茵茵更显瘦了。她听父亲的，一门心思扑在学习上，希望能考上一个像样点的大学，有个相对稳定体面的工作，将来父亲老了，她可以更好地报答他。而老徐，对女儿欣慰之外，压在心底的，还有一份额外的感激。

当初，妻子很美，在他这里，有些枉费。妻子后边如愿择取高枝，要和他离婚，老徐没什么可说的，抽着烟，烟蒂灼了手指，他甚至劝徐茵茵："囡囡，听话，跟你妈吧，对你将来好……爸爸没本事……"可女儿还是选择跟了他，老徐的眼泪唰地就落下来了。后来母亲几次开车在学校门口堵她，要接她走，徐茵茵都不动摇。老徐加倍对女儿好。日子捉襟见肘，父女俩却其乐融融，在博厦，卖菜的、打包子的、修鞋的、算卦的，但凡和这些老相识攀谈起来，老徐三句话就能扯到女儿身上，一个父亲对女儿的护犊情深，谁也招架不住。老徐是真得意，这个女儿，俊俏、勤快、争气，是他寒碜的大半辈子里唯一拿得出手的东西，是恩赐的礼物。

可不知从哪天开始，女儿不再有啥事都和他叽叽呱呱说个不停，放了学就进到自己的小卧室里，连开关门都轻手轻脚，心事重重的样子。老徐试探了几次，她不说，他咨询过同事，得到的反馈是女孩到了这个年纪，自然有点敏感叛逆，心往内收，沉默寡言，注重自己的私人空间。"没事，老徐，你就是对闺女太过关注了，没了距离，不能这样，你得给她留点空间。"老徐刚要宽点心，却突然，女儿不愿上学了。怎么劝都不听，也问不出原因。老徐动怒，甚至打了她几下，当然下手很轻，可话说得有点重。爱之深责之切，眼看着通往未来的唯一一根希望的绳子，毫无征兆，"咔吧"，断了。老徐捶胸顿足，却无计可施。

这天，刚吃完早餐，徐茵茵将一个纸包丢给父亲："预约了后天的手术，去看腿吧。"

老徐接过，打开，眼睛被蜇了一下，眨巴着："这……这钱，从哪儿来的？"

"你别管，没偷没抢。"她说，并追加一句，"反正指着你做个装修工，天天批墙搅油漆，忙活了半辈子，也医治不起你那烂腿。"

"装修工怎么了，瞧不上？那点工资是不高，可也没耽误把你养大啊，都会吧啦吧啦犟嘴了。"

"那是，看怎么养法，有口吃的能活着是养，人家金堆玉砌也是养。"徐茵茵噙住眼泪，"就当我欠你的，这次我还你，以后我们谁也别管谁。"

老徐歪着脖子，眯着眼，使劲看，却看不懂现在的女儿。他换成商量的口气："茵茵，要不你还去上学吧？学校我帮你打听好了，就插到复读班里，不拘考上什么，爹都供你。"

可女儿一句话就将他顶回去："你有钱？"

"我现在工资涨了。再说，没有也可以借嘛，你这样在酒店里做事，终归不是长久之计。"

"都说了，不要你管。"她说，"你要的不是女儿，是学习好、乖巧、听你话的那个小人儿。你真在乎我吗？你在乎的是你的面子。是不是觉得我现在拿不出手，给你丢人了？有本事你再打我好了，我就这样了。"

这些势利的家长，还好意思说，体面时是你女儿，不体面就不是了，也想得太美了。她得拿出这恶狠狠的劲儿。徐茵茵咬着牙，掐着虎口，怕自己泄了气，做不到凶狠到底。"认不认我这个女儿，随便好了。"徐茵茵开门走出去，"记得，后天。"

望着女儿倔强娉婷的身影，老徐叹一口气，想，真作孽，上次不该不分青红皂白打骂她的。这下好了，多少年维系的父女感情，前功尽弃。老徐在自怨自艾，却不知这是女儿留给他的最后一抹背影。

8

徐茵茵并不算惊艳，脾气随和，小巧玲珑的，邻家女孩的模样，长相里有一份恬静，似月光落在眼睛，常笑笑的，这一静一动在青春的眸子里汇合，清纯而活泼，是很多男生心目中初恋的样子。刚一进光明高中，就有很多人追她，当然，她都没答应。因为她心里有中意的男孩。男孩在隔壁班，学习好，不仅长得好看，还清爽明朗，是几个兴趣组的组长，那种魅力和自信，脸上自带着光芒。总共和他也没深刻地见过几次面，可一个人心里装着另一个人，就像装着一面鼓，所有关于他星星点点的话题，都可以在心里溅起巨大的轰响。轰响多了，再见他，脸上不由得发烫，心跳得那个快呀，像商铺平安夜挂在圣诞树上的小彩灯，一闪一闪，明明灭灭。她努力着，让自己变得优秀，再优秀些，或许他就会注意到她了。

期末班级联谊，徐茵茵被强制报了个节目，要她唱一首孙燕姿的歌。她声音纯净，唱歌好听，在她唱《遇见》的间隙里，有几次发现他在看她，还随着她的歌声配合着哼唱的口型。可她站在台上，不敢和他对视，那种感觉像是全世界都不存在了，只他一双眼睛是最后的光源，而她怀着一腔紧张，不敢去看……终于下了台，到了闲聊阶段，各人谈及梦想的大学，徐茵茵听到他说了自己的理想，心里一个"咯噔"，那是一所有名的学府。徐茵茵咬咬牙，记下了，也决心去考它。一转头，发现他也在看她。徐茵茵的心啊，一下子鼓点乱了，怦怦怦怦跳得多彩缤纷。她喝了一口可乐，呛住了，眼泪欢快地跑出来……徐茵茵想象着，她也考进那所大学时，他那么聪明，一定能明白她的心迹，到那时，她该以怎样的欢喜甚而是甜蜜的委屈，来回应他灼热的眼神呢……

可事情的发展比她预想的要美好得多。到了周末，他主动约她，他们去学校附近的小河边散步，河水缓缓地流，他们沿着河岸，走了很久，她全明白他的心思了。

徐茵茵一眨不眨地，盯着某个虚无的点。她回想着他在河边说过的话，回过神，摊开书本，在心底告诫自己：徐茵茵，你要努力学习，非常努力，才能跟上他的脚步呀。她埋下头，正要温习试题，却飞来一封不速之信。

信上歪歪扭扭，错字连篇，大意是注意她很久了，要和她"交个朋友"，署名是张皓宸。如此一月下来，信冒失地来了十来封，火力密集，死缠烂打，格调低下，直奔主题。徐茵茵理也不理。这天正课间休息，她做着习题，张皓宸领着一众男生，大摇大摆地到她面前，敲敲桌面，啐一口，宣布似的，高声说道："在学校你跟老子装什么清高呢？摸一下跟狗咬了似的，夜里头在床上那么骚，怎么不见你清高呢？"他甩出一沓钞票，兜头抛撒过去——"这是昨天晚上你该得的。"

徐茵茵愣了一下，在别人的哄笑中，张皓宸摇晃着走掉，剩下她，被奇怪的眼神原地围剿。她无助地伏在桌上哭了，底下整整两节自习课，她都没抬起头，抱着头，悄悄地，一直哭。她哭的不仅是被张皓宸诬陷，还在于当时，围观的人堆里，隔壁班的他，也在里面，一直报以冷眼。

她感觉天塌了。

流言像被石子遽然击中的垃圾坑里四窜的苍蝇，围绕着她，嗡嗡地，她走过时，忽然噤了声，她刚走远，立刻又汹涌翻腾。闲极无聊的学生们指指点点，议论纷纷，之前追她不成的，也奋勇落井下石，"真的假的啊，看不出来哦……""平日装得那么清纯，原来早被睡过了……""听说她妈妈就不是什么好货，嫌她老爸穷，婚内出轨另觅金主了。如此说来，她可真是深得家传啊……"

那些嘀咕，也许只是在枯燥的学业中，宕开一笔，逞一时嘴快，并没上心，可恶毒的雪花，一片一片累加，最终压垮了她。她才知道，同龄人的恶意，有时比成人有过之而无不及，这恶意很多还是无心的。徐茵茵恨不得戴上面具，或者自此从学校消失，她激烈地瘦下去。可这还不算完，命运还要再补上一脚，让她彻底寒心。

那天，一到课桌前，她看到桌洞里的信，那熟悉的字迹，那温暖的话语，让她泪下两行，信上写着：

> 这几天常常梦见你，知道你难过，却不知怎么劝慰。好像跟你说了许多，又像是什么也没说。惊醒过来，才发现你的样子就像醒后记不清的梦，月也朦胧星也朦胧，在天上飘在云里游，什么都是雾蒙蒙的，但是一种很美好的感觉，存在心头，袅袅不散。星河下面，就我俩并肩站在那儿……

末尾留下一行："今夜来河边，有话给你说。"
她去了。
这个世界都在看她笑话，只要他还相信她、理解她、给她一个笑，就够了。徐茵茵到了学校后面的小河边，那里有一片丰盛的树林，是初恋学生的隐秘乐园。她羞赧了脸，刚踏入树林边缘，闪现出的却是张皓宸，笑嘻嘻地，踱到她身边，一把将她拉进树林。

"你不是喜欢他吗？他也说过喜欢你，搞得你俩两情相悦，忠贞不渝似的。可结果呢，稍微吓唬一下，给点小钱，他就尿了，主动写信替我将你约到这儿。我说妹子，你这都什么眼光啊……"

张皓宸欺压上来，捂住她的眼睛和嘴巴。

天黑了。

9

"烛光别苑"是他们私下给的称呼，实际上不过是一栋临海别墅。它特别的地方是一楼极尽奢华，二楼装修简单，全楼不通电，以示无任何电子设备监控，落地窗帘遮掩，室中置仿古青玉五枝灯，高七尺五寸，下作蟠螭，龙口衔灯。点燃后，鳞甲闪动，屋里明亮闪烁，灿若星辰。人就在这瑰丽梦幻中放心地撒欢。老丁的演艺公司负责往这里输送大小的女伶，以供各路要人前来消遣。

她依稀记得车开了很久，被架入屋里时扑面嗅到了咸润的海风。到了屋里，高高低低走了一段楼梯，揭掉眼罩，眼前是一张白净面庞的中年笑脸。男人的嘴唇薄而缺少血色，时不时舔一下，油亮的眼珠转动腾挪，灵活的眉眼和锋利的嘴唇配合出一个三角区，跟着大佬，眼珠一错，察言观色，嘴唇开合，随时见风使舵。再细看，他并没有笑，可能平日笑得太多，太下力气，脸上的纹路早已惯性固定了，像一张面具，所以他愤怒时，也透着一团喜气。

"这玉虎头是宋天心送你的吧，他倒挺舍得，没事，我们不追究，但是，你得交代一下这里面少了的那件东西，去哪儿了？"他眨眨眼，"很小的一个东西。"

徐茵茵打量着屋子，觉得似曾相识。低调的房间内，最醒目的是中央的水床，床被装饰成一艘大船的模样，船头上屹立着一条天然形成的崖柏长龙，龙身上嵌着碧玉裸女，人在船上，摇桨打橹，船便乘风破浪，如置身波涛翻滚的海洋。望着那件龙形崖柏，她想起来了，那些视频上的场景就发生在这里。

她打了个冷战。

"知道多少钱赎回的吗？"老丁伸出一只手来回翻腾了几次，不知是几百万还是更多，这还是阐明利害，店主忍痛割爱，实价远在这之上。"你倒好，白菜价卖了，不过卖了也没啥，那个芯片你留着也没用，想想放哪儿了，这个回头还送给你。"老丁摩挲着虎头，"这个大个儿的籽玉，沁色柔润，真是难得，再给你的话，别典当了，我帮你收了它，足够你家买套房了。"老丁放下玉虎头，等她回话。"还不打算吐口吗？叔叔知道你是被迫卷进来的，没打算伤害你，可你要是这么不配合，也就别怪……你想想，家里还有老爹等着你回去呢，他可就你这一个女儿。"

她发现老丁的两只眼会变换，一会儿是狼，目露凶光；一会儿是羊，温良湿润。在狼的凶狠和羊的苦口婆心中，徐茵茵沉默得明显力不从心。

"还不说吗？"

"叔叔，我没见过，真的。"

老丁摇摇头。"这就不好了，你清白人家的孩子，年纪这么小，不该说瞎话。这屋里的场景是不是觉得熟悉？"老丁叹口气，"那可能是你忘了，没事，我帮你回忆下。"

他搬出笔记本，支到她跟前，放出一段视频。徐茵茵脸红耳赤。老丁在旁边讲解："听说你喜欢唱歌，你仔细看看，这个女的，认识吗？"电脑上一对男女赤裸身体，在船形水床上呻吟。当事的女孩，竟然是曾红极一时的歌手。"给你机会了，你不珍惜，到现在你可能还认识不到这事的严重性，非要卷进去。"他又打开几个视频，徐茵茵低下头，不去看，老丁拽着她的头发，摁住她的脖子，让她盯着电脑。画面上男的赤裸着，她不曾深入社会，不知道这些人都是有来头的各路诸侯，身下的女生娇喘着，有几个，她认出来了，是平日星光熠熠的角色。

她感到一种恐惧，如掉进一个莫名的旋涡里，徐茵茵张大着嘴巴，哇一声哭了。"叔，您饶了我吧，我真的什么都不知道……"

老丁恼了，扇了她一个嘴巴子，抽了支烟，她断续的哭泣让他心烦，老丁举起烟灰缸，要给她一下。

正于此间，身后一声喊："老丁，你干什么？"一个女子奔过来，将电脑合上。

老丁还瞪眼："你充什么好人？我可不像杨云涛，以为宋非对你高看一眼，就吓破了胆。其实你算个什么呢？真不知老头儿发昏看上你哪点了，告诉你，最好别惹到我，不然……"他做了个凌厉的手势。

"好，你厉害，有本事你去问老宋，别他妈就会吓唬个小女孩。"林碧微把电脑杵他怀里，"现在，请滚出去，好吗？"

轰走了老丁，林碧微坐下来，凄恻地笑笑："妹妹，别怕，有什么话，和姐说。"

徐茵茵捏着纸杯，手不住地颤抖，被林碧微握住，放在手心。林碧微望着她："妹妹，我也害怕，在这里，我们都是蚂蚁，他们随时可以踩死我们，无声无息地……"说着，她流了泪，清冷的水珠挂在脸颊。

盈盈的笑脸，家常的装扮，让徐茵茵感到一丝温暖和信任，却不知这是早已商量好的，一个唱黑脸一个唱红脸。

"我要是劝不下你，你知道他们会怎么做吗？"徐茵茵看着她，手抖得更厉害了。"他们会让我们成为刚才你在电脑上看的那种玩物……"林碧微帮她揩去泪痕，自己也擦了擦眼睛，揽着她的肩头，在她愈加惊恐的目光中，说道，"所以，就当帮姐姐了，也是帮你自己。你知道的，都说了吧，好吗？"

惊惶中，徐茵茵点了点头。

一个小时后。林碧微来到楼下。

"问出来了？"老丁问她。

林碧微没理他，兀自坐下，眼睛乜斜着他。

老丁趋附过来，一脸喜气，挑挑拇指。"老板果然没看错，真有你的。我们怎么就没你这亲和力呢？循循善诱地，说哭跟真的似的，哈哈。"

林碧微正色而起："刚不还说我算个屁呢？我也告诉你，老丁，我是无足轻重，是不入你眼，但这次随着了解越多，越不愿意卷进这个浑水，也没打算和你在老头儿跟前争宠，明白吗？"

"都不过是想傍上老宋这棵大树走点捷径，假撇清什么，"他说："你已经进来了，觉得还能抽身吗？"

林碧微叹口气："礼盒就在她工作的酒店个人衣柜里，她根本不知道夹层里有个芯片，只拿着那个虎头去典当，想换些钱，给她父亲看病。你去取吧，回头你给老头儿说一声，事情解决了，让他也安心。"

到这时，老丁是有一点感动的，让他给老头儿汇报事情搞定，而所有的计策几乎都是她设计的，却没邀功。老丁想，是个有心气的女人哪，成也在你单打独闯，败也在你单打独闯，在老头儿跟前，我追随这么多年，总不能让你抢了风头。老丁说："你确定她真不知情，没动过，没有备份？"

"一个小女孩家，应该没那个心机，问起所有事来，她一概不知，不像是装的。当然，你要不相信我，自己再去追问好了。"

"那也不必，相信你的能力，绝对骗得她给你交了底。"老丁嬉皮笑脸地，忽又很愤怒，"你说老头儿也是，这么重要的东西，放在哪里不好呢？非得放家里收藏的最不值钱的玉虎头盒子里，奶奶的，这一顿折腾。"

"这芯片里到底是什么重要东西呢，值得这么大动干戈？"

"我觉得你还是别好奇了。"老丁叵测一笑，"为了你好。我去取，你看住她，回来再作计较。"

老丁开车而去，过了个把时辰，方才返回，进屋冲林碧微摇摇手里，小小的黑色芯片："嘿，果然在里面。"老丁放心了。他取了红酒，倒了两杯，颤颤巍巍，杵到林碧微跟前，"事妥了，来，庆祝下。""叮"一下，和她碰了杯，老丁示范性地喝了。林碧微也抿了一口。

老丁笑了。

林碧微扶着额头，晕乎乎地，坐立不稳，头脸发热，回想一下，酒里有一点淡淡的涩味。林碧微惊住，破口大骂："老丁，你想干什么，所有的功劳都归你了。你这么做，还算个人吗？"她喊着，"我要给宋非说，给我电话，我要打给他……给我电话……我要告诉他……"

她的声音渐渐低下去，转而想到，如果宋非不授意，他哪来的这个胆子。但她还心存幻觉，或许宋非不知道，老丁这个狗东西作孽，可事后即便宋非知情了，大约也只会装模作样训斥老丁一下吧……林碧微欲哭无泪，捷径还没走通呢，就已经付出耻辱的代价。她从愤怒转换为恐惧，身体像是一张弓，被不确定的惊恐支配着，抑制不住地颤抖，她深刻体会到了刚才徐茵茵的抖动。

老丁终于支好拍摄支架，走近她，说："你不是好奇盘里都是什么内容吗？我们总得有点把柄抓在手里，录上这一段视频，就有理由相信你了，以后再做什么，我们就一心了。"老丁扯她衣服，"菩萨低眉，金刚怒目，我们都是阎王跟前的小鬼，做事得多替老板想想，不能有纰漏。"他开始解皮带，"没办法，你担待。"老丁黑压压地覆盖下来，附在她耳边，说："想平白加入进来，暗地里总要付出些代价。耍些心机就能狐假虎威，世上哪有那么便宜的事，是吧，妹妹？"

她想挣扎，想打骂，想哭喊，想讨价还价，可头脑昏沉，眼皮上似坠着铅块，睡意袭来，她躺倒在沙发上，动弹不得，费力睁开眼，发现二楼拐角处徐茵茵正朝楼下客厅这边探看，她捂着嘴，流着泪，掏出手机，那样子要报警，阻止老丁的暴行。林碧微作势让她退回屋内，对她微笑，没事，妹妹，你不要轻举妄动，因为，没用。可徐茵茵还执意小幅度做手势，手指凌乱，林碧微看了一圈，也没能猜到她的心意。可她还是坚持让徐茵茵退回去，装作没看见。她转过眼，老丁带着烟臭的喘气压过来，林碧微感到一阵目眩，忽而领会徐茵茵的意图。她无声苦笑，眼泪滑落。这下坏了，原本以为已经平稳推进的事情，又要荡起不可预测的波折。

10

记忆里那条河流总是丰盈的，悠然地流淌，最后汇入浩荡东江。晴好的日子，云朵在河中静静流动，两岸的花草一脸烂漫，仿佛人间从来没有秋天。沿着河岸走下去，走过草地，走过花朵，直到有一处高坡。坡上长着灌木小树，仔细看去，每个树身都镌刻细小的文字，有的奔放，有的婉约，不外是附近学生的萌动情愫。周末时，她常来坡上坐坐，摘一枚草叶，在手心揉搓，望着河面潺潺，心头浮着朦胧的忧伤，青春期的女孩子，有了柳絮般起落的心事。

她在河流左岸，也就是所在的学校在河流左岸。其实，河流本来只有此岸和彼岸，可是她却喜欢这么个叫法，就如他的名字叫孟阳，她却喜欢叫他大熊一样。他身形健康高大，笑起来，像是一张网，笼罩着她，她甘愿被笼罩，信赖地接受他的光芒。

当时，对岸是广阔无边的田地，齐整的稻畦，始终是一片模糊的印象，仿佛很神秘很遥远的样子。那个让人温暖到心碎的黄昏，他曾牵着她的手，在棕榈上刻下他俩的名字。她抚摩着那并排刻下的名字，眼角湿润，心跳殷红，她说："大熊，你看，它们在一起了，多么好……"他眼睛明亮，望着她，嘴角含着夕阳的光线，她想就此沉溺下去，可他有主意，说："茵茵，我们都是没有家底的孩子，只有好好学习，才能有未来，等我们考上大学了，再来这里。"他忽而变得羞涩起来，这么大的个子，在她跟前红了脸，在邹孟阳和徐茵茵两个名字之间，还留了一点空白，"还有三个字呢。"她知道，她懂得。她真想幸福地哭上一会儿，她原本的要求很少，那些情愫压在心底，能和他一起学习，一块儿散散步，她就很知足了，可命运一下子恩赐这么多糖果，她有点受不住了。还有比这更美好的事吗？你眷慕的人，也恰好眷慕着你，眼睛里映着彼此，心跳咚咚咚，她捂住胸口，生怕一颗心会化作水鸟飞出去了。她扶住棕榈树，吸一口气，空气都是甜的。他还在说："到那时，再刻上，你要记得，追你的人那么多，不要一转身甩了我哦。"她终于忍不住，眼睛落了一阵急雨，她哭了，又笑了，打他一下，努力点着头，一脸笃定，一脸憧憬，拉着他的手，一直走到落日尽头。最后，望着浑圆的落日，她说："幸福鸟飞走了，飞到右岸去了。"她管那种白色的水鸟叫幸福鸟。此刻，连一棵草一朵花，都是幸福的。他攥着她的手，拂开她脸上缭乱的鬓发："我们一起努力，也会飞到对岸广阔天地去的。"

她信他。一直相信。

…………

她知道，那封信是张皓宸逼着他写的。她不怪他。她甚至傻傻地想，张皓宸，你不是要纠缠我吗？那我就奉陪你好了，可是，你不要耽误他，他是我心底的那颗星，是我右岸的风景，他有远大的前程。

她下了学，在酒店做前台，邹孟阳还曾费尽力气找到她，徘徊在门外，到了晚上无人时，才进来问她为何不上学了。她一言不发，他开始扇自己耳光，哭着求她原谅。她不为所动，满眼冰冷。"我学习又没你好，上学有什么用呢，考上大学，还不是给人打工？"她头也不抬，"你的目标不是中山大学，你不说家里还指望着你翻身，带他们一起逃出穷窟呢，还不去努力？你忙，我也忙，以后不要再来找我了。"

都高二下半学期了，我的真命天子，你要拼搏进取，考上心仪的学府啊，我不值得你再浪费心力。她笑了。"说起来，多亏你拉的好皮条。谁能想到呢，张皓宸走了狗屎运，现在变成了宋天心，他对我很好，他老爸有多大势力你知道吗？只要我愿意陪他玩，这个酒店他现在眼都不眨就能买下来送我呢。"

她说,"他妈的,可真要感谢你。"

没想到才几月不见,她出语这么直接粗鄙。他愣在那里,泪珠子挂在脸上,一时都忘了哭泣。

"怎么,还不走?好吧,给你看个东西,这是宋天心今儿随手给我的,说我是九八年属虎的,送个玉虎头给我。我×,真后悔不是属大象的,说不定这傻瓜玩意儿还送个更大的呢。"她鼓动鼻翼,笑得无所顾忌,"你能送得起再来找我哈。我也陪你玩。"

邹孟阳嘴巴张着,一下子心被掏空,凸着眼睛,憋得满脸紫红。"好。"他说,"徐茵茵,原来你是这种德行,你活该!"他一跺脚,转身跑掉。他奔跑的身影涨满愤怒的夜风。

等他彻底消失不见了,她的眼泪才哗哗流下。

…………

她来到河边坡地,找到那棵棕榈树,掏出小刀,把自己的名字划掉,树上于是只剩下他的名字,在晚风中,孤零零的。徐茵茵哭了,她摩挲着他的名字,心说,对不起……右岸或许是我今生无法抵达的一个梦吧,我的亲人,你要替我去实现它。

11

到了那栋公寓附近，老徐就想起来了，这里的墙面是他粉刷的。当时为了那种低调的高级灰，他用进口的油漆调配了多次，试验了好几回，才让主家满意。在附近的绿化带里潜伏观察了半个月，他慢慢摸清了这里的人际格局。所以他黄昏消隐时分进来的样子熟门熟路的，径直走到林碧微的办公室，说："林小姐，你的外卖到了。"林碧微从电脑后抬起头，哦，原来是他。

埋伏的石头终于露出来了，林碧微叹了口气，原以为别墅的那个晚上，不值一提。像是一个小插曲，大佬不小心将备份之一的芯片放在桌架下的玉虎头盒子里，被不成器的儿子顺手偷去借花献佛给曾经心仪的女生，女孩典当虎头为父亲医治烂腿，芯片也顺利追回来。老丁仍鞍前马后伺候，插科打诨，根基很稳。各方都没损失，不过是河流里虚掷了一枚小石子，波纹退去，河面依旧平静。只是事后在偶然的深夜里，惊醒于接连的噩梦，老丁压下来，录像器嘶嘶转动……她会在心底问自己一句，林碧微，你值不值？可她很快就能找到理由为自己开脱，弱肉强食，一个女子，有什么办法呢？那些鼓吹的独立姿态，都是不能掀开门帘往里细看的。她见得多了，那不过是一种故作的姿势。

其实她没打算从周立那里辞职，原以为狐假虎威可以借力省点事，可真到了老虎身边，才知道步步凶险。在宋非给她的几个职位里，有去越南胡志明市监督新厂的，有去内地开发区做分厂人力资源总监的，可她还是选择了打理宋非个人收藏馆这个清闲边缘的位子。林碧微想，不过是揾食，没必要以性命作赌，陷入是非中心。可日子在继续，水是流动的，总会溅起一些涟漪，伴在猛虎身边，骑上去不易，下来更难，林碧微无奈一叹。

"我们又见面了。你是茵茵的父亲吧，做外卖了？"

老徐一脸焦灼："林小姐，你能告诉我，茵茵现在到底在哪里吗？"

"不是在江西吗？新开了一家酒店，她在那里做领班，她主动要求外派到那里的，听说做得很好。茵茵好强，将来还会有出息的……"

"她在电话里，也是跟我这么说的，可我去找了，没有所说的那家酒店。"老徐打断她，"不要骗我了，告诉我，她到底在哪儿？"老徐的眼袋鼓胀着，眼睛灼灼，忍住汹涌的泪意。

林碧微本想事不关己，以一句反问撇开：你的女儿，她都不跟你说实话，我一个外人，怎么会知道呢，是吧，徐伯？这里面的浑水太深，她是真不想介入。可老徐突然扑通跪下，他身形高大，这猛然一跪，像一堵墙轰然倒塌，带着扑面而来的声势席卷了她。老徐哽咽道："我就这一个女儿，已经两个多月没见到她了。闺女，你告诉我好吗？"

林碧微赶忙奔过来，拉住他，他花白的头颅摇晃在眼下，林碧微默然许久，说："伯伯，你坐下。我只知道，她没事，现在过得也还好。别的，我就不清楚了。"她接了水，端给老徐，俟其平静，甚至掏心地说："毕竟，在这里，就像你在社会上一样。我们都是小角色，茵茵很聪明，她不会有事的，你放心，好好医你的腿，过不多久，她就会回来看你的。"她在言不及义地劝慰他，"伯伯，有些世界，是你也是我不曾踏入的，所以有些事，你可能暂时不能理解，茵茵不愿告诉你，就是怕你担心。其实，她没一点事，从现实考虑，甚至可以说，交到了好运气，你放心好了。"

"你让我怎么放心？"老徐拿出手机，"两个月没见她了啊。"他翻出一张照片，林碧微看了一眼，天旋地转，是她在别墅那天被老丁剥去衣服录像时，徐茵茵从楼上拐角处照的。她的原意可能是留存证据好报警处理，在被林碧微制止后，出于恐惧，徐茵茵慌乱中发给在紧要关头唯一可以为她挺身托举的父亲，虽然她很快就表示发错了，并撤回。老徐正在涂墙的间隙，让年轻的工友教他使用智能手机，当时工友即时下载传阅，还开下流玩笑："这女的谁呀，身材不错哦，挺白。谁发给你的，备注是'阿丫头'，你闺女？我去，老徐，你女儿看这种图片，你可要当心哟。"丫头前加个"阿"字，是想女儿在手机通讯录里显示为第一个。当时老徐还辩解："许是她手机中毒了，你不常说有病毒啥的嘛。"

林碧微明白他为何单找她来问了。

"后来我才认出是你。"老徐说，"你肯定知道中间的内幕，能和我说说吗？我只想知道和我女儿有关的。"

该怎么说呢，事情都是一环套一环的，从哪里截取都觉得离奇，可她又没有能力将全局统筹在一起。是该说宋非怎么和妻子联姻并赶上时代的红利谋取到现在的势力的；还是说老宋十七八年前的一念之差，将一个不过是想走点捷径的北妹肚子搞大，女孩机关算尽太聪明却没能翻过大婆的手掌心，儿子引产被送到贫民窟呢？或者是说张皓宸亦即宋天心对老徐乖巧伶俐的女儿的觊觎之心？再或者是说老宋掌控他的政商帝国，古之贤者是坐密室如通衢、驭寸心如六马，他是坐密室如宝座、察监控以驭众人，藏在茶室观赏录下的各路要人不雅视频以控制各方且以自娱的怪癖，并不小心将某个芯片随手放在抽屉的盒子里被孽子偷取献给心属的女生作叩门之礼呢？或者再说为了讨好宋天心，老丁将徐茵茵派往另外的住处，并逼迫她以手机汇报父亲说外派到江西工作？抑或说她林碧微为了套取宋天心信任，骗他说他父亲肝癌晚期，哄出他和徐茵茵的故事；再或是说她从别墅出来，提上裤子，对老丁的举措，选择了默认？

很多细节她都是道听途说才能前后连贯的，这里面的关系错综复杂，她算什么呢？不过一枚小小的棋子，哪有资格看清全盘。既然是偶然役使的棋子，主角自有其谋篇布局，依附在狮虎旁边，安分地做个配角，拾取一些恩赐的残羹冷炙就是，她该怎样向局外的老徐道清这缠绕的脉络？

体味了其中的曲折，林碧微笑得煞是苦涩。"如果说真有什么错，就是不该把女儿培养得这么优秀。很多事情，是身不由己，事不由人。"

不知道这么说，他能懂吗？

老徐浑浊的两眼望着她，他没能明白，也不需明白，他是一位父亲，他只想要他的女儿。他语气疲惫，面色茫然，悲哀至极："我就知道，你和他们是一伙的，不会说实话。"他说："没办法了。"老徐从衣兜里抽出一个东西，似刀子又不是刀子，那是他用了十几年铲旧墙的工具，已经磨得十分锋利。他心说，你们这些人，和我们根本不是一个世界的，总是眼睛朝上，何曾正眼看一下我们，但是，今天，我要你正眼看看，匹夫若怒，也可血溅当庭。

林碧微哭笑不得，他真以为她是他们一伙的了，她不过是要做个小小的狐狸，带带路，帮帮腔，省点力气，得些实惠，可在他眼里，到底是为虎作伥的货色。老徐疾跑几步，甚而有点跟跟跄跄的，林碧微有机会将桌上的热水泼过去，或是将黑曜石做的镇尺摆件砸过去，再或是拔腿跑掉，可她没有，似乎在等着这一刻,被老徐颤颤巍巍地以利器抵住咽喉。

他眼眶通红,勒紧她的脖子。

"你找错人了,我不过一个小小的帮凶罢了。你就算杀了我,有用吗?"林碧微笑了,自食其力做之前的工作多好,非要弯道超车,道没超成,车先废了。可是要再给她一个机会,再出现一个能依傍的虎威,她估计还是要费心攀附的,这也由不得她。"其实,伯伯,你根本没必要参与进来。真的,你这么一来,所有的事情,都乱了。"

徐茵茵还有一个大杀器的,林碧微知道,以她的聪明,那个芯片,她绝对有备份的。就在河岸边她和邹孟阳并排刻下名字的那棵棕榈树树洞里。

一年后,海城"扫黑除恶"专项行动,宋非、杨云涛、老丁、周立之类尽数落入囹圄之中。老虎去势,林碧微也失去依傍,自然鸟兽尽散,徒剩狐狸身后空荡荡的,形单影只。到那一天,林碧微自顾无暇,当然更不清楚,一切是不是和徐茵茵事后将那个备份寄给纪检部门有关。

而此刻,铲尖戳破她的皮肤,老徐还在泣血嘶喊,他哭着,乞求着:"闺女,在这世上,我就这一个亲人了,你们还给我吧。狗日的,我给你磕头,求你啦……"

在老徐冲上来之前,情急之下,林碧微顾不得划开手机打电话,她按住侧边按钮和音量按钮,手机自动拨打了设置的紧急联系人号码,并发送位置信息。她的紧急联系人,还是郑一介，也只能是郑一介。

这个城市，一千多万人口里，唯一和她性命相亲又如仇雠的人。林碧微悲哀又欣慰。

其实几天前他们见过的。郑一介要退了出租房，有一些她的物品，请她取走，并说："下月我要回老家一段时间，也可能，不回来了。最后见个面，就当道个别吧。"下了班忙完，林碧微去了。他就在小区里的那对中年夫妻的馄饨饺子摊前等她。茴香鸡蛋馅，最后一次共餐，他们点的倒是一致，一份大碗，一份小碗。两人埋头吃完，以后就真也不见了，也不再有纠缠，似有万语千言，又不知如何开口。林碧微低着头，说一句："对不起……"事到如今，说得很诚恳。没等她说完，郑一介摆摆手，舔了舔嘴唇，抑制住突然的烟瘾。他已戒了烟戒了酒，人也瘦了，倒显出一份精神和挺拔。郑一介抬起脸，看着她，又扭过头，说："你现在，真是更好看了。"他喝了两杯啤酒，红了眼眶，盯着她的脸，笑着，说，"谢谢你，真的，你在我心里，很多事情，都是唯一——"他送上签订的离婚协议，"本想就这么拖下去，有一天你或许会回心转意，现在看，都是徒劳。还是祝福你吧，离开我，越来越好。就是原来买给你的戒指，给了许美云，就是段真真。"他们分了，不是嫌她风月场所出身，而是他失业了，负担不起任何女人，也没有那份心情，不如就在情浓未败时好合好散，省得重蹈覆辙。他怕再好的感情也经不起日子流水般的日常揉搓。或许，也是怕了。沈虹已弃他如敝屣，就算厚着脸皮挽回，郑一介也不想做了。胁肩谄笑，病于夏畦，讨好奉承的那份累，大过夏天农田里顶着烈日挥汗如雨。郑一介感到一种由衷的疲惫。他把物品给她，就要走了，临末，说："这回你结账吧，就当夫妻一场，给我饯行了。"说完，勾着头，冲她挥挥手，就走了。不知道他哭了没有，这个她视为累赘的男人，自此再跟她没关系了。她如愿以偿了，应该开心，可林碧微细碎的泪浸润在心，在眼眶里打转。为防人前情绪崩溃，林碧微赶紧结账走掉。大姐仍在煮饺子馄饨，热气中露出脸，说："妹妹，这回，算了。有空再来啊。"这回，算开了……林碧微感慨万千，一低头，头发盖满脸，蓄势待发的泪珠子你追我赶地，才在脸颊上赛起跑来……他下个月初才离开，林碧微想过，不管怎么样，还是要给他饯别一下的。

老徐已力不从心，他静脉曲张的腿，酸疼，两股颤动，脸上瘦得脱水的皮肉在抖，可抵住林碧微脖子的铲刀，就是不松手。她相信他会及时赶来，就是不知再相见，两个人如同大火焚烧后的野草，是不是也只能说一句："你还好吗?"

2016. 8. 19—2019. 8. 10 完稿于东莞

2021. 9. 23 修改于东莞

2024. 4. 14 定稿于洛阳

后记

1

如顺利出版的话,这是我的第六本书。从发表算起到今年写作第十五个年头,六本书,不多,也不少。除了那本"21世纪文学之星"小册子是固定名家作序之外,有个习惯,新书出版不喜请人写序,但自己会最后写几段,作为后记,坦陈一下写作的过程。就像曾说过的,一部作品或是集子,就如呈堂证供,读者是法官,好坏自有判断,再啰唆几句,老实交代,就算个自辩也好认可画押也罢,不求读者宽大处理,只是剖明心迹。

写这个长篇,是当时在岭南已生活五六年,对同龄人在此地的奋斗、挣扎、工作、情感等有一些直观的感受,想用小说还原他们的生存和精神图景。还有就是，自己也要平衡家庭、生活、写作等一地鸡毛，小说，和抽烟喝酒一样，都是一个出口。当时的心愿是，至少在都市情感婚恋这个题材上，想写到一定程度。恰如螺蛳壳里做道场，题材比较小，如仅关注两人内部，当然人心人性甚至比宇宙还丰富，但小说可能比较闷，所以不断创造外延，故事一抖三翻，一山放出一山拦，都是想小说景观绵延好看。

  我相信，再成熟的作者，写作经验再丰富，面对电脑上空白的文档，对要开工的新作品，都不会有十足的把握。你得付出全部的热忱，全部的力和心，或许才能从文学缪斯那儿领得一点微薄的恩赏。常想，写作者就是拿生命在熬油，点亮夜里那一点明灭的烛火。且地方上的严肃文学作者稀少，你根本不确定会有几位同道的读者。十几年前一同走向写作之路的朋友，很多转行做了其他。我想，一是对文学爱得不够赤诚，一是文学本身对写作者持续的消耗性实在太大，而且回馈稀微。可这何尝不也是文学的魅力呢，轻易取得的只是幸运，一部作品，如唐僧取经，独自跋涉内心的黑洞，走完这困难重重的一程，至于能取得多少有含金量的真经，是另外的话，但涉山历水的过程，也收获了沿途的风景。世间的功业，不也大都如此吗？和南墙不断对撞，最后才翻过墙，豁然开朗。

  岭南溽热，写这个小说时还没买房，大都在一个叫博厦的城中村出租屋里，赤膊相向，与小说和故事较量、死磕。夜里写得不顺，会去旁边的东江边转转，看流水潺湲；写得顺了，会去对面不远的平乐坊夜市喝点啤酒。这些地名，小说里也偶有呈现，我很怀念。怀念那份纯粹的写作时光，隔着时光打量，过滤掉那些琐碎，都是美好。

就像小说里，有些情节甚至凶狠、生猛、血泪模糊，但底子仍是温暖和柔情。我想写出这份如此的明亮，如此的悲伤，如此的欲哭无泪，如此的爱和不得，如此喜悦。不以物喜不以己悲，那是圣人境界，喜悦和悲伤都来得直接，这是我们普通人的浓烈情意。

小说里说，没有什么能大于生活。确实是，珍惜相爱的人，好好生活，才是最重要的。

2

我一直有个粗浅的观点，是我们需要文学，并不是文学需要我们。古今中外包括当下，那么多经典作家的经典作品，已足够我们毕生阅读的了。如我这般作者，写与不写，都不影响文坛的热闹喧嚣，更不影响文学的发展流变。大浪淘沙，我们读文学史就知道，一个时代其实留不下多少作家和作品，这是文学的残酷性。但文学也有其美好，在文学早已边缘化的时代，为什么我们还热爱它，还要孜孜以求地去写去发表去出版？自然是因为我们需要文学。在必须面对的日常规矩、琐屑、枯燥之外，它守护着内心的那份纤细、浪漫、潮湿和温情，文学丰富、滋养着我们的灵魂，它是我们和这个坚硬世界的柔软缓冲。借由写作，让我们成为有精神家园的、更圆满自足、更开阔细腻的"人"。这是文学的美好之处。从这个意义上来说，也要珍惜每一次写作。每一篇作品，都应该是内心的一次流淌，是你对世界的看法和表达，是打给读者的一束光。诗人说，在感官流行的年代，请将你的尊严穿戴整齐。写作就是我们的自尊，作品自然是我们的立身之本。守护好内心，守护好尊严，都需要认真对待每一次写作。因为除了写作，也没有其他可以撬动人心、撬动世界的"武器"。

曹禺先生之女、剧作家万方女士曾说过："没有一条道路通向真诚，真诚本身就是道路，是通向读者心灵的道路，其他的一切都微不足道。"这是我写的第一部长篇，只是它出版稍微周折，《平乐坊的红月亮》先出版了。肯定有很多不完善的地方，好在写作是持续的，会在以后的作品里吸取教训，继续努力。也但愿这部带着温度、技巧不够完美的真诚拙作，某一点上，能对你有所触动。

3

最后就是感谢。

写这部长篇时,没想到会在发表完过了五六年才能出版;空间上也从生活十余年的岭南定居洛阳,结束了游子客居的那份时时咬噬人心的恓惶感。有幸回到洛阳工作,家就在身边,多了一份温暖和踏实感。所以我由衷地感激,感激洛阳,感激洛阳市文联。

小说当初各个分章以相对独立的中篇小说形式,在各大期刊发表并被选载,所以要感谢发表它的:《小说月报·原创版》(2017年第6期)、《作品》(2018年第12期小说头题)、《福建文学》(2019年第4期"重点推荐"小辑)、《福建文学》(2020年第1期头题)、《广州文艺》(2021年第2期小说头题),以及选载推荐它的《小说选刊》《小说月报》《北京文学·中篇小说月报》《文艺报》等期刊。

长篇小说《芥之微》曾入选2018年中国作协重点扶持项目,尤为感谢。

岭南十余年,每到年关,回家就如一种宗教般的召唤,尽管来回车票抢购艰难。借由春运我们也可以窥见,从未有这样一个时代，在祖国的土地上时刻进行着如此大规模的迁徙，为了生活，为了梦想，人们汇聚、分离，如一场流动的盛宴，故事在发生着，轰轰烈烈又寂静日常。此刻，在家乡，遥望岭南，修订完以南方为故事生发地的拙作，内心只有一个感想：文学或写作，正是一场精神还乡。在还乡和远方之间，内心动荡，世界翻腾，我们身处这样的时代，必将讲述其间汪洋浩荡又悲欢具体的故事。

2024．4．15 于洛阳